El Café de las Leyendas

El Café de las Leyendas

Travis Baldree

Traducción de Raúl Sastre

Rocaeditorial

Título original en inglés: *Legends & Lattes*

© 2022, Cryptid Press

Primera publicación en inglés por Macmillan, un sello de Pan Macmillan, una división de Macmillan Publishers International Limited.
Edición en español publicada en acuerdo con Casanovas & Lynch Literary Agency.

Primera edición: febrero de 2023

© de la traducción: 2023, Raúl Sastre
© de esta edición: 2023, Roca Editorial de Libros, S. L.
Av. Marquès de l'Argentera 17, pral.
08003 Barcelona
actualidad@rocaeditorial.com
www.rocalibros.com

ISBN: 978-84-19449-58-0
Depósito legal: B. 22939-2022

Impreso en Colombia- Printed in Colombia

Dedicado a todo aquel que se ha preguntado
adónde llevaba el otro camino...

Prólogo

Viv enterró su gran espada en el cráneo de la Scalvert con un fuerte crujido. La Sangrenegra vibró en sus manos, y sus brazos musculosos se tensaron cuando la sacó entre una lluvia de sangre. La reina Scalvert lanzó un gemido largo y trémulo…, y entonces se desplomó estruendosamente sobre la piedra.

Soltando un suspiro, Viv cayó de rodillas. La persistente punzada de dolor que notaba en la zona lumbar se agudizó, e intentó deshacerse de ella clavándose ahí los nudillos de una mano enorme. Se limpió el sudor de la cara y contempló a la reina muerta. Unos vítores y gritos retumbaron tras ella.

Se inclinó para acercarse más. Sí, ahí estaba, justo encima de la cavidad nasal. La cabeza de la bestia era el doble de ancha que ella (tenía unos dientes imposibles y ojos innumerables, así como una mandíbula enorme y colgante), y en medio se encontraba esa rugosidad carnosa sobre la que había leído.

Metió los dedos con fuerza en el pliegue y lo abrió. Brotó una pálida luz dorada. Viv introdujo la mano entera en el montón de carne y cerró el puño en torno a un bulto orgánico de múltiples caras, del que tiró. Al sacarlo, se oyó cómo se desgarraban unas fibras.

Fennus se acercó hasta situarse detrás de ella; Viv pudo oler su perfume.

—¿Ya está? —preguntó, con solo un ligero interés.

—Sí —gruñó Viv a la vez que se ponía en pie, usando la Sangrenegra como muleta.

Sin molestarse siquiera en limpiar la piedra, la metió en una bolsa que llevaba en la bandolera; a continuación, se colocó la gran espada sobre el hombro.

—¿De verdad eso es lo único que quieres? —Fennus la miró con los ojos entornados.

En su largo y hermoso rostro, se podía ver que aquello le hacía gracia.

Señaló las paredes de la caverna, donde la reina Scalvert había enterrado unas riquezas inconmensurables bajo capas de saliva endurecida. Entre oro, plata y gemas, pendían suspendidos carros, cofres y huesos de caballos y hombres, como relucientes náufragos de los siglos.

—Sí —contestó de nuevo—. Estamos en paz.

El resto del grupo se aproximó. Roon, Taivus y la pequeña Gallina charlaban entre sí, agotados pero exultantes, como suelen hacer los victoriosos. Roon se limpió el barro de la barba, y Gallina envainó sus dagas, mientras el alto Taivus los seguía a ambos, muy atento. Formaban un buen equipo.

Viv se dio la vuelta y se dirigió a la entrada de la caverna, donde todavía se filtraba una luz tenue.

—¿Adónde vas? —gritó Roon, con su voz dura y afable.

—Afuera.

—Pero... ¿no vas a...? —preguntó Gallina.

Alguien la hizo callar; casi seguro que Fennus.

Viv sintió una punzada de vergüenza. Gallina era quien mejor le caía, y probablemente debería haberse parado a darle alguna explicación.

Pero, para ella, esto acababa aquí y ahora. ¿Para qué demorar más las cosas? Lo cierto era que no quería hablar sobre ello y, si decía algo más, podría cambiar de opinión.

Después de veintidós años de aventuras, Viv estaba harta de tanta sangre, barro y sandeces. La vida de una orca estaba marcada por la fuerza y la violencia, y terminaba de forma repentina y desagradable, pero ni loca iba a permitir que la suya acabara así.

Había llegado el momento de hacer algo nuevo.

1

Bajo el frío de la mañana, Viv contempló el amplio valle situado debajo. La ciudad de Thune emergía de un lecho de niebla que cubría las orillas del río que la atravesaba. Aquí y allá, una torre revestida de cobre centelleaba bajo el sol.

En la oscuridad que precede al alba, había levantado el campamento y había recorrido los últimos kilómetros con sus largas zancadas. Llevaba la pesada Sangrenegra a la espalda, y la piedra de Scalvert metida en uno de los bolsillos interiores de la chaqueta. Era como si portara una manzana dura y reseca, que acariciaba de vez en cuando sin pensar a través de la tela para asegurarse de que seguía ahí.

Llevaba una cartera colgada de un hombro, llena sobre todo de notas y planos, unos trozos de galletas, una bolsa con cecas de platino y diversas piedras preciosas, así como un pequeño artilugio muy curioso.

Descendió por el camino hasta alcanzar el valle mientras la niebla se disipaba y el carro cargado de alfalfa de un granjero solitario pasaba a su lado bamboleándose.

Viv se sintió cada vez más nerviosa y eufórica; no se había sentido así desde hacía años, era como un grito de batalla que apenas podía contener. Nunca se había preparado tanto para un momento concreto. Había leído y hecho preguntas, había investigado y sopesado las cosas, y Thune había sido la ciudad elegida. Con total convencimiento, había tachado cualquier otro lugar de su lista. De repente, le parecía que esa convicción era algo estúpido e impulsivo; no obstante, la emoción continuaba embargándola con la misma intensidad.

Thune no estaba rodeada por un muro exterior. Aunque se había expandido más allá de sus fronteras fortificadas originales, Viv tenía la sensación de que se estaba aproximando al borde de algo. Había pasado una eternidad desde la última vez que se había quedado en un mismo sitio más de un puñado de noches, más de lo que durase una misión en concreto. Ahora iba a echar raíces en una ciudad que quizá hubiera visitado tres veces en su vida.

Se detuvo y miró a su alrededor con cautela, como si el camino no estuviera totalmente vacío y el granjero no se hubiera perdido hacía rato en la niebla. Sacó un fragmento de pergamino de su cartera y leyó las palabras que había copiado:

> Cuando una línea thaumica está cerca,
> la piedra de Scalvert ardiente
> dibuja el anillo de la suerte
> y cumple lo que el corazón desea.

Viv lo volvió a guardar, con cuidado, y sacó el artilugio que había comprado una semana antes a un erudito thaumista en Arvenne: una vara de rabdomancia.

El pequeño huso de madera estaba recubierto de un hilo de cobre, que tapaba las runas inscritas a lo largo de este. En su parte superior, había una horquilla de fresno inserta en una ranura que giraba libremente. Al agarrarla, notó cómo el hilo de cobre absorbía el calor de la palma de su mano. El huso dio un tirón apenas perceptible.

Al menos, estaba bastante segura de que era un tirón. Durante la demostración del thaumista, la sacudida había sido mayor. Viv apartó de su mente la súbita idea de que todo había sido un truco barato. Por norma general, la gente que tenía un domicilio fijo procuraba no timar a una orca que le doblaba el tamaño y podía partirle la muñeca si le estrechaba la mano con firmeza.

Respiró hondo y entró andando en Thune, con la vara de rabdomancia por delante.

A medida que se iba adentrando en la ciudad, el bullicio del despertar de Thune fue en aumento. En las afueras, los edificios estaban hechos principalmente de madera y tenían algunos cantos rodados intercalados en los cimientos. Cuanto más se aventuraba, más piedra había, como si la ciudad se hubiera ido calcificando a medida que envejecía. Primero, la tierra embarrada dio paso a unas cuantas callejuelas de piedra, y más tarde a unos adoquines cerca del centro de la ciudad. Y los templos y las tabernas se apiñaban alrededor de las plazas, donde había estatuas de personas que probablemente fueron importantes en el pasado.

Cualquier duda que hubiera tenido sobre la vara de rabdomancia se había esfumado. Ciertamente, ahora tiraba de ella como si fuera un ser vivo; las breves sacudidas pasaron a ser tirones insistentes. Su investigación no había sido en vano. Las líneas ley, que claramente se abrían paso por debajo de la ciudad, eran unas vías poderosas de energía thaumica. Los eruditos debatían si surgían allá donde se asentaba la gente o si atraían a las personas como el calor en invierno, pero a Viv lo único que le importaba era que estaban aquí.

Hallar una línea ley potente era únicamente el comienzo, por supuesto.

La pequeña horquilla de fresno dio sacudidas a izquierda y derecha, la empujó en una dirección durante un tiempo; entonces tiró como un pez que ha mordido el anzuelo en la dirección contraria. Al cabo de un rato, Viv ya no tenía que mirarla: le bastaba con sentir su empuje, por lo cual pudo prestar más atención a los edificios.

El artilugio la llevó por las vías públicas más importantes, a través de callejones serpenteantes que se unían unos a otros, dejando atrás herrerías y posadas y mercados y tabernas. Había poca gente de su altura en las calles y nunca se encontró en medio de una aglomeración; la Sangrenegra solía ser responsable de eso.

Atravesó todas las capas de olores que conforman una ciudad: el del pan horneado y los caballos despiertos y la piedra húmeda y el metal caliente, así como el perfume de las flores y la peste de los excrementos viejos. Los mismos olores que encuentras en cualquier ciudad, pero, por debajo de ellos, estaba el olor matutino del río. A veces, entre los edificios, podía ver las palas de la noria del molino de harina.

Viv dejó que la vara la llevara adonde quisiera. En unas pocas ocasiones, el tirón fue tan fuerte que se detuvo a examinar los edificios cercanos; pero, decepcionada, prosiguió su camino. La vara se resistía un momento, hasta que parecía rendirse y hallaba una nueva dirección que la hiciera vibrar.

Al final, cuando tiró realmente fuerte, se paró medio aturdida y encontró lo que necesitaba.

Aunque no estaba en la Gran Vía (eso habría sido demasiado esperar), solo se encontraba a una calle de distancia. Había unas farolas de queroseno a lo largo de esa calle, que ahora estaban apagadas; probablemente, ahí no te acuchillarían de noche. En Redstone, los edificios no ocultaban su edad, pero los tejados parecían en buen estado. Todos excepto uno en particular, al que la vara de rabdomancia la arrastró.

Era un poco pequeño. De un solo gancho de hierro, pendía un letrero destrozado (donde podía leerse: LA CABALLERIZA DE PARKIN), cuyas letras grabadas en relieve tenían la pintura descascarillada desde hacía tiempo. Ahí había dos enormes puertas de madera con marcos de hierro, que estaban entreabiertas, y la viga transversal estaba apoyada sobre la pared cercana. A la izquierda, otra puerta más pequeña, del tamaño de un orco, estaba cerrada con candado, lo cual resultaba curioso.

Viv agachó la cabeza y la metió ahí dentro para echar un vistazo. La luz se filtraba por un agujero que había arriba, en el techo, y un puñado de tejas de arcilla yacían hechas añicos por la amplia calleja que se abría entre seis cuadras. Una escalera de mano de una robustez un tanto dudosa llevaba a una buhardilla y, a la izquierda, había un pequeño despacho con un cuarto trasero. El rancio olor a heno podrido procedía del comedero de la parte posterior. El polvo giraba en los haces de luz, como si nunca se hubiera asentado.

Era tan perfecto como podía esperar.

Guardó la vara de rabdomancia.

Cuando salió, se encontró con una calle cada vez más

bulliciosa y divisó a una anciana huesuda que barría una escalera de entrada al otro lado de la calle. Viv estaba segura de que había estado barriendo desde que ella había llegado, por lo cual, sin lugar a dudas, la entrada tenía que estar como los chorros del oro a estas alturas; sin embargo, la vieja continuó a lo suyo con determinación, lanzando a la orca unas miradas furtivas cada dos segundos.

Viv cruzó la calle. La anciana tuvo el detalle de dar la impresión de que estaba sorprendida, a la vez que esbozaba algo similar a una sonrisa.

—¿Sabe quién es el dueño de este lugar? —preguntó Viv, señalando la caballeriza.

La mujer, que era menos de la mitad de alta que ella, tuvo que estirar el cuello para mirarla a los ojos. En cuanto contrajo su rostro en una considerable maraña de arrugas, sus ojos desaparecieron.

—¿De la caballeriza?

—Sí.

—Bueeeno. —Arrastró la palabra pensativamente, pero Viv pudo intuir que la anciana no tenía ningún problema de memoria—. Si no recuerdo mal, es propiedad del viejo Ansom. Ese hombre nunca tuvo cabeza para los negocios, ni para trabajar ni para ser un buen marido, o eso le oí decir a su esposa.

A Viv no se le pasó por alto cómo la anciana arqueó las cejas, de un modo insinuante.

—¿No se llamaba Parkin?

—No. Es tan tacaño que no cambió el letrero cuando compró el local.

El comentario le hizo gracia, por lo que Viv sonrió de tal forma que le sobresalieron los colmillos inferiores.

—¿Sabe dónde podría encontrarle?

—No lo sé a ciencia cierta. Pero me imagino que seguirá dedicándose al único trabajo que siempre se le ha dado bien. —Elevó la mano que tenía libre, como si se llevara una jarra imaginaria a los labios—. Si de verdad quiere dar con él, yo probaría en el callejón Rawbone. Unas seis calles más allá.

Señaló hacia el sur.

—¿A esta hora de la mañana?

—Oh, es que se toma muy en serio este trabajo.

—Gracias, señora —dijo Viv.

—¡Oh, no me llames señora! —exclamó la mujer—. Puedes llamarme Laney. ¿Tienes previsto ser mi nueva vecina?...

Hizo un gesto como si le dijera: «Vamos, dímelo».

—Viv.

—Viv —repitió Laney, asintiendo.

—Bueno, ya veremos. Eso dependerá de si es tan mal negociante como dices.

La anciana todavía se estaba riendo cuando Viv se fue hacia el callejón Rawbone.

Daba igual lo que Laney le hubiera contado, Viv no esperaba encontrar a estas horas al vilipendiado Ansom. Se imaginaba que preguntaría por él en cualquier tugurio que tuviera la puerta abierta y, en cuanto supiera cuáles eran los lugares que frecuentaba, lo localizaría cuando el día fuera llegando a su fin.

Pero solo tuvo que hacer tres paradas antes de dar con él. El tabernero la miró de arriba abajo después de que le preguntara y alzó las cejas exageradamente al ver cómo la empuñadura de la Sangrenegra sobresalía por encima del hombro de la orca.

—No causaré ningún problema, solo es un asunto de negocios —dijo Viv con un tono de voz uniforme, a la vez que intentaba no resultar tan imponente.

Aparentemente, el tabernero se alegró de que no estuviera buscando pelea y señaló con el pulgar hacia la esquina. A continuación, volvió a centrarse en desplazar la mugre de la barra hacia unos lugares nuevos y más interesantes.

Mientras Viv se aproximaba a la mesa, tuvo la abrumadora impresión de que estaba entrando en la madriguera de alguna bestia antigua del bosque. De un tejón, tal vez. No tenía la sensación de que corriera peligro, sino de que estaba en un sitio donde aquel tipo había pasado tanto tiempo que su olor estaba impregnado en él y, básicamente, había pasado a ser su dueño.

Incluso se parecía a un tejón, ya que tenía una gran barba negra con franjas de canas, grasienta y enmarañada que le llegaba hasta el pecho. Como era igual de ancho que alto, ocupaba tanto espacio entre la pared y la mesa que, cuando inhalaba aire profundamente, las patas de la mesa se elevaban.

—¿Es usted Ansom? —preguntó Viv.

Ansom asintió.

—¿Le importa que me siente? —preguntó, aunque se sentó de todas formas, apoyando a la Sangrenegra sobre la parte posterior de la silla. A decir verdad, no estaba muy acostumbrada a pedir permiso.

Ansom la miró fijamente con unos ojos cuyos párpados estaban hinchados y caídos. No se mostraba hostil, sino receloso. Tenía una jarra delante de él, casi vacía. Viv la señaló tras captar la atención del tabernero, y Ansom se animó considerablemente.

—Muchas gracias —masculló.

—Tengo entendido que es el dueño de la vieja caballeriza de Redstone. ¿Es eso cierto? —preguntó Viv.

Ansom asintió.

—Estoy buscando algo que comprar —dijo la orca—. Y tengo la sensación de que usted podría querer vender.

Ansom pareció sorprenderse, pero solo brevemente. Su mirada se volvió más intensa y, si bien quizá no tuviera cabeza para los negocios, Viv estaba bastante segura de que sí la tenía para el regateo.

—Quizá —gruñó—. Pero ese es un inmueble de primera. ¡De primera! He tenido ofertas anteriores, pero la mayoría de los interesados eran incapaces de ir más allá de lo que se ve a simple vista para apreciar de verdad el valor que tiene esa ubicación. Es decir, sus ofertas fueron muy bajas.

En este momento, el tabernero trajo una jarra llena y se llevó la vacía. Ansom retomó el tema y se explayó.

—Oh, sí, fueron unas ofertas bochornosas. Debo advertírselo, sé lo que vale ese terreno y no me imagino vendiéndoselo a alguien que no sea un hombre de negocios muy serio. O, eh…, a una mujer de negocios —se corrigió.

Viv sonrió fugazmente de oreja a oreja, mostrando sus enormes dientes, a la vez que pensaba en Laney.

—Bueno, Ansom, hay muchas clases de negocios. —Era perfectamente consciente de que tenía la Sangrenegra apoyada detrás de ella y pensó en lo fácil que habría sido esta negociación si hubiera seguido dedicándose a su antiguo negocio—. Pero le puedo asegurar que, cuando hago negocios de cualquier tipo, yo siempre voy en serio.

Cogió la cartera, sacó la bolsa con las cecas de platino y la sopesó. Tras extraer solo una, la sostuvo con el pulgar y el índice, mientras la examinaba y dejaba que la luz se reflejara en ella. El platino era un medio de pago que rara vez se veía en un sitio como este, y pronto tendría que cambiarlo por unas monedas de menor valor, pero quería tener unas cuantas cecas a mano para esta clase de momentos.

A Ansom se le desorbitaron los ojos.

—Oh, eh. Va en serio. ¡Sí! ¡Muy en serio!

Se mesó su larga barba para disimular la sorpresa.

«Es perro viejo», pensó Viv, que intentó no esbozar una sonrisita.

—Como persona de negocios seria que se dirige a otra, no quiero hacerle perder el tiempo. —Viv se apoyó en un codo y dejó caer ocho cecas de platino sobre la mesa—. Probablemente, eso son ochenta soberanos de oro. Creo que eso cubre el valor del terreno. Estoy segura de que estamos de acuerdo en que el edificio es un desastre, y creo que las posibilidades de que otra… mujer de negocios lo localice para pagarle en metálico por adelantado se están esfumando.

Lo miró fijamente.

Aunque Ansom aún tenía la jarra en la boca, no estaba tragando nada.

En cuanto Viv empezó a retirar las cecas, él estiró el brazo rápidamente, pero no llegó a tocar la mano mucho más grande de la orca, que arqueó las cejas.

—Puedo ver que tiene buen ojo y sabe apreciar el valor de las cosas —dijo Ansom, parpadeando deprisa.

—Así es. Si quiere, puede sacar un rato esta mañana para traerme las escrituras y firmarlas. Le esperaré aquí, pero solo hasta el mediodía.

Resultó que el viejo tejón era mucho más espabilado de lo que parecía.

ϒ

Mientras Viv firmaba las escrituras y se metía las llaves en el bolsillo, Ansom introdujo las monedas de platino en su bolsa; como finalmente el trato se había sellado, parecía sentirse aliviado.

—Bueno…, nunca me habría imaginado que usted pudiera estar interesada en tener una caballeriza —se aventuró a comentar.

Todo el mundo sabía que los orcos no les caían demasiado bien a los caballos.

—No lo estoy. Voy a abrir un café.

Ansom se mostró perplejo.

—Pero, entonces, ¿por qué ha comprado un establo para caballos?

Viv no respondió durante un momento, pero luego clavó la mirada en él.

—Porque las cosas no tienen por qué seguir siendo siempre como eran en un principio.

Dobló las escrituras y las metió en su cartera.

Cuando se marchaba, Ansom gritó:

—¡Eh, oiga! Por los ocho infiernos, ¿qué es un café?

Viv tuvo que detenerse en tres sitios más antes de regresar a la caballeriza.

Tras obtener algunas monedas de cobre, plata y oro en la Casa de Cambio, fue hacia el Ateneo de la pequeña universidad thaumica, situado en la orilla norte del río; quería saber dónde estaba, por si necesitaba consultar algún libro.

Y lo más importante de todo era que el Correo Territorial conectaba los ateneos y bibliotecas que se encontraban desperdigados por casi todas las ciudades importantes, y era de fiar. Gracias a esas torres revestidas de cobre que había visto, era fácil localizarlo.

Una vez que estuvo sentada a una de las grandes mesas situadas entre las estanterías, escribió dos cartas, usando unas pocas hojas de pergamino. El olor a papel, polvo y tiempo le recordó todo lo que había leído recientemente en sitios como este.

Tras haberse pasado toda la vida entrenándose para desarrollar los músculos, los reflejos y la resistencia mental, ahora se dedicaba a leer, planear y recopilar detalles. Sonrió con tristeza mientras escribía.

La gnoma del mostrador de correos no pudo evitar mirarla con los ojos desorbitados mientras estampaba el sello de cera. La mujer tuvo que tomar nota de las direcciones dos veces, ya que se había puesto muy nerviosa al ver una orca en el edificio.

—Estoy buscando un cerrajero. ¿Conoce a alguno bueno?

Aunque la gnoma siguió boquiabierta un instante más, acabó recobrando la compostura y hojeó una guía que había tras el mostrador.

—Markev e Hijos —respondió—. En el 827 de la calle Mason.

Le ofreció unas indicaciones aproximadas.

Viv le dio las gracias y se marchó.

Markev e Hijos estaba ahí, tal y como rezaba el anuncio. Se fue de la cerrajería con una caja fuerte enorme y bastante pesada bajo au musculoso brazo, y con una moneda de plata y tres de cobre menos encima.

Cuando el sol se ponía, ya de vuelta en la caballeriza de Parkin, atrancó las puertas del establo, abrió con llave la del despacho y arrastró la caja fuerte hasta colocarla detrás de un mostrador con forma de L. Metió las escrituras y el dinero en la caja fuerte, la cerró y se colgó la llave al cuello.

Después de mucho pisar y palpar, descubrió que había una losa suelta en el camino principal que se abría entre los establos; haciendo gala de su fuerza, la sacó de su sitio. Cavó en la tierra que había quedado al descubierto y colocó la piedra de Scalvert en el hueco. La cubrió de tierra, puso en su sitio la losa y cogió una escoba raída y destrozada para limpiar esa zona, para que no quedara ninguna señal de que había hecho algo ahí.

Se quedó mirándola fijamente unos instantes, con todas sus esperanzas depositadas en la pequeña piedra, enterrada como si fuera un corazón secreto en la caballeriza de Parkin.

No, ya no era una caballeriza.

Viv era la dueña de este lugar.

Recorrió con la mirada aquel sitio. Su sitio. No era una parada temporal o un lugar donde dejar su petate una noche. No, era suyo.

El fresco aire nocturno atravesaba el agujero del tejado, así que, por esta noche, al menos, iba a sentirse probablemente igual que cualquier otra noche que hubiera pasado bajo las estrellas. Viv alzó la vista hacia la buhardilla y la escalera de mano que llevaba hasta ella. Pisó uno de los escalones inferiores para ver si aguantaba, y la frágil madera se hizo añicos. Resopló, soltó la correa con la que llevaba atada la Sangrenegra y, con ambas manos, la arrojó a la buhardilla; sobresaltó a unas cuantas palomas que se escaparon por el tejado. Durante un momento se quedó mirándola y, acto seguido, desenrolló el petate en uno de los establos. Desde luego, no iba a encender una hoguera, y ahí tampoco había ninguna lámpara, pero eso le parecía bien.

Entre excrementos antiguos de caballo y el polvo del abandono, examinó el interior bajo la luz menguante. Aunque no sabía mucho sobre edificios, estaba claro que iba a tener que trabajar muchísimo en este para reformarlo.

Pero ¿con qué fin? Para construir algo, en vez de destruirlo.

La idea era ridícula, por supuesto. ¿Un café? ¿En una ciudad donde nadie sabía qué era el café? Hasta hacía seis meses, Viv no había oído hablar de ello, nunca lo había olido ni saboreado. A primera vista, el proyecto entero era absurdo.

Sonrió en la oscuridad.

Cuando por fin se tumbó en el petate, empezó a hacer una lista con las tareas que debía realizar al día siguiente, pero no pasó de la tercera.

Durmió como un tronco.

2

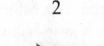

Viv se despertó bajo el cielo índigo que precede al alba y el murmullo creciente de la ciudad. Las palomas arrullaban en la buhardilla, donde habían regresado a sus nidos. Se levantó y revisó la losa que tapaba la piedra de Scalvert. Seguía en su sitio, por supuesto. Tras coger unas cuantas cosas, salió a la calle, mordisqueando los últimos trozos de galleta e inhalando el húmedo aroma matutino de las sombras dando paso al sol. Se sentía cargada de energía, totalmente alerta, como si estuviera lista para esprintar.

Al otro lado de la calle, Laney había cambiado la escoba por un cuenco de guisantes y estaba sentada en una banqueta de tres patas mientras los pelaba. Se saludaron afablemente con una leve inclinación de la cabeza; entonces Viv cerró la puerta con llave y se marchó en dirección al río.

Mientras caminaba, se percató de que estaba canturreando.

ϒ

Bajo la niebla matutina que empezaba a disiparse, Viv fue a los astilleros situados junto a la orilla del río. El lugar bullía de vida, gracias al ruido de los martillos y las sierras, a los gritos ahogados por la neblina. En su cabeza, tenía muy claro lo que quería, aunque no esperaba encontrarlo inmediatamente. Pero podía ser paciente. La experiencia le decía que tenía que serlo. Tras haber pasado tantas horas explorando o vigilando la guarida de una bestia, Viv había hecho las paces con el paso del tiempo.

Le compró unas manzanas a un niño pobre ratador, que las vendía en un saco de arpillera. A continuación, se topó con un montón de cajas en un sitio apartado y se dispuso a observar desde ahí.

Los barcos no eran grandes; la mayoría eran barcazas y pequeños botes pesqueros, que eran las embarcaciones idóneas para navegar por el río. Una decena, más o menos, se hallaban en el largo muelle, donde pequeños grupos de trabajadores los raspaban o calafateaban o reparaban. Observó cómo trabajaban, permaneciendo atenta por si daba con lo que buscaba. Los trabajadores fueron yendo y viniendo a medida que la mañana avanzaba.

Viv estaba comiendo la última manzana cuando encontró lo que había estado buscando.

Casi todos los grupos trabajaban por parejas o tríos; se trataba de unos hombretones con unas voces potentes, que se desplazaban con dificultad por los cascos mientras hablaban a voz en grito.

Aunque, transcurridas unas horas, apareció un hombre de pequeña estatura, que llevaba a rastras una caja de herramientas de madera que era la mitad de grande que él. Tenía unas orejas largas, un cuerpo nervudo y una piel curtida y aceitunada. Llevaba una boina calada hasta las cejas.

Ver a un trasgo en una ciudad era muy poco habitual. Como los humanos los llamaban despectivamente «duendecillos» y los rechazaban, preferían mantenerse al margen de todo.

Viv los comprendía, pero a ella costaba mucho más intimidarla.

Mientras tanto los trabajadores que construían y reparaban barcos como los estibadores le evitaban, el trasgo trabajaba a solas en un pequeño bote. Viv observó cómo realizaba su trabajo de manera diligente y meticulosa. Aunque no era carpintera, sí era capaz de apreciar ese oficio. El trasgo tenía sus herramientas organizadas concienzudamente, afiladas y bien cuidadas. Se movía lo menos posible deliberadamente mientras usaba un bastren, una garlopa y otras cosas que no reconoció, para dar forma a una nueva regala.

Dio buena cuenta de la manzana y lo observó trabajar, intentando no llamar la atención demasiado. Al fin y al cabo, estaba acostumbrada a espiar y acechar, ya que era una de las habilidades a la que más había tenido que recurrir en el pasado.

Al mediodía, colocó ordenadamente las herramientas en su sitio y desenvolvió el almuerzo que llevaba en la caja de herramientas. Entonces Viv se aproximó.

Él alzó la vista, con los ojos entornados, medio tapados por la boina, pero no le dijo nada a la imponente orca que tenía delante.

—Buen trabajo —dijo Viv.

—Hum.

—Al menos, espero que lo sea. No sé mucho sobre barcos —admitió la orca.

—Supongo que eso le resta un poco de validez a su halago —replicó el trasgo, con una voz seca y más profunda de lo que Viv había esperado.

La orca se rio y, a continuación, recorrió con la mirada el muelle de arriba abajo.

—Aquí no hay mucha gente que trabaje sola.

—No.

—¿Tiene mucho trabajo?

El trasgo se encogió de hombros.

—El suficiente.

—¿Suficiente como para que no desee tener mucho más?

En ese instante, se quitó la boina y la miró más intrigado.

—Me parece raro que alguien que no sabe mucho sobre barcos necesite tanto a un carpintero de navíos.

Viv se puso en cuclillas, cansada de alzarse imponente sobre él.

—Bueno, tiene razón. No sé nada al respecto. Pero la madera es madera y el oficio es el oficio. He observado cómo trabaja. Si uno vive lo suficiente, se da cuenta de que hay personas que son capaces de resolver un problema si se le dan las herramientas adecuadas. Y yo nunca me lo pensaré dos veces a la hora de contratar a alguien así.

Aunque hasta entonces había tratado con gente y herramientas mucho más grandes y mucho más sanguinarias, pensó la orca.

—Hum —volvió a decir el trasgo.

—Soy Viv.

Le tendió la mano.

—Calamidad.

Al estrechársela, su mano, llena de callos, se vio engullida por la de la orca.

Viv abrió los ojos como platos.

—Es un nombre de trasgo —dijo—. Puedes llamarme Cal.

—Te llamaré como prefieras. No hace falta que tu nombre me suene bien.

—Cal está bien. El otro es demasiado llamativo.

El trasgo volvió a envolver el almuerzo con la tela de lino, y la orca tuvo la sensación de que contaba con toda su atención.

—Bueno, este... trabajo. ¿Es algo que tendré que hacer para ya o...?

Hizo un gesto con la mano como si señalara a un futuro difuso.

—Para ya, te lo pagaré bien y tendrás todos los materiales y las herramientas que tú pidas, no los que yo elija por ti.

Viv sacó la bolsa, la abrió, extrajo un soberano de oro y se lo ofreció.

Cal extendió ambas manos, como si esperara que se lo fuera a lanzar, pero ella lo dejó deliberadamente sobre la palma de una de sus manos. El trasgo frunció los labios mientras lanzaba varias veces la moneda al aire.

—Bueno, ¿por qué me has elegido a mí en concreto?

—Como ya he dicho, he visto cómo trabajas. Tus herramientas están afiladas. Limpias constantemente. Estás centrado en tu trabajo. —Echó un vistazo a su alrededor, pues resultaba llamativo que no hubiera ningún hombre cerca—. Y lo haces a pesar de que algunos podrían decir que sería más inteligente no obrar de tal modo.

—Hum. Así que quieres contar conmigo por mi falta de inteligencia, ¿eh? Tú no quieres construir barcos. ¿Qué tienes pensado exactamente?

—Creo que tendré que mostrártelo.

Υ

—Menudo montón de ruinas —dijo Cal en voz baja; se quitó la boina y se la guardó en la parte superior de los pantalones.

Estaban delante de la caballeriza de Parkin, con las puertas del local abiertas de par en par. En ese instante, Viv sintió cierto desasosiego.

—No sé mucho sobre tejados —comentó el trasgo mientras miraba el agujero.

—Pero podrás arreglarlo, ¿no?

—Hum —respondió.

Viv lo interpretó como un sí.

Cal dio una vuelta lentamente por el interior, dando patadas a los paneles de los establos y pisando con fuerza las losas. Viv se tensó cuando lo vio pasar por encima de la losa bajo la cual estaba la piedra de Scalvert.

Él se volvió para mirarla.

—¿A cuántos obreros piensas contratar?

—Si hay alguien con quien te gusta trabajar, no me opondré a que cuentes con él. Pero ten en cuenta que yo estoy dispuesta a ayudarte y que no me canso fácilmente. —Alzó sus callosas manos para demostrárselo—. Aunque no quiero reconstruir una caballeriza.

—¿Ah, no?

—¿Sabes lo que es un café?

Cal negó con la cabeza.

—Bueno, quiero construir un…, un restaurante, supongo. Donde la gente beba. ¡Ah!

Se acercó a su cartera y extrajo de ella unos bocetos y unas notas. De repente, estaba inexplicablemente nerviosa. A Viv nunca le había importado mucho lo que pensaran los demás. Era fácil ignorar la opinión del resto cuando uno le sacaba un metro a casi toda la gente con la que se encontraba. Aunque, ahora, le preocupaba que ese pequeño trasgo pensara que era una necia.

Cal estaba esperando a que continuara.

La orca se fue por las ramas.

—Me topé con eso en Azimuth, la ciudad gnoma del Territorio del Este. Yo estaba ahí para…, bueno, eso no importa. Pero primero lo olí y luego me topé con esta tienda, donde hacían… Bueno, es como el té, pero no es té. Huele a… —Se calló—. Da igual cómo huela; de todas formas, no puedo describirlo. En todo caso, imagínate que voy a abrir una taberna, pero sin grifos, ni barriles ni cervezas. Solo con mesas, un mostrador y algo de espacio atrás. Toma, he hecho algunos bocetos donde se ve este sitio tal y como me lo imagino.

Tras lanzarle los papeles al trasgo, se ruborizó. ¡Estaba haciendo el ridículo!

Cal cogió las páginas y las examinó, prestando mucha atención a cada una, como si estuviera memorizando todas esas líneas.

Después de varios minutos agónicos, se las devolvió.

—¿Estos bocetos son tuyos? No están mal.

La orca se ruborizó aún más, si es que tal cosa era posible.

—¿Y también tienes previsto quedarte a vivir aquí? —Señaló con el pulgar la buhardilla—. Esa habitación parece ser la más adecuada para eso.

—Eh…, sí.

El trasgo puso los brazos en jarra y contempló detenidamente la plataforma sobre la que se alzaban los establos.

Viv, que se había imaginado que Cal se iba a dar la vuelta para marcharse en cualquier momento, ahora estaba empezando a pensar que tal vez había acertado al escogerle.

—Bueno… —El trasgo trazó un círculo por aquel espacio de nuevo—. Me parece que podrías quedarte con los establos. Podríamos derribarlos en parte. Arrancaríamos las puertas, aprovecharíamos la estructura de madera para poner bancos en las paredes. Podríamos coger unos tablones largos y colocarlos sobre un caballete en medio. Así tendrías unos reservados y unas mesas a los lados. Podríamos derribar esa pared que da al despacho. El mostrador podría valernos. Habrá que ver si está podrido o no.

Le dio una patada a la madera astillada de la escalera de mano y alzó las cejas al mirar a la orca.

—Vamos a necesitar una escalera nueva. Un par de bolsas de clavos. Cal. Pintura. Tejas de arcilla. Algunos cantos rodados. Igual quieres que haya más ventanas. Y también nos hará falta… un montón de madera.

—¿Lo harás?

Cal le lanzó una de sus largas miradas inquisitivas.

—¿Tú qué dirías? ¿Que hago cosas que no parece inteligente hacer? Bueno, si me ayudas, supongo que sí. Dame un trozo de ese pergamino y un estilete, si tienes. Va a haber que hacer una lista. Una lista muy larga. Mañana veremos si podemos encargarlo todo y en cuánto se reduce el tamaño de esa bolsa tuya. —Por primera vez desde que se habían conocido, el trasgo sonrió ligeramente—. ¿No vas a preguntar cuánto te va a costar?

—¿Crees que ya lo sabes?

—Me da que no.

—Entonces…

Viv arrastró una vieja caja de arreos para apartarla de la pared, sopló para quitarle el polvo y le dio un estilete.

Ambos se agacharon sobre el pergamino mientras Cal empezaba a escribir.

Υ

Se marchó a última hora de la tarde para acabar su trabajo en el bote y prometió regresar por la mañana. Viv guardó la lista de materiales y se quedó quieta en medio del silencio de la caballeriza; era como si a los ruidos tenues del exterior les costara entrar allí. Dirigió la mirada a las puertas y a lo que había más allá, al porche de Laney, pero ahí no había nadie.

Súbitamente, se sintió muy sola, lo cual era extraño. Viv había pasado mucho tiempo sin ninguna compañía; había hecho largas caminatas, había acampado en solitario, se había metido en tiendas de campaña frías y cuevas húmedas.

Pero casi nunca había estado sola en una ciudad. Uno de su grupo solía acompañarla.

Ahora, en esta ciudad, repleta de gente de todas las razas y de procedencias diversas, sentía una terrible soledad. Conocía a tres personas por su nombre. Y ninguna de ellas era algo más que un conocido, aunque Laney parecía simpática y Cal transmitía una extraña calma.

Cerró con llave y caminó hacia la calle principal; quería alejarse lo más posible del callejón Rawbone.

«¿Crees que necesitas compañía? Bueno, pues aquí estamos. En un sitio nuevo. En un nuevo hogar…, esta vez para siempre.»

Viv no paró hasta dar con el establecimiento más iluminado y ruidoso que pudo hallar; un pub-restaurante que parecía ser un buen negocio, ya que no había borrachos tambaleándose en la calle delante de él ni charcos de pis que esquivar. Se agachó para no darse contra el dintel y entró. Por un momento, el volumen de las conversaciones disminuyó, pero Thune era bastante cosmopolita, y ahí sabían lo que era un orco, aunque no solían verse muchos. El ruido aumentó enseguida.

Respiró hondo e intentó adoptar un semblante que no resultara amenazador, algo que había estado practicando. A ello también ayudaba que no portara una gran espada y vistiera ropa de paisano.

El pub contaba con una barra larga y limpia, donde no había muchos clientes, y un espejo en la pared de atrás. Las lámparas brillaban en el comedor. Aunque no hacía suficiente frío como para encender un fuego, la habitación estaba tan iluminada que resultaba muy acogedora.

Casi todas las mesas estaban ocupadas. Viv cogió un taburete de la barra de bar e intentó no moverse, a pesar de lo nerviosa que estaba. Se sentía incómoda (había mucha gente y estaba muy cerca) porque, por primera vez, no pasaba solo por allí. De repente, tuvo la sensación de que cualquier paso en falso o tropezón podría avergonzarla para siempre, antes de que siquiera se hubiera asentado como era debido; sí, eso era lo que pensaba, por muy irracional que fuera.

Se aproximó un hombre con la cara muy redonda; tenía las mejillas coloradas y unas orejas un poquito puntiagudas. Seguramente, había algún elfo en su ascendencia, aunque por su panza cabía deducir que su metabolismo era muy humano.

—Buenas noches, señorita —dijo, y le puso delante un menú escrito con tiza en una pizarra—. ¿Va a cenar o a beber?

—A cenar.

Viv sonrió, procurando no mostrar demasiado los colmillos inferiores.

La expresión de aquel hombre permaneció inmutable. Dio unos golpecitos con un nudillo a la pizarra a la vez que decía:

—¡El cerdo está muy bueno! Dejaré que se lo piense un poco.

Y se fue como si nada.

Cuando regresó minutos después, la orca pidió lo que quería (cerdo); mientras esperaba la cena, echó un vistazo a su alrededor, meditabunda. Hasta ahora, no se había atrevido a dejarse llevar tanto por la imaginación, salvo de un modo muy abstracto, pero, como ya contaba con Cal, se permitió el lujo de soñar un poco.

El café que había visitado en Azimuth había sido el ejemplo más perfecto de arquitectura gnoma que podía existir; contaba con unos azulejos en las paredes colocados con suma precisión, con unas formas geométricas y unos adoquines que conformaban unos patrones intrincados que se entrecruzaban. Como el mobiliario, claro, era de tamaño gnomo, la orca se había tenido que quedar de pie.

Sabía que su local sería distinto, pero ahora intentaba darle forma en su mente. Contempló la decoración del pub; aquí había un cuadro al óleo con un viejo marco dorado; ahí, en el suelo, había un jarrón enorme de cerámica con unos helechos frescos para que su aroma endulzara el ambiente. También vio una sencilla lámpara de araña con tres velas gordas, que claramente se cambiaban regularmente y en las que no se apreciaba ningún feo reguero de cera.

Viv se estaba imaginando su propio local. «Será más luminoso gracias a ese tejado de establo tan alto que tiene. Algo de luz entrará por esas ventanas tan altas», pensó. Hasta pudo ver a qué se había referido Cal cuando había hablado de los reservados, pero quizá debería poner en medio otra mesa larga con bancos, que fuera una especie de asiento comunal.

Viv podía imaginarse las grandes puertas del establo abiertas de par en par, y tal vez unas cuantas mesas colocadas en la entrada que captaran la brisa y el sol. Las losas pulidas. Las paredes limpias y encaladas...

Sus pensamientos se vieron interrumpidos por la llegada de la cena, cuyo rico olor fue lo primero que percibió. Se dio cuenta de que estaba hambrienta.

—Antes de que se vaya —dijo la orca—, quería preguntarle si..., ¿es el dueño del local?

El semielfo parpadeó y, acto seguido, sonrió aún más ampliamente, de un modo que iba más allá de su amable trato profesional de costumbre.

—¡Por supuesto! Desde hace cuatro años.

—Si no le importa que se lo pregunte: ¿cómo empezó en este negocio?

El hombre se apoyó en la barra de bar.

—Bueno, esto no es un negocio familiar, si eso es a lo que se refiere. Y le aseguro que el primer local no estaba aquí, en la Gran Vía.

En ese instante, el semielfo se rio entre dientes.

—¿Y al negocio le costó arrancar? ¿O se llenó de clientes desde el principio?

Viv señaló el comedor.

—Ay, madre, tardó mucho en arrancar. He de reconocer que perdí más dinero del que me podía permitir el lujo de perder..., y luego todavía más. Pero, hoy en día, pierdo lo justo para ir tirando. ¿Tiene previsto abrir un pub por aquí? No se lo aconsejo.

Le guiñó un ojo; sin duda, estaba bromeando.

—No exactamente, pero quizás algo parecido.

El hombre pareció sorprenderse, pero enseguida recobró la compostura.

—Pues le deseo la mejor de las suertes, señorita. —Hablaba con la mano tapándole la boca, susurrando teatralmente—. Aunque le agradecería que no me quitara los clientes, ¿vale?

—Dudo mucho que eso vaya a suceder.

—Pues todo en orden. Y ahora cene, cene, o la comida se le quedará fría.

Viv cenó en silencio y no habló con nadie más. Cuando abandonó el pub, estaba pensativa. Localizó una tienda de velas que aún estaba abierta, compró una lámpara y regresó a la caballeriza. Ahí, se quedó tumbada sin pegar ojo, contemplando su llama. El sitio frío y en ruinas donde intentaba dormir no se parecía en nada al lugar que se imaginaba.

Aunque al día siguiente comenzaría el verdadero trabajo.

3

$\mathcal{F}$iel a su palabra, Cal llegó al alba. Viv había colocado la caja de arreos fuera, en la entrada, y estaba viendo cómo las sombras cobraban forma bajo el sol de la mañana, mientras pensaba en lo tremendamente bien que le vendría un café.

El trasgo arrastró su caja de herramientas hasta colocarla dentro de la gran entrada.

—Buenos días —dijo ella.

—Hum —dijo él, asintiendo de una manera bastante cordial. Sacó su copia de la lista de materiales de un bolsillo y la desdobló—. Hay mucho que hacer. Algunas de estas cosas las conseguiremos enseguida, otras llevarán un tiempo.

Viv sacó su bolsa. Aunque su platino y casi todos sus soberanos estaban en la caja fuerte, se imaginaba que habría suficiente dinero en la bolsa como para cubrir los gastos necesarios. Se la lanzó a Cal.

—Creo que puedo confiar en ti para que hagas los pedidos, si quieres.

Él pareció sorprendido. Tras apretar los dientes, pensativo por un momento, dijo:

—Supongo que no conseguirás los mejores precios si soy yo quien negocia.

—¿Crees que me irá mejor si negocio yo? —preguntó la orca, sonriendo sardónicamente.

—Bueno, será lo comido por lo servido. ¿De verdad quieres confiarme todo este dinero? ¿No temes que me largue con él? —dijo Cal, agitando la bolsa que tenía en la mano.

Ella lo miró un largo instante, con una expresión inmutable.

—No... —añadió el trasgo, mientras reparaba en el enorme tamaño que tenía la orca—. No, supongo que no.

Viv suspiró.

—Durante mucho tiempo, he sido consciente de que soy una amenaza con patas. Preferiría que no tuvieras que comprobarlo.

Cal asintió y se guardó la bolsa.

—Voy a tardar unas cuantas horas.

Viv se puso en pie, se estiró y se clavó los nudillos en la zona lumbar, que siempre le dolía cuando hacía frío.

—Tengo que alquilar un carro, algo con lo que poder llevar la basura. Y dar con algún lugar donde tirarla.

—Ve al molino para conseguir un carro —le aconsejó Cal—. Me imagino que serás capaz de encontrarlo. Respecto al resto, hay un vertedero al este, fuera del camino principal. El camino rural enlaza con el sur.

—Gracias.

—Entonces, me voy.

Cal ladeó un poco su boina y regresó a la calle sin prisa.

El trasgo tenía razón. En efecto, en el molino estuvieron dispuestos a alquilarle un carro por una moneda de plata (en ese precio, no estaban incluidos un par de animales de tiro); desde luego, era una cantidad excesiva por lo que recibía a cambio. Después de que pagara, el molinero sonrió de oreja a oreja, con suficiencia, sin duda imaginándose los problemas que iba a tener una orca para enganchar un caballo al carro, pero Viv cogió las varas con ambas manos, levantó el carro y, con suma facilidad, consiguió que se moviera al tirar de él.

El molinero observó que se alejaba con él, mientras se rascaba perplejo la parte posterior de la calva.

Viv fue entrando en calor y rompió a sudar en el viaje de vuelta. Por el camino, regateó con un albañil que tenía tres o cuatro escaleras de mano en una obra. Tras venderle una por diez monedas de cobre más de lo que habría sido normal, la orca la arrojó a la parte trasera del carro.

Laney volvía a estar en su porche, con la escoba en la mano, ensañándose con lo que Viv se imaginaba que era la entrada más limpia del Territorio. La saludó de manera cordial inclinando levemente la cabeza y se dispuso a iniciar el duro trabajo de vaciar y limpiar el viejo edificio.

Enseguida se dio cuenta de la cantidad de basura que se había ido acumulando en el local; ahí había madera podrida, hierro para herraduras, unas cuantas horcas oxidadas y dobladas, un montón de sacos de grano embalados, unos arreos destrozados, una colección de mantas mohosas para sillas de montar y una amplia gama de cosas voluminosas, inútiles y decrépitas. El despacho tenía sus propios escombros: libros de contabilidad devorados por las polillas, tinteros destrozados y una ropa interior invernal que se había vuelto gris por culpa del polvo y estaba ahí de forma inexplicable.

Viv hizo trizas la escalera de mano rota y la arrojó al carro; luego colocó la nueva y subió a la buhardilla. Por suerte, ahí solo había un poco de heno viejo, unos nidos de palomas y unos cuantos restos de esto y aquello. La Sangrenegra yacía en medio del polvo, acumulando ya un poco. La cogió, la levantó con ambas manos un segundo y, a continuación, la apoyó cuidadosamente sobre el techo inclinado.

Al mediodía, el carro estaba lleno.

Viv estaba manchada de la cabeza a los pies, y daba la sensación de que una tormenta de arena había arrasado el interior de la caballeriza, donde unas dunas pequeñas y unos montículos de suciedad se habían reubicado tras el caos. Pensó burlonamente que debería contratar a Laney para que lo barriera todo, pero, cuando miró hacia donde supuestamente debería estar, no vio a la anciana.

Sin embargo, había otra persona observándola desde su propia entrada.

Viv notó un cosquilleo en la espalda; una sensación de la que se fiaba mucho, ya que, después de todo, era la razón por la que seguía vivita y coleando.

—¿Puedo ayudarle en algo? —preguntó, a la vez que se sacudía el polvo de las manos y pensaba en que la Sangrenegra estaba arriba, en la buhardilla, fuera de su alcance.

Iba vestido de forma elegante, con una camisa con chorreras, un chaleco y un sombrero de ala ancha. Sin embargo, al mirarlo más de cerca, se percató de que esa ropa estaba raída, manchada de sudor y un poco deshilachada. Su piel lucía la tonalidad gris de los pétreos y tenía unos rasgos muy marcados.

—Oh, no, no necesito ayuda —respondió—. Siempre que podemos, nos gusta dar la bienvenida a la ciudad a los emprendedores en ciernes, y me pica tremendamente la curiosidad por saber qué clase de negocio va a montar en el barrio.

Hablaba con un tono suave y de una forma culta.

A Viv no se le pasó por alto que había usado la primera persona del plural de un modo nada claro.

—Oh, ¿es un funcionario municipal?

Viv sonrió, y esta vez no le importó mostrar sus colmillos inferiores en todo su esplendor. Se le acercó para que la diferencia de estatura quedara todavía más clara. Estaba bastante segura de saber perfectamente qué clase de hombre era este; sí, era un tipo al que, en unos tiempos no muy lejanos, habría agarrado del cuello y levantado en el aire.

El individuo no varió su actitud lo más mínimo y le devolvió la sonrisa.

—No. Pero considero que tengo el deber cívico de dar la bienvenida a los recién llegados y de mostrar interés por su bienestar.

—Pues entonces me consideraré bienvenida.

—¿Podría recordarme su nombre?

—No se lo he dicho. Pero en ese sentido estamos en paz, pues yo tampoco recuerdo el suyo.

—Está en lo cierto. Supongo que no le importará explicarme un poco en qué consiste su nueva… —posó la mirada sobre el carro situado detrás de ella y movió una mano enguantada— ¿aventura empresarial?

—Es un negocio secreto.

—Oh, bueno, no pretendo fisgonear.

—Me alegra oír eso.

Viv retrocedió, agarró las varas del carro y lo alzó, de tal modo que los bíceps se le marcaron en cuanto empezó a tirar. Pesaba mucho más que por la mañana. Un dolor tremendo se adueñó de su zona lumbar. No aminoró la marcha cuando se aproximó a la puerta, con cara de pocos amigos y la mirada fija en algún punto situado más allá de su visita, la cual, en el último segundo, tuvo que apartarse del umbral de un modo menos elegante del que, sin duda, habría preferido.

—¡Ya nos pondremos al día más adelante! —exclamó el hombre, mientras ella tiraba del carro que retumbaba al pasar por encima de los adoquines en su viaje hacia el oeste.

La orca tenía el rostro tenso y respiraba agitadamente por la nariz.

En el cielo, las nubes se fueron hinchando y juntando, amenazando con lluvia.

El resto de las personas que estaban en la calle buscaron refugio ante la tormenta inminente.

Cuando Cal volvió a aparecer esa tarde, el cielo parecía aún más oscuro. Viv había devuelto el carro y ahora estaba sentada sobre la caja de arreos. Se había arremangado, y unos surcos de sudor y mugre le recorrían los brazos.

Al aproximarse el trasgo, Viv vio que llevaba un bulto bajo el brazo. En cuanto Cal se detuvo, agitó una esquina de esa cosa delante de ella.

—Es lona. Parece que va a llover. Será mejor que mantengamos seca la madera nueva.

Le lanzó la bolsa del dinero, y ella la guardó sin molestarse siquiera en echarle un vistazo.

Viv arrastró la escalera de mano y cogió unas cuantas piedras que había sacado de un callejón. Ambos subieron al tejado y colocaron la lona sobre el agujero, anclándola ahí con las piedras, justo cuando unas gotas de lluvia empezaron a motear las polvorientas tejas naranjas.

En cuanto volvieron a estar dentro, escuchando el repiqueteo tenue de las gotas por encima de ellos, Cal dijo:

—Bueno, quizás hoy no entreguen nada, salvo que amaine. —Recorrió con la mirada el interior vacío—. Un gran trabajo, ¿eh? Ahora parece incluso un poquito más grande.

Viv sonrió con tristeza mientras contemplaba el local. Al estar tan vacío, el reto parecía insuperable.

—¿Crees que soy una necia?

—Hum. —Cal se encogió de hombros—. No tengo por costumbre compartir mis pensamientos menos positivos con alguien como tú.

—¿Con alguien como yo? —La orca suspiró—. ¿Qué quieres decir?...

—Con alguien que paga.

El trasgo sonrió levemente, como era habitual en él.

—Pues como soy la que paga, no veo ninguna razón por la que debas quedarte aquí sin hacer nada mientras...

La llegada de un carro, con tres cajas pequeñas y robustas, la interrumpió.

—Qué pronto llega —comentó Cal.

Viv se asomó por la puerta, bajo la lluvia.

—No es tu pedido —gritó, mirando hacia atrás. Ya había captado el olor.

Tras firmar la entrega, Viv pagó al conductor y declinó su ayuda a la hora de arrastrar las cajas una a una hasta el interior de la caballeriza. Las habían montado de un modo perfecto, con los laterales y la base encajadas de una manera ingeniosa; únicamente la parte superior estaba sellada con clavos. Unos gnomos estampados recorrían los paneles en los ángulos adecuados.

Cal observó con curiosidad cómo Viv dejaba en el suelo

la última; luego, la orca señaló la caja de herramientas del trasgo, a la vez que le lanzaba una mirada inquisitiva.

—Adelante —dijo Cal.

Viv cogió una palanca y abrió la tapa con ella. Dentro de la caja, había unos cuantos sacos de muselina. El olor era ahora más fuerte, y la orca se estremeció de impaciencia. Abrió uno de ellos y dejó que esos granos tostados marrones se le filtraran entre los dedos. Le encantaba el suave siseo que hacían al caer de nuevo en el saco.

—Hum. Tienes razón. No se parece mucho al té.

Viv salió de su ensimismamiento y alzó la vista hacia él.

—Eres capaz de olerlo, ¿verdad? Es como una mezcla de frutos secos tostados y fruta.

Cal la miró de soslayo.

—Creía que habías dicho que eso se bebía.

Viv le dio un mordisquito a un grano para probarlo y paladeó ese sabor oscuro, amargo y reconfortante que le impregnó la lengua. Sintió la necesidad de explicarse.

—Los granos se muelen hasta reducirlos a polvo y luego se les echa agua caliente, aunque el proceso no se reduce solo a eso. Cuando traigan la máquina, te lo demostraré. Por los dioses, cómo huele, Cal. Esto solo es un pequeño avance.

Se sentó sobre las losas y dio vueltas al grano con el pulgar y el índice.

—Ya te dije que me topé con esto en Azimuth, y recuerdo haber seguido el olor hasta el local, al que llamaban café. La gente estaba ahí sentada, tomando esto con estas tacitas de cerámica, y tuve que probarlo y… fue como beber lo que uno siente cuando está en paz. Cuando está en paz mentalmente. Bueno, si tomas demasiado, los efectos son muy distintos.

—Mucha gente admite que se siente en paz y muy tranquila después de tomar una cerveza.

—Esto es distinto. No sé si soy capaz de explicártelo.

—Oh, vale. —No parecía contrariado—. Por el bien de tu nuevo negocio, supongo que espero que la gente sienta lo mismo que tú con eso.

—Yo también.

La orca volvió a cerrar el saco, cogió el mazo del trasgo y clavó de nuevo la tapa de la caja.

Cuando Viv alzó la vista otra vez, Cal estaba saliendo de la zona del despacho. Se detuvo delante de ella y se quedó mirando el suelo pensativamente por un momento; la orca se conformó con esperar a ver qué tenía que decir.

—Me imagino que podrías necesitar una cocina o algo así ahí atrás. Un fogón. Quizá también un barril de agua y alguna tubería de cobre. Y ganchos para las cazuelas y las sartenes.

—Lo del barril de agua no es una mala idea. Debería haberlo pensado, ya que necesitaré agua. Pero ¿la cocina? ¿Para qué necesito eso?

—Bueno —contestó, como si pidiera disculpas por lo que iba a decir—, si al final nadie quiere esos granos con agua, al menos podrás darles algo de comer.

Cuando el día terminaba, dejó de llover, y la ciudad olía, si no a limpio, al menos a fresco. Aunque aún no había llegado el atardecer, Viv sacó su lámpara y sus notas de la caja de arreos, la cual había asumido su papel de banco del porche. Antes de que pudiera centrarse en repasarlas, divisó a Laney al otro lado de la calle, quien, envuelta en un chal, soplaba una taza de té.

Viv colocó la lámpara sobre la caja, guardó las notas y pisó varios charcos que se estaban secando para dirigirse al porche donde se encontraba la mujer.

—Buenas noches —dijo.

—Sí, hace una buena noche. —Laney señaló con la cabeza hacia la caballeriza—. Parece que has estado muy pero que muy ocupada, señorita.

Sonrió amplia y pícaramente al pronunciar esas palabras.

—Oh, sí. Supongo que sí.

—Estás durmiendo ahí, ¿verdad? Espero que cierres con llave por las noches, querida. A pesar de que tu local está cerca de la Gran Vía, no me gustaría que te toparas con algún indeseable cuando anochezca.

Viv no pudo disimular su sorpresa. Por regla general, la gente no solía preocuparse por su bienestar físico, ni siquiera ella misma. Aquello la conmovió.

—No te preocupes. La cerraré a cal y canto… Pero hablando de indeseables —Viv intentó formular la pregunta que quería hacer—. Hoy he tenido una visita. Llevaba un sombrero grande. —Alzó ambas manos a altura de la cabeza y las separó mucho—. Vestía una camisa elegante. Creo que era un pétreo. ¿Lo conoces?

Laney resopló y le dio un sorbo al té. No dijo nada durante un largo instante; finalmente, suspiró.

—Era un hombre del Madrigal, supongo.

—El Madrigal, ¿eh? ¿Es el cerebro de alguna organización local?

—De una panda de perros callejeros —le espetó Laney—. El Madrigal es quien tira de su correa. —Las arrugas se le contrajeron alrededor de la boca—. Pero al Madrigal no se le puede ignorar. Cuando te pidan que pagues…

—miró fijamente a Viv—, y lo harán, será mejor que te tragues el orgullo y pagues.

—No estoy segura de que sea capaz de hacer eso —contestó con suavidad.

Laney le dio unas palmaditas a Viv en su considerable antebrazo.

—Sé que quizás esto no se te haya pasado por la cabeza hasta ahora. Pero me parece que no estás aquí para hacer lo que siempre has hecho. ¿O me equivoco?

La anciana la había vuelto a sorprender.

—No, no te equivocas —contestó Viv—. Aun así, no estoy segura de que vaya a dejarme amedrentar por un hombrecillo con un sombrero enorme y una camisa estúpida.

Laney se rio por lo bajo enigmáticamente.

—No te preocupes por el tipo del sombrero. Es de los hombres del Madrigal de quien debes preocuparte; esos no tienen nada de estúpidos.

—Tendré cuidado —le aseguró Viv.

Durante unos minutos, se sumieron en un amigable silencio.

Viv miró de reojo la taza de té de Laney.

—¿Alguna vez has probado el café? —preguntó.

Laney la miró parpadeando y pareció ofenderse.

—Pues no. Nunca. Y, tal y como me educaron, una dama no habla de sus vicios —respondió remilgadamente.

Viv estalló en carcajadas, cosa que enojó mucho a la anciana.

Viv subió con el petate y la lámpara a la buhardilla de techo inclinado. El olor a grano de café se filtraba por las grietas de los tablones, así que lo inhaló profundamente, como si se tratara de un recuerdo reconfortante con aroma a tierra. La ocasional ráfaga de viento hacía que la lona sonara como un tambor lejano.

La Sangrenegra, que seguía apoyada sobre la pared, relucía bajo la luz de la lámpara. Viv clavó la mirada en ella durante un buen rato y pensó en el hombre del sombrero y el Madrigal. Sintió el impulso súbito de dormir junto a la espada, tal y como había hecho en cientos de acampadas.

Le dio la espalda deliberadamente, apagó la lámpara y se llenó los pulmones con el olor oscuro que venía de abajo.

En el tejado, se oyó un potente golpe sordo, seguido de unos pasos sigilosos, rítmicos y pesados, y del repiqueteo de algo que rozaba las tejas, pero la orca ya estaba adormilada y confundió esos ruidos con los de la lona.

Entonces, se durmió.

4

*L*a madera, las tejas y el resto del material que habían pedido fueron llegando poco a poco a lo largo de los días siguientes. De vez en cuando, caía algún chubasco y, acto seguido, el cielo se despejaba totalmente. Cuando tal cosa sucedía, Viv y Cal aprovechaban para reparar el agujero del tejado; quitaban las tejas viejas y las tiraban por el hueco, de tal forma que acababan hechas añicos al estrellarse contra el suelo. A la orca le sorprendió la cantidad de madera que tuvieron que usar para taparlo del todo.

Cal era tan metódico y concienzudo con las reparaciones como ella había esperado. Aunque ambos tuvieron que trabajar muy duro durante dos días, el tejado acabó siendo totalmente impermeable al agua otra vez.

A continuación, Cal examinó el interior, dio unos golpecitos a los tablones con un nudillo para ver cómo sonaban y en varias ocasiones arrancó un puñado de madera seca y podrida a la vez que negaba con la cabeza. Después de estar cuatro días arrancando madera vieja y clavando tablones de madera nueva, Viv se empezó a preguntar si no hubiera sido mejor reconstruir todo el condenado local. Para poder llevarse los escombros de ahí, tuvo que volver a pedirle al molinero que le alquilara el carro.

Construyeron una escalera de mano más estable y robusta para poder llegar a la buhardilla. Viv aprendió rápido a manejar el martillo y a clavar clavos; sí, se le daba razonablemente bien. Después de todo, lo de ser capaz de acertar en un blanco con un objeto contundente era una habilidad que había ido perfeccionando durante años.

La primera vez que Cal subió a la buhardilla y atisbó la Sangrenegra brillando amenazadoramente en la esquina, no hizo ningún comentario al respecto.

—Es acogedor —comentó—. Aunque, sin duda, necesita una cama y un tocador.

—No hace falta —contestó Viv—. Estoy acostumbrada a dormir al raso.

—Que estés acostumbrada no significa que debas hacerlo.

Pero no insistió, y así terminó la conversación.

En la zona principal del establo, hicieron lo que Cal había sugerido, cortaron las paredes de cada cubículo y convirtieron cada uno de ellos en una especie de reservado. El trasgo logró colocar unos estupendos bancos en U a lo largo de sus interiores. Montaron los tableros de las mesas, y Viv los colocó en su sitio, sobre los caballetes, gracias a su fuerza orca.

Viv construyó dos ventanas altas en las paredes norte y este, que permitían que el sol de la mañana descendiera desde la buhardilla hasta llegar a la zona del comedor nuevo.

Lijaron el mostrador del despacho y añadieron una extensión con goznes al final, con el fin de tener más espacio para trabajar. Cal reutilizó unas estanterías antiguas que se habían usado para los arreos y las trasladó a la pared del fondo de lo que Viv consideraba ahora la parte frontal del café. También cambió algunos cristales agrietados que había en la ventana frontal, que estaba dividida con un parteluz y situada junto a la puerta más pequeña.

—Bueno, ya no parece un establo —señaló Viv, mientras observaba cómo el trasgo colocaba el último cristal.

—Hum. Me alegro muchísimo de que también haya dejado de oler como tal.

Una tarde, Viv regresó del tonelero con un barril de agua sobre un hombro y unos cuantos cubos en la mano. Dejó el barril en la esquina, en la parte de atrás del mostrador, y sacó agua del pozo situado unas cuantas manzanas más abajo. Cal comprobó si había alguna fuga mientras ella lo llenaba.

Convirtieron la sala de atrás del despacho en una despensa con más estanterías. Viv consultó sus notas y excavó un hoyo que revistió de arcilla para almacenar cosas frías. Cal le añadió una estupenda puerta abatible.

Viv se subió a la escalera de mano para encalar la fachada, mientras Cal tapaba las grietas que se habían abierto en la argamasa que unía los cantos rodados en la parte inferior de las paredes.

Cuando la orca volvió a entrar, a la vez que se secaba el sudor de la frente con el brazo y arrastraba un cubo de cal, se lo encontró inspeccionando las losas, comprobando el estado de la arena que había entre ellas. A Viv se le fueron los ojos hacia el lugar donde se hallaba la piedra de Scalvert y tuvo que contenerse, pues deseaba ir corriendo hacia el trasgo para que dejara de hacer lo que estaba haciendo.

—¿Hay que hacer algún arreglo ahí? —preguntó, intentando hablar con un tono animado y normal.

¿Y si encontraba la piedra? ¿La reconocería? Y si era así, ¿qué más daba? Podía confiar en Cal.

Aun así…

El trasgo alzó la mirada.

—Hum. Quizás haya que echar un poco más de arena. Esta losa está suelta. Tal vez debería arrancarla y meter algo de arena debajo.

Cal dio un pisotón a la losa donde ella había enterrado la piedra. A la orca le dio un vuelco el corazón.

—Yo me ocuparé de eso —dijo Viv, con una sonrisa totalmente falsa.

Cal no pareció reparar en ello.

—Hum —dijo.

Y así terminó la conversación.

A última hora de la tarde (tras echar un vistazo a la calle arriba y abajo para cerciorarse de que el hombre del sombrero no la estaba vigilando), Viv sacó de su sitio la losa. Extrajo la piedra de Scalvert y la sostuvo en la mano. Era cálida al tacto y casi parecía emitir un fulgor amarillo centelleante, que no era un reflejo de la luz de la lámpara. La volvió a colocar en su sitio con cuidado, echó unos cuantos puñados de tierra para nivelar de nuevo la losa e introdujo otra vez arena en las grietas.

Esa noche soñó con la reina Scalvert, pero, cuando metió la mano en su cráneo para extraer la piedra, su carne le atrapó la muñeca. Aunque intentó sacar el puño de ahí, no pudo, y notó que la carne se contraía aún más, y los muchos ojos de la reina Scalvert se encendieron uno a uno, como unas señales de fuego en la oscuridad. Intentó soltarse de una manera cada vez más frenética, hasta que se despertó sobresaltada. Sintió un gran dolor en los nervios del brazo derecho y como si le hubieran clavado unos alfileres y unas agujas en la mano.

Después de estar un rato tumbada y sin pegar ojo, por fin volvió a dormirse. Por la mañana, se había olvidado de la pesadilla.

Los días transcurrieron bajo una mezcla confusa de trabajo, calor, músculos doloridos, astillas y polvo, todo ello acompañado del olor a sudor y cal y madera recién cortada.

Al cabo de dos semanas, el local ya parecía ser un lugar realmente respetable. Unas cuantas veces al día, Viv salía a la calle y, con los brazos en jarra, contemplaba el café con la reconfortante sensación, cada vez mayor, de estar consiguiendo lo que se proponía.

En una de esas ocasiones, se sobresaltó al darse cuenta de que, de repente, Laney estaba a su lado. La mujer usaba la escoba a modo de bastón, sobre el que apoyaba su peso. Viv no sabía cómo podía haberse acercado tan silenciosamente.

—Bueno, es la caballeriza más elegante que jamás he visto —comentó Laney, quien acto seguido asintió y volvió a su porche.

Viv, que no estaba segura de por qué no lo había hecho antes, se subió a la escalera de mano y arrancó el viejo letrero de LA CABALLERIZA DE PARKIN. Lo arrojó a la pila de la basura con gran satisfacción.

—Necesitamos un letrero nuevo —dijo Cal, con los pulgares metidos en la cintura de los pantalones, mientras miraba fijamente el soporte de hierro vacío.

—¿Sabes qué? —contestó Viv—. Como tomé muchas notas, creí que había pensado en todo. Pero nunca me paré a pensar en que necesitaría un letrero. O un nombre. —Bajó la vista para mirar a Cal—. Nunca se me pasó por la cabeza.

Durante un minuto, reinó el silencio; entonces, Cal se aclaró la garganta y, con el tono más titubeante con el que la orca jamás le había oído hablar, se atrevió a decir:

—¿El local de Viv?

—Supongo que es un nombre tan bueno como otro cualquiera —respondió la orca—. No se me ocurre nada mejor.

El trasgo no parecía sentirse satisfecho.

—Hum. Quizá…, quizá… ¿El Café de Viv?

—Si te soy sincera, me resultaría raro poner mi nombre a cualquier cosa. Sería como poner tu propia cara en el letrero.

Se quedaron callados.

—Supongo que podrías llamarlo Café, sin más. Eso no provocaría mucha confusión.

Viv clavó sus ojos en él y llegó a pensar que Cal no iba a apartar nunca la mirada, pero entonces una sonrisilla se asomó a la comisura de los labios del trasgo.

—Por ahora me parece que solo voy a colocar unos tablones —dijo la orca—. ¿Quién sabe? A lo mejor le pongo tu nombre. El Café Calamidad suena bastante bien.

Cal la contempló, resopló y contestó solemnemente:

—Pues sí, tienes razón.

Más tarde, esa misma semana, gran parte de la obra ya estaba terminada. Habían construido una gran mesa de caballete y colocado bancos entre los reservados. Ella y Cal los habían pintado y engrasado todos. También habían barrido los suelos y colocado los cristales en las nuevas ventanas altas.

Viv cogió una lámpara de araña y la sujetó con un gancho a una placa que Cal había colocado en la pared. Cuando la tarde llegaba a su fin, la encendieron con una vela larga y ambos se sintieron satisfechos con su luminosidad, que proyectaba hacia abajo una trémula sombra circular.

Una vez que se sentaron a la mesa, con las notas de Viv entre ambos, hablaron con más detalle sobre los muebles y las alfombras que iban a colocar; incluso se plantearon la posibilidad de traer unos juncos para perfumar el local.

Ambos dejaron de hablar al mismo tiempo.

En la entrada se encontraba el hombre del sombrero, quien, para colmo, venía acompañado. Estos hombres no vestían tan bien; era un grupo variopinto, formado por dos humanos y un enano con la barba recortada y una larga coleta por detrás de la cabeza. Viv vio al menos dos espadas cortas y habría apostado a que, entre todos ellos, llevaban al menos seis cuchillos, en alguna manga u otra.

—Me preguntaba cuándo volverías a pasar por aquí —dijo Viv, quien ni se molestó en levantarse.

—Me halaga que me hayas tenido presente en tus pensamientos —contestó el hombre, al mismo tiempo que cruzaba el umbral y contemplaba los cambios asintiendo—. ¡Por lo que veo, has estado trabajando sin parar! El viejo local nunca tuvo un aspecto tan magnífico. Aunque me parece que no te vas a dedicar al negocio de los caballos.

Viv se encogió de hombros.

Le dio la sensación de que aquel hombre no había dejado de sonreír desde su anterior visita.

—Mira, disfruto de las réplicas e indirectas ingeniosas tanto como cualquiera, pero intuyo que aprecias la franqueza. Yo soy un mero representante. Mis amigos me llaman Lack. Puedes llamarme así también. Esta calle, el distrito sur entero, está bajo la protección de nuestro vigilante benefactor: el Madrigal.

Hizo una reverencia, como si el mismo Madrigal estuviera aquí para verlo.

—¿Crees que necesito protección? —preguntó Viv, arqueando las cejas.

—Todos necesitamos que alguien nos proteja —respondió Lack.

—Y ahora llega la parte en que me comunicas que debo hacer una donación mensual en contra de mi voluntad por..., ¿cómo lo has llamado? ¿«La protección de nuestro vigilante benefactor»?

Lack la señaló con un dedo y sonrió aún más ampliamente.

—Bueno, ya has dicho lo que tenías que decir —soltó Viv, que, al volver a centrarse en sus notas, le indicó con indiferencia que ya podía irse.

Durante la conversación, Cal se había quedado paralizado, con la cara rígida.

Lack adoptó un tono teñido de cierto enfado.

—Espero tu donación a finales de mes. La tarifa actual es de un soberano y dos monedas de plata.

—Tú sabrás lo que esperas —replicó Viv con tono templado.

Con el rabillo de ojo, vio cómo los esbirros que estaban detrás de Lack hicieron ademán de aproximarse (lo cual habría sido un error muy ridículo por su parte), pero este los detuvo con un gesto.

Se hizo un silencio sepulcral mientras Viv esperaba una réplica.

Pero entonces Lack y sus hombres se fueron.

Cal lanzó un largo suspiro y la observó con preocupación.

—Escucha. No te conviene enemistarte con el Madrigal —dijo en voz baja. El trasgo siempre hablaba con un tono uniforme y firme, como si estuviera colocando ladrillos; ese cambio hizo que ella lo mirara muy seria.

—Eso es lo que me dijo Laney. —Puso una mano sobre la mesa y la abrió totalmente—. Pero, Cal, creo que sabes perfectamente qué he logrado con estas manos. ¿De verdad me ves haciendo una reverencia ante una panda de hombres tan bobos que no saben que si se meten conmigo tienen todas las de perder?

—Hum. No dudo de que fueras capaz de dejar fuera de combate a esos cuatro sin ningún problema. Pero escucha: ahí fuera, esos cuatro no están solos, y al Madrigal le gusta dar ejemplo.

—He oído muchas historias y muchas leyendas a lo largo de mi vida, y siempre son peores que la realidad. Sé cuidar de mí misma, y aquí no será distinto.

—Tal vez sí. Pero este lugar... —Dio unos golpecitos a la mesa con un nudillo—. Este lugar no resistiría un incendio. Sí, vale, eres capaz de cuidar de ti misma, pero me imagino que hay mucho más en juego. ¿O me equivoco?

Viv frunció el ceño y lo miró fijamente, sin saber qué decir.

Cal se levantó, la señaló con un dedo y dijo:

—Espera.

Rebuscó algo entre los últimos restos de los pedidos y sacó un martillo y unos clavos. Se puso de puntillas delante de la pared situada tras el mostrador y clavó unos soportes en la madera: uno, dos, tres.

—Haz esto al menos. Pon esa espada tuya ahí arriba —dijo—. Si vas a demostrarles que tienes dientes, al menos toma medidas para poder morderles cuando haga falta. ¿Hum?

Cuando esa noche Viv se retiró a dormir, la Sangrenegra estaba sobre esos soportes, que eran un altar de la muerte.

Deseó que hubiera seguido escondida en la esquina.

Viv no esperaba que Cal se presentara ahí, pero, alrededor del mediodía, apareció montado en la parte de atrás de un carro, junto a un fogón negro y varios tubos.

Cuando el trasgo bajaba de un salto, lo miró de reojo con desaprobación.

—¿Qué es todo esto?

Cal se encogió de hombros.

—Hum. Te dije que necesitabas una cocina. Y antes de que digas nada, ya está pagada.

La orca alzó las manos; la situación le hacía gracia al tiempo que la exasperaba. Los nerviosos caballos se asustaron.

—¿De dónde has sacado esto? Yo no soy repostera ni panadera.

Con un gesto, señaló hacia la habitación de arriba.

—Aquí dentro hace frío en invierno y no hay una chimenea. ¿Quieres helarte ahí arriba, en la buhardilla, cuando estés tumbada en el suelo y haya nieve en el tejado? Échame una mano con esto.

Viv no dijo esta boca es mía mientras levantaba el fogón y lo sacaba de la parte de atrás del carro; primero, un extremo; luego, el otro. Incluso a ella le era difícil manejar esa cosa de hierro tan pesada. Al final, logró bajarla y, tirando de ambos extremos, la metió en la parte delantera del local tras cruzar las grandes puertas. Cal metió los tubos del fogón, uno a uno, y acto seguido pagó al impaciente conductor.

La orca se sorprendió al percatarse de que estaba un poco fatigada. También le volvió a doler la espalda en cuanto se dejó caer sobre uno de los bancos.

—No puedo permitir que esto lo pagues tú, Cal.

—Hum. Oh, vaya. Ya me has pagado demasiado. He pensado que si iba a gastarlo en alguna idiotez, sería mejor gastarlo en esto.

—Con esto, tendré calor en invierno, ¿eh?

Cal asintió y dijo:

—Y si lo de los granos con agua no funciona…

Viv se rio.

—Ya que lo mencionas.

Con un gesto, señaló hacia el mostrador, donde había un mortero junto a unas cuantas teteras, un montón de trapos y algunas tazas de arcilla que estaban calentando al fuego.

—¿También vas a ser boticaria?

—Ya verás. Pero primero quitemos esta cosa de en medio.

Tal y como le indicó Cal, la orca colocó el fogón contra la pared oeste. Después de devanarse los sesos, hacer aspavientos y soltar varias palabrotas, el trasgo logró sujetar el tubo del fogón a la pared. Mientras Viv hacía algunos comentarios jocosos, Cal, usando un berbiquí y una sierra, logró meter el tubo por el reborde donde se encontraba con la pared. Unas cuantas horas más tarde, había logrado que el otro extremo hubiera cruzado el alero y le había colocado una tapa para protegerlo de la lluvia.

Valiéndose de algunos restos de madera, prendieron un pequeño fuego en la caja lateral. El humo ascendió y salió perfectamente.

—Muy bien —dijo Viv—. Echa agua en una de esas teteras y ponla ahí encima.

Cal arqueó las cejas.

—¿Vas a hacer granos con agua?

—¿Quieres probar el fogón o no?

El trasgo se encogió de hombros y obedeció; llenó la tetera con agua del barril.

Viv sacó un puñado de granos de café de uno de los sacos, los aplastó en el mortero y echó el café molido en un tubo de lino. Lo estiró sobre una de las tazas de arcilla y, cuando la tetera silbó, echó lentamente el agua hirviendo, poco a poco.

—¿Eso es una media de señora? —preguntó Cal.

Viv lo miró.

—Está limpia. Y yo no llevo medias.

—Solo era una pregunta —se excusó en voz baja.

—Hum —dijo la orca, a quien parecía habérsele pegado esa expresión tan característica del trasgo.

—¿Cómo pensabas exactamente usar esa tetera sin un fogón? —preguntó Cal sin rodeos.

—Mmmm, la necesitaba para llenar la máquina que van a traer. Solo ha sido una feliz coincidencia.

Viv terminó de verter el agua trazando una espiral en el aire y dejó los granos hinchados en remojo. Quitó el lino y revolvió la taza; acto seguido, cerró los ojos, se la acercó a la nariz e inhaló hondo.

Le dio un sorbito para probar... y sonrió, a la vez que asentía.

—No está del todo mal.

Cal la miró arrugando el ceño.

—A ver —dijo la orca, poniéndose a la defensiva—, no está tan bueno como lo estará cuando pueda hacerlo como es debido. Pero...

Le pasó la taza.

El trasgo la olisqueó de manera exagerada. Enarcó las cejas y asintió ligeramente. Con mucha lentitud y delicadeza, le dio un sorbo. Luego se quedó quieto, con la taza en la mano.

Después de que Viv considerara que había pasado un tiempo más que prudencial, no pudo evitar preguntarle:

—¿Y bien?

—Hum —contestó Cal—. Admito que... en realidad no está tan mal.

Se sentaron a la mesa grande, cada uno con su taza. Cal actuó como si estuviera ignorando la suya, pero Viv se dio cuenta de que, de vez en cuando, le daba un sorbo a escondidas, cuando pensaba que ella no miraba. La orca sostenía la suya con ambas manos, pensativamente, mientras gozaba de su calor y aroma. Se sentía como si se cerrara un círculo, era como el satisfactorio clic que hace un broche al cerrarse.

—Bueno —dijo Viv—, también se puede hacer con leche. Eso igual te gustaría.

—¿Con leche?

Cal puso cara de asco.

—Sabe mejor de lo que parece. En cuanto tenga la máquina, tendrás que probarlo. Los gnomos lo llaman un *latte*.

—¿*Latte*? ¿Eso qué significa?

—Creo que le dieron ese nombre en honor al gnomo barista que lo inventó: Latte Diameter.

Con cara de pocos amigos, Cal clavó su mirada en ella.

—No me puedes explicar lo que significa una palabra con otra palabra que nadie sabe lo que significa. ¿Qué es un barista?

—Cal, yo no me he inventado esas palabras.

—La gente va a tener que estudiar solo para poder tomar agua con gra…, café.

—No sé qué decirte. A mí me gusta. Así es más exótico.

—Medias de señorita y agua con granos; sí, todo muy exótico. Que los dioses nos asistan.

5

El tablón de anuncios de trabajo estaba en el extremo este de la plaza más grande de Thune. Era grande y bajo; debajo de fragmentos de pergamino o folios más nuevos, había otro centenar desgastados por el paso del tiempo. Mientras Viv ojeaba esos anuncios, la asaltaron los recuerdos sobre cacerías, recompensas y batallas. Tal vez había arrancado, con los nudillos ensangrentados, un centenar de esos carteles en una ciudad u otra, para reclamar el pago de un trabajo ya hecho.

Incluso había colocado algunos en su día; para contratar a alguien, porque necesitaba a alguien más para una partida de caza.

Pero este no se parecía a ningún otro.

Clavó su anuncio con uno de los muchos clavos de hierro que había ahí y leyó lo que había escrito:

SE BUSCA AYUDANTE: DEBE ESTAR DISPUESTO A APRENDER

SE REQUIERE EXPERIENCIA EN HOSTELERÍA

POSIBILIDADES DE ASCENSO

SE VALORARÁ LA VIRTUD DE LA PACIENCIA

SUELDO PROPORCIONAL A LA RESPONSABILIDAD

PUEDE PRESENTARSE EN LA VIEJA CABALLERIZA DE REDSTONE

POR LAS TARDES HASTA EL ANOCHECER

Era como buscar una aguja en un pajar, pero la piedra de Scalvert no le había fallado todavía.

Tras regresar al local, no paró de ir muy nerviosa de aquí para allá. El primer día que había estado en la ciudad, había solicitado por carta que le enviaran el material más importante, y si bien el café había llegado rápidamente, el otro paquete todavía tenía que hacerlo. Ahora que ya habían reparado y limpiado el local y no tenía nada con lo que gastar esa energía que surgía de su desasosiego, se sentía frustrada.

Después de haber estado trabajando sin parar varias semanas, y ahora que Cal ya no estaba ahí, la inactividad la tenía hecha un manojo de nervios. Al final, exasperada, metió las notas en su cartera y caminó hasta el pub que había visitado la primera noche que había pasado en Thune.

Se sentó a una mesa del fondo, pidió algo para desayunar y redactó unas listas cada vez más irrelevantes. Al mediodía, seguía teniendo el desayuno a medio comer; como el esfuerzo que había hecho para organizarse, presa de los nervios, había acabado en desastre, se levantó de su asiento, pagó y volvió airada al local a esperar.

Pensar que un candidato fuera a presentarse el primer día era, por supuesto, ridículo. Pero la piedra de Scalvert..., bueno, o confiaba en su poder, o no. Y si confiaba...

La piedra de Scalvert ardiente
dibuja el anillo de la suerte.

Viv prendió un fuego, hirvió agua, molió algunos granos y se preparó un café, que bebió con demasiada rapidez. Luego, se hizo otro. Y otro. En consecuencia, acabó más nerviosa que nunca y deseó haber escrito otras instrucciones en el anuncio. O que la fe que probablemente había depositado de forma errónea en el poder de la piedra no la mantuviera encerrada ahí. ¿De verdad creía que iba a dar resultados tan pronto?

La Sangrenegra pendía ominosamente de la pared. Aunque tuvo ganas de bajarla de ahí para afilarla y perderse en ese acto tan repetitivo y familiar para ella, se obligó a apartar la mirada. Se enojó con Cal porque la había obligado a colgarla y luego se enfadó consigo misma por echarle la culpa al trasgo, ya que eso era una estupidez. Viv podría haber hecho malabares con él con una sola mano, así que difícilmente podía haberla obligado a hacer algo.

Entonces, a media tarde, alguien llamó a la puerta, que se abrió bruscamente.

Una mujer entró a zancadas y echó un vistazo a su alrededor de un modo que era a la vez cauteloso y confiado. Era alta (no tanto como Viv, por supuesto) y tenía un lustroso pelo negro cortado a la altura de la barbilla. Vestía unos pantalones y lo que parecía ser un suéter, oscuro y sin forma, cuyo cuello le tapaba la garganta. Tenía un rostro aristocrático y unos ojos oscuros. Una sorprendida Viv se fijó en que unos cuernitos le sobresalían del pelo, su piel poseía un leve tono magenta grisáceo y tenía una cola con forma de látigo. La mujer era, sin duda, una súcubo.

Viv, que estaba pensando en mil cosas a la vez por culpa de los cuatro cafés que se había tomado, se levantó de su asiento.

La mujer la miró lentamente de arriba abajo, con un rostro imperturbable. Dirigió sus ojos deliberadamente hacia la pared, hacia la Sangrenegra, y luego volvió a mirar a la orca.

—Busca una ayudante —dijo. No era una pregunta. Tenía una voz ronca, pero hablaba con precisión.

—Sí, así es —respondió Viv, que se quedó ahí de pie.

La mujer arqueó lentamente las cejas y cerró la puerta tras de sí. Le tendió la mano.

—Tandri —dijo.

—Viv. —La orca le estrechó la mano torpemente y se maldijo por haber tomado tanto café—. Lo siento, la verdad es que no esperaba que se fuera a presentar alguien el primer día —añadió, lo cual no era para nada cierto, pero parecía ser una buena excusa para justificar lo dispersa que parecía estar.

—Me gusta ser puntual —contestó Tandri.

—Bien. ¡Bien!

Viv intentó serenarse. Había contratado ayudantes en otras ocasiones. Sí, habían sido mercenarios y rateros, desde luego, pero el proceso de selección era el mismo. Había que explicarles en qué consistía el trabajo, exponer las condiciones, hacerse una idea de si iban a poner pies en polvorosa o no en el momento más inoportuno y luego tomar la decisión. Era fácil.

—Sí, estoy buscando ayudante. Supongo que en el anuncio queda claro. El trabajo consiste en…, eh, yo lo describiría como…, hum. ¿Sabes lo que es el café?

La súcubo negó con la cabeza, de tal forma que su pelo se movió como si fuera una cortina líquida.

—No.

—Bueno, vale, no importa. ¿Y el té? Sí, seguro que sabes lo que es. Voy a abrir este local en breve; será una especie de tetería, pero de café, y no podré llevar el negocio yo sola. Necesito a alguien que esté dispuesto a aprender el oficio, a atender a los clientes, a ayudar en lo que haga falta. Probablemente, también le toque limpiar. Y tendrá que hacer café, ya sabes, cuando sea necesario, después de que... yo le enseñe a hacerlo. Esto..., en el anuncio puse que se requería «experiencia en hostelería». ¿La tienes?

Tandri no se inmutó lo más mínimo.

—No.

—Hum.

La súcubo inclinó la cabeza hacia Viv.

—¿Tú sí?

Viv se quedó boquiabierta un instante, hasta que logró responder:

—Pues... no.

—Estoy dispuesta a aprender. Ese requisito aparecía en el anuncio, arriba —dijo la mujer.

—Cierto.

Viv se rascó la parte de atrás de la cabeza. Por los dioses, qué situación tan incómoda.

—También ponía que había posibilidades de ascenso —señaló Tandri—. ¿Qué clase de posibilidades?

—Sí, escribí eso, ¿verdad? Bueno..., o sea, si las cosas van bien..., supongo que dependerá de tus intereses e inclinaciones.

Se hizo un silencio muy incómodo.

Viv no sabía qué decir. Nunca se le había dado bien expresarse con delicadeza. Hasta ahora, era una habilidad que jamás había tenido que desarrollar porque no había sido especialmente importante para ella. Las súcubos eran conocidas por tener ciertos... imperativos biológicos. ¿Acaso podían elegir tener esas necesidades y predilecciones? Siguió hablando:

—Eres una… súcubo, ¿no?

Al percatarse de lo que sugería indirectamente esa pregunta, a Tandri le cambió el semblante por primera vez; apretó los labios, entornó los ojos. Restalló la cola.

—Lo soy. Y tú eres una orca, que tiene un negocio que no es una tetería.

—¡Yo no te juzgo! —balbuceó Viv, que tenía la sensación de hallarse al borde de un gran error, y, aun así, avanzaba a trompicones hacia el precipicio—. Solo lo pregunto porque…

—No, no deseo vampirizar a tus clientes, si eso es lo que preguntas —afirmó Tandri con frialdad.

—Eso… no era lo que tenía previsto decir —le aseguró Viv—. Nunca habría dado eso por sentado. Es que nunca he trabajado con una de… vosotras…, y no estaba segura de cuáles son vuestras… necesidades.

Por los dioses, esto era una agonía. Tenía las mejillas ardiendo.

Tandri cerró los ojos y se cruzó de brazos. También tenía las mejillas coloradas.

Viv estaba totalmente segura de que se iba a dar la vuelta para marcharse.

Suspiró.

—Discúlpame. Mira, esto se me da muy mal. Realmente, no sé lo que estoy haciendo. —Señaló con el pulgar hacia la gran espada de la pared—. Esto es lo único que sé hacer, lo único que siempre he sabido hacer. Pero ahora quiero hacer otra cosa. Quiero ser otra cosa. Todo lo que he dicho ha sido una estupidez. Yo, mejor que nadie, debería saber que no hay que dar nada por sentado basándose en la especie a la que pertenece uno. Antes de que te marches, ¿te importa que volvamos a empezar?

Tandri tomó aire lentamente; inspiró por la nariz, espiró por la boca.

—No hace falta volver a empezar.

—Ah —dijo Viv, decepcionada—. Lo entiendo.

—¿Para qué perder el tiempo? Ya hemos hablado de casi todos los requisitos —dijo la súcubo enérgicamente—. Bueno, ¿y cuál es el «sueldo proporcional a la responsabilidad»?

Por un momento, Viv la miró con los ojos desorbitados y luego tartamudeó:

—¿Tres monedas de plata con ocho por semana, para empezar?

—Cuatro de plata.

—Eh…, sí, eso estaría bien.

—Sería aceptable.

—Entonces, ¿quieres el trabajo?

—Sí.

Tandri le tendió la mano de nuevo.

Viv, aturdida, se la estrechó.

—Bueno, entonces…, bienvenida a bordo. Y… gracias.

Aunque su intención había sido contratar a un ayudante, tenía la abrumadora sensación de que, sin querer, acababa de fichar a una socia. No podía evitar preguntarse quién había entrevistado a quién.

—Entonces estamos de acuerdo —dijo Tandri—. Ha sido un placer conocerte, Viv.

A continuación, se giró y se marchó, cerrando la puerta con suavidad tras ella.

—«Se valorará la virtud de la paciencia» —murmuró Viv.

Tardó varios minutos en darse cuenta de que no le había concretado cuándo tendría que empezar a trabajar. Pero, de algún modo, eso no le preocupaba.

Υ

Viv fue directamente a la plaza y quitó el anuncio, que no había estado colgado ahí más de siete horas. Lo dobló y se lo metió en un bolsillo; luego regresó al local y limpió lo que había ensuciado al moler esos granos furtivamente.

Después, salió y dio buena cuenta de un copioso almuerzo, de tal manera que volvió a casa sintiéndose llena y satisfecha. Al sentarse a juguetear con la vara de rabdomancia en la zona del comedor, no pudo evitar que la mirada se le fuera una y otra vez hacia el lugar donde reposaba la piedra de Scalvert.

Más tarde, tumbada en el petate, mirando fijamente el techo, pensó en el envío que le tenía que llegar de forma inminente y en la sensación de que todo se estaba poniendo en marcha. Lo único que le faltaba era poder superar aquel último escollo.

De repente, oyó un golpe seco. Algo había impactado contra las tejas del tejado. Se oyeron las pesadas y estruendosas pisadas de algo grande que se dirigía a la pared oeste. Se produjo una pausa elocuente..., y entonces oyó un ruido sordo.

Viv se levantó del petate sigilosamente, descendió por la escalera de mano y se paseó de un lado a otro de la calle oscura donde reinaba el silencio, mientras se esforzaba por ver si había algo en el tejado; después fue a echar un vistazo al callejón situado al oeste, pero no halló nada.

6

*E*n efecto, Tandri apareció a la mañana siguiente, confirmando así que Viv había hecho bien al no preocuparse al respecto. La orca se estaba escurriendo en la calle su pelo mojado y tenía un cubo medio lleno a su lado. Había vuelto a bañarse como cuando acampaba y descubría que no le gustaba la casa de baños más cercana.

Se recogió el pelo y lo sujetó con una horquilla; acto seguido, se puso de pie y se secó la cara con la palma de la mano.

—Debería haberte dicho cuándo comenzaríamos a trabajar —le comentó—. Aún no puedo abrir porque sigo esperando a que me traigan algo.

—Pues a mí me pareció que había mucho que hacer —señaló Tandri, que se mostró tan directa y seria como el día anterior; carecía totalmente de la sensualidad que Viv había percibido en las demás súcubos que había conocido, aunque tenía que admitir que era un número ridículamente pequeño. Solo el lustre de color sirope del pelo de Tandri y los sinuosos movimientos de esa cola dejaban entrever algo más aparte de una marcada eficiencia.

—¿Eh? —preguntó Viv.

—Tendré que saber qué voy a hacer. Y qué mejor momento que ahora para que me lo expliques.

—Ya. Bueno, en realidad, no podré entrar en detalles hasta que llegue la máquina, pero el plan para hoy era ordenar y preparar alguna vajilla y algunos muebles. No soy una gran decoradora, pero tengo algunas ideas. Iba a ir a ver a un alfarero, y luego, a buscar algunas mesas para colocarlas en la calle, e incluso algunas sillas, tal vez… —Hizo un gesto vago con la mano—. ¿Y algunos… cuadros? Pensaba que esta iba a ser la parte más fácil, pero es muy complicada.

—Puedo sugerirte algo —dijo Tandri, pero no sonó como si le estuviera haciendo una pregunta.

Viv le indicó con un gesto que siguiera hablando.

—Como todas las semanas, hoy está abierto el mercado de Thune, y también lo estará mañana. Si quieres ahorrar dinero y no deambular de aquí para allá innecesariamente, te recomendaría ir ahí.

—¿Estás dispuesta a ser mi guía?

—Es tu plata —contestó Tandri.

Si bien había empleado el mismo tono de siempre, Viv pensó que podía ver que una levísima sonrisa se asomaba a su rostro.

La mayoría de los civiles con los que se topaba la orca se mostraban muy cautelosos cuando trataban con ella, era como si, acobardados, esperaran recibir un golpe que nunca les propinaría. Le encantaba que la súcubo fuera tan franca. Cal también lo era, pero de una forma totalmente distinta. Volvió a pensar en la piedra de Scalvert y en qué más le traería.

Viv cerró el local con llave y siguió a Tandri, que se encaminó hacia el norte de la Gran Vía hasta llegar a una vía pública donde muchos comerciantes tenían tiendas o talleres permanentes. Se sorprendió al percatarse de que estaba cerca de donde había ido a ver al cerrajero el día que llegó. Casi todos los vendedores tenían toldos, mesas y expositores en la amplia calle, donde ya se estaba congregando una gran masa de compradores.

Estuvieron recorriendo el mercado durante unas cuantas horas, hasta más allá del mediodía. Viv estuvo atenta por si localizaba algún objeto de la lista, y Tandri impidió que hiciera algunas compras de las que luego se habría arrepentido, al fijarse en que esa cerámica tenía grietas o las juntas de esos herrajes eran de mala calidad. Sin que nadie se lo pidiera ni le diera permiso, asumió las riendas de las negociaciones, y Viv pudo ver que, a pesar de que iba vestida por entero con una ropa nada llamativa y su actitud era de lo más normal (no se valía en absoluto de su atractivo físico para salirse con la suya), los mercaderes reaccionaban ante... algo que había en ella.

Al final, Viv compró un conjunto de platos, tazones y tazas de arcilla, así como un par de teteras de cobre mucho más grandes. También adquirió una caja robusta de cubertería de color plata, un gancho para colgar utensilios, una alfombra, dos mesas de hierro forjado con unas sillas a juego, cinco lámparas de pared, diversos productos de limpieza y varios cuadros bucólicos que Viv pensaba que estaban borrosos, pero que según Tandri resultaban evocadores. Aunque en la mayoría de los casos la súcubo negociaba que la entrega debía estar incluida en el precio, cuando se marcharon de ahí, Viv llevaba la caja de cubertería y el colgador de utensilios bajo un brazo.

Después de dejarlo todo en el local, Viv insistió en agradecerle a Tandri lo que había hecho invitándola a un almuerzo un tanto tardío.

Había un local fey en la Gran Vía que solo abría durante el día y que, de algún modo, le pareció que era el sitio más adecuado para comer en ese momento. Hacía un buen día y el aroma del río era intenso. Optaron por sentarse a una de las mesas de la calle.

La cocina fey era conocida por su repostería y el modo tan ingenioso en que presentaban sus platos. Y si bien Viv no era muy quisquillosa a la hora de comer, tenía que admitir que le había cogido el gustillo a esta clase de gastronomía.

—Bueno —dijo, mientras esperaban a que llegara la comida—, ¿siempre has vivido aquí, en Thune?

—No —respondió Tandri, quien estaba sentada de una manera serena y elegante—. He vivido en muchos lugares. —La súcubo le dio habilidosamente un giro a la conversación y la centró en la orca—. Y está claro que tú no eres muy cosmopolita. ¿Por qué elegiste Thune?

Viv pensó en las líneas ley, en la verdadera razón por la que había escogido Thune; como pensó que era un tema espinoso, optó por darle una respuesta menos complicada, pero que también era cierta.

—Para investigar —contestó. Viv se miró con cierta tristeza—. Viéndome cuesta imaginarlo, pero leo mucho. En fin, en cuanto se me metió la idea en la cabeza de que tenía que hacer esto, pasé mucho tiempo en los ateneos, hablé con mucha gente y, por muchas razones, me pareció que este era el sitio ideal.

—Para montar un café —apostilló Tandri, esbozando una leve sonrisa—. Un negocio que no es una tetería. ¿Es un sueño que tenías desde hace mucho o solo querías darle un giro a tu vida?

De un modo un poco más elocuente que a Cal, Viv le

explicó que se había topado con un café en Azimuth. Tandri se quedó pensativa.

—Me parece que es algo muy distinto a lo que has hecho antes.

—Hum, ¿y a qué crees que me dedicaba antes? —Viv enarcó una ceja.

Tandri se arrepintió de lo que acababa de decir.

—Tienes razón, he dicho una estupidez, sobre todo si...

Viv resopló.

—Solo quería ver cómo reaccionabas. No me ha molestado. Estoy curtida en mil batallas. Por si te sirve de algo, no te equivocas al suponer eso. Uno no acaba con tantas cicatrices si se dedica a la agricultura.

Tandri le lanzó una mirada inquisitiva y, a continuación, pareció relajarse.

La comida llegó y, en cuanto el camarero fey se marchó, Tandri alzó su jarra de cerveza de baja graduación.

—Bueno. Por las suposiciones inapropiadas.

Viv alzó su propia bebida.

—Brindo por eso.

Mientras comían, Viv continuó hablando:

—Creo que llevaba buscando una salida desde hacía años. Tras tantas aventuras, peleas y persecuciones para obtener recompensas, uno acaba desangrándose lentamente por un centenar de heridas o esperando recibir un golpe mortal. Pero ni te planteas la posibilidad de hacer algo distinto. Esta fue la primera vez que algo me hizo sentirme de tal manera que quería seguir sintiéndome así. De modo que aquí estoy, y aún me queda algo de sangre.

Tandri asintió, pero no dijo nada.

Viv aguardó, pues creía que quizá Tandri tendría algo que decir; sin embargo, se limitó a continuar comiendo.

«Tal vez en otra ocasión.»

Aun así, fue una comida muy agradable.

Cuando regresaron al local, vieron que en la calle, delante de la entrada, había una caja gnoma enorme; encima de ella, estaba sentado, con las piernas colgando, un enano robusto al que Viv conocía muy bien.

—¡Roon! —exclamó—. ¿Qué diantres haces aquí?

El enano bajó de un salto y se aproximó, mientras se mesaba nerviosamente su bigote trenzado.

—Simplemente, he venido a traerle un pedido a una vieja amiga —contestó.

—Ven aquí, viejo canijo —le dijo la orca, a la vez que abría los brazos de par en par.

Por la cara que puso, dio la impresión de que Roon se sentía aliviado. El enano la abrazó.

—Tengo que decir que no estaba seguro de si querrías verme. La forma en que te marchaste...

Viv se apoyó en una rodilla para agacharse, de tal manera que sus rostros quedaron a la misma altura.

—Lo siento. Si me hubiera parado a explicarlo, si hubiera intentado explayarme, creo que me habría convencido a mí misma de que no debía hacerlo. No fui justa ni contigo ni con el resto, pero...

La orca se encogió de hombros con impotencia.

El enano la miró a la cara; acto seguido, asintió con firmeza y la agarró de los hombros.

—Bueno, ahora que has dejado todo atrás, ya puedes contárnoslo, ¿no?

—Sí, puedo hacerlo. —Entonces, alzó la vista hacia la caja—. Pero... ¿la entrega?

—¡Ah! Bueno, mi hermano Canna dirige la estación de carruajes de Azimuth. Vio tu nombre, le picó la curiosidad y me informó al respecto. Me ofrecí a proteger esta entrega. Ya lo había hecho otras veces. He de decir que, tras ver la caja, ardo en deseos de saber qué tramas.

En ese instante, el enano miró fugazmente hacia algo que había detrás de ella.

—¡Oh! Esta es Tandri. Trabaja conmigo. —Viv se puso en pie y los presentó—. Tandri, este es Roon. Vivimos muchas aventuras juntos durante, oh, durante años, supongo.

—Hasta hace muuuuuy poco. Encantado de conocerte —dijo Roon.

—Lo mismo digo.

—Bueno, no podemos quedarnos así en la calle —señaló Viv, que abrió el local y, a continuación, desatrancó y abrió las grandes puertas—. Roon, ayúdame a meter esta cosa.

Juntos, la arrastraron hasta la mesa larga. Tandri los siguió desconcertada.

—Vale —dijo Viv—. Como te pica la curiosidad, ¿quieres hacer los honores?

—No me importaría, desde luego —respondió Roon.

Cogió el hacha de mano que llevaba en el cinturón y, con el borde de la hoja, abrió con delicadeza las esquinas de la tapa, que quitaron a continuación.

Dentro, entre virutas, había una gran caja de color plata, repleta de tuberías ornamentadas, con unos medidores tras unos cristales gruesos, un conjunto de botones y diales, así como un par de artilugios con unos mangos largos en la parte frontal.

—Viv —dijo Roon, de pie sobre el banco para poder mirar el interior de la caja—. No tengo ni repajolera idea de qué es esto.

—Es una máquina de café —caviló Tandri en voz alta—, ¿verdad?

—Sí, eso es exactamente —respondió Viv, con una gran satisfacción.

—¿De café? —dijo Roon—. ¿No era eso lo que tanto te obsesionaba en Azimuth? —Miró a Tandri—. No paraba de hablar de ello.

—Sí. —Viv le sonrió.

—Bueno, ¿y qué diantres planeas hacer con eso? —preguntó Roon.

—Ayúdame a sacarlo de aquí y te lo contaré.

Rápidamente, la colocaron sobre el mostrador y sacaron la caja a la calle. Viv volvió a cerrar las grandes puertas. No quería recibir otra visita inesperada de Lack, y menos ahora. Con Roon aquí, tal vez le costara más contenerse y acabaría machacándolo hasta hacerlo sangrar.

Entre las virutas de la caja, había un folleto. Tandri se lo quedó y lo leyó detenidamente mientras Viv y Roon charlaban sentados a la gran mesa.

Después de que Viv le explicara sus planes y lo que le había hecho al local, Roon recorrió con la mirada el edificio con más detenimiento y admiración.

—Fiu —dijo—. Bueno, Viv, cuando te pones con algo, siempre vas a por todas. No puedo asegurar que entiendo cómo planeas lograr que esto funcione, pero nunca te metiste de cabeza en una pelea sin saber cuál iba a ser el resultado final. Así que supongo que tendré que fiarme más de tu instinto que del mío.

—Eso no lo tengo tan claro —señaló Viv—. Pero haré todo lo posible por no dejar nada en manos del azar.

Mientras ella decía estas palabras, Roon la miró con suspicacia; daba la sensación de que tenía intención de seguir ahondando en ello.

—Bueno, ¿cómo está Gallina? —preguntó Viv rápidamente, para que no insistiera en ese tema que podía incomodarla mucho.

—No puedo decir que no se sintiera dolida. Pero ya la conoces, es dura de pelar. Quizás aún esté resentida, pero estará bien. Si quieres que le diga algo, ya sabes..., que le lleve una carta, tal vez...

—Debería escribirle, pero creo que será mejor que me lo piense un poco. ¿Seguís cruzando Varian?

—Por supuesto. Es la ruta más fácil para llegar a casi todos los lugares.

—Le enviaré algo ahí, en cuanto sepa bien qué decirle. Dile..., bueno, dile que lamento haberme marchado como lo hice.

Roon asintió y, acto seguido, tamborileó con las manos sobre la mesa.

—Hablando de marcharse, debo partir. El día se acaba y mañana tengo un largo camino que recorrer. Pero antes de irme...

Rebuscó algo en la bolsa que llevaba al cinturón y sacó de ahí una piedrecita gris con tres rayas ondulantes grabadas en el lateral.

—¿Es una piedra parpadeante?

—Sí —contestó Roon—. Llevo su pareja encima. Sé que te has asentado aquí y que esperas no tener ningún problema, pero, si alguna vez te metes en algún lío, si las cosas no van como debieran..., lanza esto al fuego, y yo recibiré la señal y te encontraré, ahora que sé dónde estás.

—Todo va a ir bien, Roon.

—Seguro que sí. Pero también…, tal vez algún día te des cuenta de que debes volver ahí fuera. —Levantó las manos antes de que ella pudiera protestar—. ¡No estoy diciendo que vayas a hacerlo! Ni siquiera digo que sea probable. Pero será mejor que estés preparada por si acaso, ¿no?

La orca cogió la piedra que le ofrecía.

—Sí, será mejor que esté preparada. Desde luego.

Aunque era lo que menos deseaba, tenía que reconocer que Roon le estaba haciendo un favor (a pesar de que los había dejado en la estacada sin darles una explicación), así que lo menos que podía hacer era aceptar amablemente ese regalo que le estaba dando su amigo.

—Entonces, me marcho —dijo bruscamente. Se levantó y la abrazó de nuevo. Hizo una corta reverencia ante Tandri y añadió—: Ha sido un placer, señorita.

Viv lo acompañó hasta la salida.

—Me alegro de haberte visto, Roon. De verdad. Pídeles perdón a Gallina y a Taivus de mi parte. Y a Fennus dale…

Roon la miró con una sonrisa de oreja a oreja.

—¿Una patada en las posaderas?

—Hum —contestó la orca.

—Ya nos veremos. Cuídate, Viv.

Y se adentró en la noche.

—Lo siento. —Al volver, Viv se percató de que Tandri continuaba leyendo detenidamente el folleto gnomo—. Sinceramente, no hace falta que estés aquí hasta tan tarde. He perdido la noción del tiempo, deberías haberte ido hace una hora.

La súcubo dejó de leer y alzó la mirada.

—¿Después de todo lo que ha pasado hoy? No, creo que

tengo que saber cómo funciona esto. No estoy segura de que pueda esperar hasta mañana cuando la tengo aquí delante. No quiero quedarme en ascuas.

Tocó la reluciente máquina brevemente.

Ahí, sobre el mostrador, tenía un aspecto moderno y lustroso. La ingeniería gnoma era realmente maravillosa. No era exactamente igual que la que Viv había visto en Azimuth, pero se parecía bastante, y, ahora que Roon se había marchado, la emoción la embargó todavía más, junto a cierta inquietud que le revolvía el estómago.

—¿Ya sabes cómo funciona? —preguntó Tandri.

—En gran parte, sí —contestó Viv, mientras recorría con la mirada las tuberías curvadas y las placas de vidrio pulido.

—Bueno. —Tandri había adoptado un semblante un poco más alegre—. No me dejes en ascuas.

—¡Vale! Primero, hay que encender el fuego.

Viv localizó la puertecilla que había en la parte frontal y la abrió. Pudieron ver que ahí dentro había una candileja y una mecha. Después, encontró una cerilla larga de azufre, la frotó contra algo duro para encenderla y prendió con ella la mecha; a continuación, cerró la puertecilla.

—Y ahora el agua…

Llenó una tetera con agua del barril, abrió otra puerta que había en la parte superior y, con cuidado, vertió el agua en la candileja.

Mientras sacaba una bolsa de granos del almacén, oyó un siseo leve que iba en aumento; para cuando regresó, los medidores de la parte frontal ya se estaban moviendo.

En un extremo, había un mecanismo para moler muy ingenioso, y la orca echó unos cuantos granos en otro compartimento distinto. Sacó de su sitio uno de esos artilugios, que contaban con un mango largo y estaban situados en la parte delantera de la máquina, y lo colocó en un hueco ubicado bajo el molinillo. En cuanto la manecilla derecha del medidor llegó a la sección azul de su esfera, la orca tiró de una palanca y se oyó un chirrido estruendoso al mismo tiempo que los granos se molían y apretaban en el cucharón del mango.

—¿Me puedes pasar una de esas tazas?

Tandri obedeció, mientras observaba todo el proceso con interés.

—Y, ahora, el toque final —dijo Viv, que colocó de nuevo el cucharón en el sitio de donde lo había sacado, puso la taza debajo y tiró de otra palanca.

Tras un siseo más potente y agudo, y un gorgoteo, la máquina emitió un sonido vibrante a la vez que el agua atravesaba las tuberías plateadas. Después de varios segundos en los que aumentó el ruido, un chorrito marrón cayó en la taza de abajo.

Viv esperó demasiado para cortar el flujo, pero pudo ver inmediatamente que casi lo había hecho todo de forma correcta. El aroma a fruto seco que se elevaba de la taza era intenso, reconfortante... y perfecto.

Se acercó la taza a la nariz, cerró los ojos e inhaló profundamente.

—Por los dioses. Sí, eso es.

Viv se sintió aliviada y eufórica a partes iguales.

—La verdad es que me gusta así, pero para ser la primera vez...

Viv sostuvo la taza debajo de otro pitorro y apretó un gatillo que había en la parte superior, de tal modo que entró agua caliente borboteando en la taza hasta que estuvo casi llena.

Se volvió con cuidado hacia Tandri y le ofreció la taza.

—Toma. Adelante. Aunque ten cuidado, que está caliente.

Tandri, muy seria, agarró la taza y la sostuvo con ambas manos, mientras la olía dubitativamente.

Se la llevó a los labios, sopló durante varios segundos y, entonces, le dio un sorbo con mucha cautela.

Se hizo un largo silencio.

—Oh —dijo Tandri—. Ay, madre.

Viv sonrió de oreja a oreja. Sí, esto podría salir bien.

7

La siguiente vez que Cal apareció con sus herramientas, Viv le mostró con orgullo la máquina de café gnoma. El trasgo la estaba examinando con interés, con los pulgares metidos en el cinturón, cuando Tandri apareció.

Viv los presentó.

—Encantado —dijo Cal, a la vez que hacía una honda reverencia.

—Has hecho un buen trabajo —comentó Tandri, señalando hacia el interior—. Recuerdo cómo solía ser este sitio.

El trasgo se sintió levemente henchido de orgullo al oírlo, y Viv estaba segura de que hacía todo lo posible para no sonreír, pero se limitó a asentir y a soltar su inevitable:

—Hum.

A lo largo del día, poco a poco, fueron llegando las cosas que habían comprado durante la visita al mercado del día anterior.

Cal colgó las lámparas de pared, mientras Tandri y Viv sacaban la vajilla de las cajas para ponerla en las estanterías, desenrollaban la alfombra y colocaban las mesas y las sillas en la calle debajo de las ventanas frontales.

A media tarde, Cal se excusó y se marchó a hacer un «recadito». Regresó un rato después, arrastrando un bulto muy incómodo: un letrero de madera. Respirando agitadamente, lo dejó en el suelo con la parte frontal dada vuelta y tamborileó con los dedos nerviosamente sobre su parte superior.

—Bueno —dijo—, debería habértelo preguntado, pero… me pareció que estabas indecisa. Y como aún no hay nada colgado… Así que después de pensarlo mucho, me dije…, bueno. —Viv habría podido jurar que el trasgo tenía las mejillas coloradas—. Oh, por los dioses.

Resopló y giró el letrero para que ella pudiera verlo.

El letrero tenía la forma de un escudo de lágrima, donde había dos espacios diferenciados, separados por una espada que reconoció; el nombre se partía en dos.

—No tienes por qué usarlo, por supuesto. Simplemente, se me ocurrió y, como tenía algo de tiempo libre, me imaginé que…, bueno, necesitas un letrero. La gente no puede pensar que sigue siendo una caballeriza —dijo con cierta tensión en su voz.

El letrero rezaba:

EL CAFÉ DE LAS LEYENDAS

—Cal. —A Viv se le hizo un nudo en la garganta—. Es perfecto.

—Bueno —dijo el trasgo, que, a continuación, se lo lanzó con ambas manos.

Tandri asintió pensativamente.

—Realmente será fácil recordarlo. Pero ¿a qué viene lo de las «leyendas»?

—A que el café que vais a vender es tan bueno que las leyendas acabarán hablando de él. Lo comprenderás cuando pruebes un *latte* —respondió Cal.

—¿Qué es un *latte*? —preguntó la súcubo.

—Agua con granos y leche —contestó Cal, susurrando de un modo teatral, mientras miraba de soslayo.

Tandri puso cara de pocos amigos.

Viv se rio y cogió el letrero, que sostuvo en alto para admirarlo.

—Pues os voy a preparar un *latte* como es debido y os lo vais a tomar. Tengo una jarra fresca de leche en la fresquera, y he estado practicando esta mañana.

—Hum. Primero, colguemos ese cartel.

Viv era tan alta que, con subirse a una silla, era capaz de alcanzar el brazo de hierro, donde quedó colgado el letrero tras encajarlo en los ganchos. Sin lugar a dudas, Cal lo había medido todo previamente.

Todos retrocedieron para admirarlo.

—De bien nacido es ser agradecido. ¿Te apetece ahora esa agua con granos y leche? —preguntó Viv, que sonreía ampliamente a Cal.

Aunque el trasgo refunfuñó ostensiblemente, observó con avidez cómo Viv le mostraba por entero el proceso de preparación; por último, espumó la leche bajo un pitorro plateado del que salía vapor a chorro. Después, echó la espuma en la taza, que colocó delante de él. Cal miró primero la taza y luego a la orca. Tras soplar con cautela, le dio un sorbo.

Abrió los ojos como platos.

—Oh, mierda. Agua con granos y leche. Que me aspen.

Al dar otro sorbo más largo, se quemó la lengua.

—Esto tengo que probarlo —dijo Tandri.

Cal le dio la taza mientras soplaba para enfriarse la boca, que se le había escaldado.

Tras darle un sorbo cuidadosamente y evaluarlo con los ojos cerrados, Tandri afirmó que estaba excelente.

—¿Por qué no sirven esto los gnomos que hay en Thune? —preguntó asombrada.

—¿Quién sabe? Pero me alegro de que no lo hayan hecho —respondió Viv—. ¡Al menos deja que sea la primera y asiente mi negocio!

—Brindo por eso —dijo Tandri, que dio un trago más largo y restalló su cola muy feliz.

—Devuélvemela, por favor —le pidió Cal, haciendo un gesto con la mano—. De todos modos, ¿no se supone que debes aprender a preparar esto?

—He leído el libro que venía en la caja, pero preparar esto es un arte o algo así —respondió la súcubo, al mismo tiempo que le devolvía la taza.

—Venid aquí. Os lo mostraré —dijo Viv, que sonreía y tuvo la sensación, por primera vez, de que se sentía a gusto en este edificio, esta ciudad, este lugar. En este lugar donde seguiría estando mañana, la semana siguiente, la próxima estación, el próximo año…

Porque era su hogar.

—Así que la inauguración será mañana, ¿no? —preguntó Tandri, cuando todos estaban sentados a una de las mesas de la calle, bebiendo sus respectivas consumiciones.

—Eso espero —contestó Viv—. Aunque realmente no sé qué esperar. Si soy sincera, estoy nerviosa. Tengo la sensación de que hay algo más que debería estar haciendo para preparar la inauguración, pero no sé qué es, así que he pensado que debería entrar ahí, sin más, y ponerme manos a la obra hasta sudar sangre mientras voy improvisando..., vamos improvisando.

—Bueno, lo ideal sería que no corriera la sangre —dijo Tandri con una sonrisa irónica—. Pero ¿de verdad esperas que la gente se presente aquí, sin más? ¿No vas a hacer publicidad?

—¿Publicidad?

—Sí, haz que corra la voz. Coloca carteles. Contrata a un pregonero para que la gente sepa que has abierto.

Viv se quedó de piedra.

—Eso nunca se me habría ocurrido.

—Pues para haber planeado esto tan concienzudamente, eso sí que me sorprende un poco —afirmó Tandri.

Viv se sintió criticada y halagada al mismo tiempo.

—Como yo me topé con ese café en Azimuth, di por hecho que aquí sucedería lo mismo.

—Pero ahí ya tenían clientes, ¿no?

—Claro.

—Esa es otra forma de promocionarse. Viste a gente consumiendo que frecuentaba el local. Así supiste que merecía la pena investigar qué era aquello.

—Oh. Pareces saber mucho más de esto que yo. Bueno..., ¿qué me sugieres que haga?

Tandri reflexionó antes de responder. A Viv le gustaba ese rasgo de su personalidad.

—Por abrir no va a pasar nada malo. Ya iremos puliendo los detalles. El problema que veo es que, aunque le cuentes a la ciudad entera qué estás vendiendo, nadie sabe qué es realmente, como nos pasaba a Cal y a mí.

Cal asintió.

—En fin —continuó Tandri—, quizá tengamos que educar a la gente. Hum. Déjame que lo piense. Mañana será el ensayo general, pero, francamente, yo no esperaría demasiado. No quiero que te lleves un chasco.

Viv frunció el ceño.

—Después de ver cómo habéis reaccionado ambos a lo de la inauguración, debo admitir que no me imaginaba que todo esto pudiera ser tan complicado.

—Creo que no tienes que preocuparte todavía —dijo Tandri, a la vez que le tocaba la mano brevemente—. Solo pienso que no deberías echar las campanas al vuelo.

Viv estaba reflexionando al respecto cuando oyó otra voz que la sobresaltó.

—¡Bueno, señorita, me parece que te has instalado perfectamente!

Laney les mostró una amplia sonrisa, dibujada en un rostro que recordaba a una manzana marchita.

—¡Laney! —exclamó Viv—. Esto, supongo que sí.

—No sé qué estás tramando aquí, pero el local ha quedado estupendo. —Contempló el letrero con los ojos entrecerrados—. Pues no. No. Tengo. Ni. Idea. —Sonrió y colocó un plato sobre la mesa, en el que había una tarta redonda y oscura—. Me ha parecido que estáis celebrando algo, y hoy es el día en que suelo hacer pastel al horno.

—Oh, eh, gracias —tartamudeó Viv, que, a continuación, le presentó a Cal y Tandri.

Laney asintió y movió las manos nerviosa ante ellos.

—¿Quieres que te traiga una silla y algo de beber? —Viv alzó su taza—. Así te podré mostrar qué es lo que hago aquí.

A regañadientes, Laney echó un vistazo al interior de la taza y la olió profundamente, pero volvió a mover las manos, nerviosa.

—Oh, no hace falta. Hoy en día, mi estómago es incapaz de apreciar nada nuevo. Disfrutad de eso y devolvedme el plato mañana.

La anciana cruzó la calle, andando como un pato.

Viv cogió unos cubiertos, cortó lo que supusieron que era una tarta de higos, a la que dieron unos mordiscos con cautela. Permanecieron sentados, masticando durante un tiempo extremadamente largo, tragando con dificultad, mascullando vagamente unas palabras elogiosas... y, tras mirarse entre sí, estallaron en carcajadas, pues estaban de acuerdo en que no había quien se comiera esa cosa.

Siguieron charlando, hasta que Cal apuró su bebida.

—Hum. Como vosotras ya estáis preparadas para la inauguración y yo ya he cobrado... —dijo, sin apartar la vista de la mesa—. Supongo que el trabajo ya está y no hay nada más que hacer. Aunque seguro que no me falta faena en el muelle, por supuesto.

—Bueno, espero que te dejes caer por aquí —comentó Viv, a quien le costó disimular la decepción que teñía su voz. Se había acostumbrado a su presencia—. Si pasas, te serviré un café cuando quieras. Espero que sea así.

—Tal vez lo haga, si hace falta —dijo.

Viv le tendió la mano.

—Ven a verme de vez en cuando, Cal.

El trasgo le estrechó la mano, que pareció engullida por la de la orca.

—Lo mismo digo, Viv. Este ha sido un buen trabajo.

De alguna manera, esas palabras resultaban conmovedoras viniendo de él.

—Me alegro de haberte conocido, Cal —afirmó Tandri.

Entonces, tras inclinar la cabeza y hacer una pequeña reverencia a ambas, se marchó.

Al ver cómo se iba, a Viv se le rompió un poco el corazón.

Mientras Tandri se arremangaba para limpiar las tazas en el cubo de fregar que luego iba a dejar secando, Viv fue a la despensa y sacó de ahí una guirnalda larga que había comprado esa mañana cuando había ido a por unas jarras de leche.

Durante un largo instante, se quedó mirando la Sangrenegra, que seguía colgada de la pared; a continuación, enroscó la guirnalda alrededor de ella de un extremo a otro. Después retrocedió para evaluar el conjunto.

—Ha quedado bonito —comentó Tandri, a la vez que se secaba las manos y sacaba a una sobresaltada Viv de su ensimismamiento.

—He pensado que… No sé qué se me ha pasado por la cabeza.

—En el pasado, podrías haberla agarrado y blandido en cualquier momento —señaló Tandri—. Era un arma. —Miró a Viv pensativamente—. Ahora, es una reliquia. Un ornamento. Algo del ayer.

Viv asintió.

—Supongo que tienes razón.

Tandri esbozó una sonrisilla que parecía de satisfacción.

—Suelo tenerla. Eso es algo que acabarás aceptando.

—Bueno, perdóname si espero que te equivoques sobre lo que ocurrirá mañana.

—Si tengo razón, no te lo tomes como algo personal.

Viv resopló.

—Procuraré no hacerlo.

Pero seguía estando preocupada.

Mientras Tandri ordenaba y recogía, Viv fue al comedor, al lugar donde reposaba la piedra de Scalvert. Pisó la losa tres veces, para que le diera suerte, y luego sacó un trozo de pergamino muy manoseado del bolsillo:

Cuando una línea thaumica está cerca,
la piedra de Scalvert ardiente
dibuja el anillo de la suerte
y cumple lo que el corazón desea.

—Me marcho —dijo Tandri, que la sobresaltó de nuevo al entrar en la habitación.

Viv se metió rápidamente el trozo de pergamino en los pantalones, al mismo tiempo que la súcubo la miraba desconcertada.

—¡Oh, genial! Claro. Te veré mañana. Supongo que debería intentar dormir, pero, sinceramente, no creo que pueda.

—Estoy segura de que…

De repente, se oyó un estrépito y un golpe sordo. Ambas se volvieron hacia la parte frontal del local.

Viv asomó la cabeza por la puerta.

El plato de Laney seguía estando encima de la mesa de hierro forjado, pero la tarta de higos que habían dejado ahí olvidada, casi entera, había desaparecido.

Tandri se acercó a la puerta y a ella, canturreando algo.

—Por los ocho infiernos, pero ¿qué…? —preguntó Viv.

—Bueno, no sé quién se la ha llevado —contestó Tandri—, pero sí sé que siento mucha pero que mucha lástima por él.

8

*T*andri no se equivocó.

Al día siguiente, El Café de las Leyendas abrió para recibir clientes por primera vez.

Viv abrió las grandes puertas de la caballeriza de par en par, colgó un letrero donde ponía ABIERTO en un gancho que había en la pared, junto a la ventana, y esperó nerviosa tras el mostrador.

No apareció ningún cliente.

Viv podía admitir que no era muy sorprendente. Tras tanta planificación, investigación y preparación, no había tenido en cuenta lo más importante. ¿Quién iba a pasarse por ahí a consumir algo que no sabía que necesitaba?

Tandri había visto cuál era el problema inmediatamente.

¿Por qué no lo había visto ella?

La súcubo llegó con una cartera de cuero bajo el brazo, pero no comentó nada al respecto y la guardó debajo del mostrador. Se colocó detrás de la máquina, en su puesto de trabajo, y preparó un par de cafés.

—Ahora que reina la calma puedo aprovechar para practicar.

No cabía duda de que había prestado atención cuando Viv le había mostrado cómo se hacía. En el primer intento, le quedó amargo; en el segundo, un poco aguado. Aun así, se podían tomar perfectamente, y a Viv el aroma la serenó.

La brisa que entraba por la puerta era húmeda y fría, y unas llamativas espirales de humo se elevaban desde sus tazas. Todo estaba en su sitio; nunca se habría imaginado que lograría hacer realidad sus planes hasta tal punto.

Pero no había nada más que hacer.

Viv se pasó las primeras horas yendo de un lado a otro como un depredador enjaulado.

Cal pasó brevemente por ahí, tomó un café y alabó su sabor a voz en grito, como si hubiera alguien ahí que pudiera oírle. Por último, se excusó sonriendo incómodamente.

Sin embargo, sí que recibieron una visita inesperada.

A media mañana, Laney cruzó renqueando la calle.

—Buenos días, queridas —dijo animadamente—. He pensado que debería comprobar de qué va todo este lío. —Aunque no había mucho «lío» en ese momento—. Quiero probar uno de esos. ¿Cuánto es?

Señaló a la máquina de café.

Viv pensó en el menú de pizarra que había visto en el pub que había visitado y se maldijo a sí misma por no haber pensado en que debería tener algo similar.

—Esto…, el café cuesta media moneda de cobre. Me refiero al… café solo. Un *latte* cuesta una moneda de cobre, eh…; un *latte* es un café con leche. Pensaba que como tu estómago…

Viv se frotó la tripa.

Laney rebuscó en un bolsillo de su voluminoso vestido

y arrojó una moneda de cobre sobre el mostrador. Tandri la depositó cuidadosamente en la caja de la recaudación y se puso manos a la obra.

La anciana se rio entre dientes y no paró de hablar mientras la máquina siseaba, molía y gorgoteaba. Cuando la súcubo le sirvió su café con una capa de espuma de leche por encima, Laney asintió.

—Qué bien. Qué bien —dijo—. Gracias a las dos, queridas. ¡Oh! Y ya que estoy aquí, me encantaría que me devolvierais el plato, ¿mmm?

Viv se lo entregó y le dio las gracias.

—¡Gracias a vosotras! —exclamó la anciana—. Bueno, tengo que volver; me aguardan mis tareas. Pasad a verme cuando queráis.

Cruzó la calle con sus andares de pato, con el plato en la mano, tras haber dejado el *latte* enfriándose sobre el mostrador sin haberle dado siquiera un sorbo.

Viv suspiró profundamente.

Tandri se bebió el *latte*.

—Bueno —dijo Tandri, agarrando con fuerza la cartera de cuero delante de ella. Hasta ahora, Viv habría afirmado que la súcubo era incapaz de estar nerviosa—. Anoche te di algunas ideas y, cuando volví a mi habitación, pensé un poco al respecto.

—¿Oh?

Tandri abrió la cartera sobre el mostrador y sacó de ahí un manojo de papeles, repletos de bocetos y anotaciones, que revolvió ansiosamente.

—Sí, bueno, espero que no estés muy desanimada. Si lográramos…, si lograras… que la gente fuera consciente de lo que se está perdiendo, creo que las cosas podrían ir bien. —Su mirada se cruzó con la de Viv—. Porque esta idea es buena.

—Eso espero —murmuró Viv, sorprendida.

Tandri se había mostrado muy segura de sí misma la noche anterior, pero ahora estaba hablando rápido, como si temiera que la orca la fuera a interrumpir enseguida. Viv contempló las notas de la súcubo.

—En fin, son solo algunas ideas. He pensado que si pudieras…, pudiéramos dar con la manera de tener una clientela fija, luego funcionaría el boca a boca. Además, si hay clientes en el local, eso atraerá a más. Así que propongo realizar algún tipo de evento.

Giró un papel para colocarlo de cara a Viv. El boceto de Tandri era bastante hermoso. La orca pudo atisbar las tenues marcas de los dibujos que había borrado y sobre los que había realizado ese diseño, donde se combinaban algunas líneas en mayúsculas y otras en cursiva.

GRAN INAUGURACIÓN
El Café de las Leyendas
Pruebe esta sensacional y EXÓTICA bebida gnoma
GRATIS
¡Hasta agotar existencias!

—¿Tú has dibujado esto? —preguntó Viv, impresionada.

Tandri se acomodó un mechón detrás de la oreja y restalló la cola.

—Pues sí. En fin. Podemos encargarle algunos pósteres al Señor de la Tinta. Los colocaremos en el tablón de anuncios de trabajo y pondremos letreros en la calle, como estos.

Sacó otro boceto similar, donde se veía una gran flecha con un texto que señalaba supuestamente hacia el lugar donde se hallaba la cafetería.

—Esto es asombroso, Tandri —dijo Viv, que creyó que la súcubo se había sonrojado un poco—. No... No sé qué decir. Me siento... abrumada.

—Bueno, si no haces negocio, no podrás pagarme.

Tandri esbozó una sonrisa fugaz.

—Eso es muy cierto.

—La clave de todo esto es que sea una oferta limitada. Queremos que haya mucha gente al mismo tiempo, pero no demasiada, ya que, si no, no podremos atenderla con la suficiente rapidez. Así que empezaremos colocando únicamente los letreros en la calle. Y sí, perderás algo de dinero con los cafés gratis, pero esperamos que los clientes repitan.

Viv sonrió al percatarse de que Tandri ya hablaba en primera persona del plural.

—Entonces, ¿cómo propones que empecemos?

La súcubo le explicó su idea.

—Necesitaré algo de dinero para poder comprar estos materiales. Mañana empezaré con los letreros. Puedo pintarlos esta tarde y colocarlos en la calle esta noche después de que cerremos. Entonces veremos qué ocurre.

Viv sacó dinero de la caja fuerte y lo metió en la bolsa de monedas, que tiró sobre el mostrador en dirección hacia Tandri.

—Tienes mi bendición.

Tandri sonrió ampliamente (por primera vez); acto seguido, agarró la bolsa y cogió la cartera. Mientras salía corriendo por la puerta, gritó mirando hacia atrás:

—¡Ahora vuelvo!

ϒ

A lo largo de la mañana, el optimismo de Viv había ido menguando rápidamente, transmutándose en una desesperación creciente, pero ahora se había animado un poco. Aun así, no estaba nada claro que fueran a tener éxito. Tras echar varios vistazos a la calle para cerciorarse de que no se aproximaba ningún cliente, resopló con tristeza y negó con la cabeza, mientras cerraba y atrancaba temporalmente las grandes puertas.

Movió la mesa a un lado, levantó la losa haciendo palanca y acarició la piedra de Scalvert que yacía ahí enterrada.

—Vamos, señorita —susurró—. No me hagas quedar como una idiota.

Cuando Tandri regresó, portaba fatigosamente dos pesados letreros plegables que le llegaban a la altura de la cintura y llevaba su cartera desgarbadamente bajo un brazo y un saco de tela sobre un hombro.

—Está claro que esta parte no la había pensado detenidamente —dijo jadeando.

Viv se acercó rápidamente para coger los letreros, y Tandri se quitó de encima el resto.

La súcubo no preguntó si el negocio había remontado: estaba claro que no. Abrió la bolsa de tela, que contenía unos tinteros taponados, unos pinceles y unos cuantos trozos de madera curvados muy curiosos.

Tandri le devolvió la bolsa del dinero y se puso a trabajar.

Se sentó con las piernas cruzadas sobre el suelo, se arremangó, colocó los bocetos a un lado y, con pulso firme, dibujó unos trazos limpios con el pincel que había mojado en el tintero, sin que en su boca se reflejara la más mínima tensión. Los trozos de madera resultaron ser unas plantillas que usó como guía para trazar algunas de las curvas más largas y complejas. De vez en cuando, Tandri echaba un vistazo a los bocetos que usaba como referencia, aunque Viv tenía la impresión de que prácticamente no los necesitaba.

Había pasado menos de una hora cuando dibujó una última línea serpenteante en la parte de abajo. Limpió el pincel con un trapo y taponó el tintero; a continuación, se estiró y se masajeó la espalda mientras contemplaba su obra.

Viv pensó que el resultado final era bastante profesional.

—¿Has trabajo antes haciendo letreros o algo así?

—No. Simplemente, siempre he tenido ciertas… inclinaciones artísticas. —Tandri se volvió hacia ella—. Te sugiero que cerremos ahora mismo y los coloquemos en la calle mientras aún es de día.

—Tú eres la experta —dijo Viv, esbozando una sonrisa—. Las pondré donde quieras.

Tandri salió a la calle.

—Pon la primera aquí delante.

La súcubo señaló un lugar situado a pocos metros de la puerta. La orca sacó ambos letreros, apoyó uno contra la pared y el otro lo colocó de tal manera que la flecha señalaba hacia la entrada.

—¿Y esta? —preguntó Viv, a la vez que la levantaba con una mano.

—Estaba pensando en ponerla en esa intersección desde la que se puede ver la Gran Vía. Por aquí.

La súcubo la guio por Redstone hasta llegar a la esquina. Después de que Viv colocara la señal, Tandri comprobó cómo se veía desde distintas direcciones y la orientó de diversas formas hasta que se quedó satisfecha.

Regresaron a la cafetería justo cuando el farolero estaba encendiendo las farolas de la calle.

—Bueno, ¿crees que esto va a funcionar de verdad? —preguntó Viv, que estaba apoyada contra el marco de la puerta mientras Tandri recogía sus cosas.

—A peor no puede ir —contestó Tandri, saliendo de ahí con la cartera en la mano.

Viv entornó los ojos.

—No sé qué decirte —murmuró pesimistamente.

Entonces vio, por detrás de la súcubo, que alguien subía por la calle. Habría reconocido aquel sombrero en cualquier lugar.

—¿Qué ocurre? —preguntó Tandri, que se giró para ver hacia donde miraba la orca mientras Lack pasaba de largo, acompañado de un hombre rollizo que llevaba una lámpara atada al cinturón y una insignia a la altura del corazón.

Lack apoyó una mano afablemente sobre el hombro del guardián de la puerta. Sonrió y murmuró algo; el hombre de la insignia soltó una carcajada campechana.

—Nada —contestó Viv.

Lack se detuvo a unos cuantos pasos de distancia y miró a Viv con cierta sorpresa; luego clavó sus ojos en la cafetería. El guardián de la puerta parecía desconcertado por la interrupción.

El pétreo dio un paso más y, entrecerrando los ojos, miró qué había al otro lado de la ventana.

—Menuda espada, Viv. Espero que eso no sea una advertencia.

Señaló hacia el interior.

El guardián de la puerta también entornó los ojos para ver qué había al otro lado del cristal.

—Hum, pues sí —dijo, mostrándose así de acuerdo, a la

vez que daba unas palmaditas a la empuñadura de su propia espada corta.

—Tiene un valor sentimental —afirmó Viv, gruñendo más de lo que pretendía.

Tandri miró primero a la orca, y luego a aquel dúo y repitió el mismo gesto varias veces, mientras apretaba con más fuerza su cartera.

—¿Debería preocuparme? —preguntó en voz baja.

Viv no estaba segura de qué debía responder, ya que acababa de darse cuenta de que la cafetería no era lo único que podía perder.

Lack inclinó la cabeza, de tal forma que las chorreras de su camisa le rebotaron en el pecho.

—Tienes dos semanas —le advirtió—. Te lo recuerdo de un modo amistoso. No querría que se te olvidara reservar una parte de tus ganancias para realizar el pago.

Al oír eso, el guardián de la puerta ni parpadeó; en ese instante, se esfumó cualquier posibilidad de recurrir a las autoridades locales para pedir ayuda.

Viv apretó los puños y, al instante, hizo un esfuerzo para relajarlos.

—Esperemos que el negocio vaya mejor para entonces —contestó—. De donde no hay no se puede sacar.

—Sí, sería como pedirle peras a un olmo, o exigirle a alguien acostumbrado a derramar sangre… que deje de hacerlo. Me imagino que eres bastante ingeniosa. Ten por seguro que poseemos un talento similar.

Lack miró a Tandri e hizo una reverencia, pero no de un modo burlón. De hecho, parecía estar disculpándose, cosa que resultaba desconcertante.

—¿Seguimos? —le dijo el guardián de la puerta.

Viv y Tandri los observaron marchar.

—¿A qué ha venido eso? —preguntó Tandri en cuanto desaparecieron.

—No es nada que no pueda manejar. No te preocupes por ello.

Aunque Tandri se mostró dubitativa, no quiso llevarle la contraria.

—Deberías volver a casa —dijo Viv, con una sonrisa forzada—. Los letreros han quedado increíbles y te he obligado a quedarte hasta muy tarde.

—¿Estás segura?

—Segurísima.

Tandri asintió a regañadientes y se marchó, con la cartera bajo el brazo.

En cuanto la súcubo dobló la esquina, Viv se acercó sigilosamente, quitó el cartel de ABIERTO del gancho y entró en la cafetería.

Cuando cerró la puerta, procuró hacerlo de un modo delicado, pero, aun así, las bisagras temblaron.

En cuanto estuvo tumbada en el petate, sacó la piedra parpadeante que le había dado Roon. Le dio vueltas y vueltas en las manos, pensando en lo clara que había sido en el pasado la línea que separaba el éxito del fracaso. Esa claridad nunca le había sido tan esquiva.

Guardó la piedra y no consiguió pegar ojo durante un buen rato.

9

Sin lugar a dudas, Viv había albergado alguna esperanza de que las cosas mejoraran; sin embargo, cuando fue a colgar el cartel de ABIERTO en el gancho, se sobresaltó al ver a tres individuos en fila frente a la puerta; un estibador fornido, una lavandera de mejillas coloradas y un ratador con un delantal grande manchado de harina.

El estibador la miró sorprendido de arriba abajo; entonces, preguntó gruñendo:

—¿Es gratis?

Señaló con un pulgar enorme el letrero de la calle.

—Sí, eso es —respondió Viv, que colocó un canto rodado para mantener la puerta abierta.

El cielo todavía estaba oscuro y el aire matutino traía consigo el viento cortante de mediados de primavera.

Los tres entraron afanosamente. Viv había encendido el fogón para calentar la cafetería, y las lámparas de las paredes proyectaban un fulgor tan amarillo como la mantequilla sobre el interior.

La lavandera se aproximó al mostrador y observó detenidamente una hoja de pergamino sobre la cual Viv había colocado unos pocos guijarros lisos para que no se moviera. Como no le había dado tiempo a dar con una pizarra, había escrito el menú a mano, siendo consciente de que el resultado iba a ser más basto que si Tandri hubiera usado el estilete para redactarlo. Aunque eso era mejor que nada, le diría a su nueva empleada que lo reescribiera, siempre que quisiera hacerlo.

Viv no se había tomado la molestia de añadir los precios a esa lista tan sencilla, ya que no quería espantar a nadie. De todas maneras, todo era gratis de momento.

MENÚ

CAFÉ: RICA BEBIDA HECHA CON GRANOS GNOMOS TOSTADOS
LATTE: CAFÉ CON LECHE; CREMOSO Y DELICIOSO

—No sé qué es nada de esto —se quejó la lavandera, a la vez que le daba unos golpecitos a la lista con un dedo índice de color rojo—. ¿Cuál está mejor?

La orca se lo pensó un momento.

—¿Le echa crema al té?

—No —respondió—. A mí me gusta bien caliente y bien lleno. Así que es como el té, ¿no?

Tras negar con la mano, Viv contestó:

—No. Realmente, no. —Miró a los otros dos—. ¿Y ustedes qué quieren?

—Lo que está tomando ella —respondió el estibador, cruzándose de brazos.

El ratador se aproximó y se puso de puntillas para poder ver bien el menú; un instante después, señaló la palabra *latte*, dándole unos golpecitos, sin mediar palabra.

—Hecho —dijo Viv, que se dispuso a preparar los cafés.

En cuanto la máquina empezó a sisear y moler y gorgotear, los primeros clientes se arremolinaron en torno a ella, picados por la curiosidad. El sorprendido ratador lanzó un chillido agudo cuando el líquido salió a chorros y cayó en una taza. Le brillaron los ojillos.

Le sirvió la primera taza a la mujer, quien con cautela la cogió, la olió profundamente y, tras soplar para enfriarla un poco, le dio un gran sorbo. Arrugó la cara por un instante..., y entonces asintió.

—Oh. No está mal, no —admitió—. No es té, eso seguro. No estoy diciendo que esté dispuesta a pagar por una taza de esto, pero...

La lavandera deambuló hasta el comedor y se dejó caer en un banco, sosteniendo la taza con ambas manos. Se inclinó sobre ella y lanzó un hondo suspiro.

Le sirvió su café al estibador, quien lo olió dubitativo; de algún modo, se lo bebió en cuatro tragos largos. Viv hizo una mueca de asco y se llevó la mano a la garganta sin querer. El hombretón contempló la taza y se encogió de hombros. A continuación, se la devolvió y se fue sin decir esta boca es mía.

Viv se llevó una gran decepción, pero, aun así, logró gritar:

—¡Oh, gracias!

Se esforzaba todo lo posible para que diera la impresión de que sabía lo que estaba haciendo.

Tandri entró por la puerta y rodeó silenciosamente el mostrador mientras Viv le preparaba un *latte* al ratador, que esperaba con las manos entrelazadas de un modo elegante, mientras le temblaban el hocico y los pelos del bigote.

Cogió la taza con impaciencia y enterró la nariz en las

espirales de humo que se elevaban de la crema dorada de la superficie. Tras darle un sorbo con delicadeza, cerró los ojos, para saborearlo mejor, sin duda. Viv apoyó los codos sobre el mostrador para observarlo.

El ratador abrió los ojos, inclinó la cabeza para dar las gracias y se fue con la taza a un reservado, donde tomó su bebida mientras daba patadas al aire con esas patitas con las que no llegaba al suelo.

—Un comienzo prometedor —comentó Tandri—. Por ahora, ¿no ha venido nadie más?

—Por ahora no.

La lavandera se marchó, dejando la taza sobre la mesa; poco después, el ratador también apuró su *latte*, pero dejó su taza vacía en el mostrador. Hizo una reverencia educadamente y salió raudo y veloz por la puerta, dejando manchas de harina aquí y allá a su paso.

Tandri calentó la tetera sobre el fogón y cogió las tazas que iba a poner en remojo.

—Eso ha sido una buena idea —dijo, señalando el menú que estaba sobre el mostrador—. Es muy útil.

Viv la miró de reojo.

—Aunque tú podrías hacerlo mejor.

—Bueno. Mejor no sería la palabra que yo usaría.

—Voy a ir luego a por una pizarra y unas tizas. Es una idea que le he copiado a un pub de la Gran Vía. Podremos colgarlo ahí atrás y, entonces, podrás obrar la misma magia que obraste con esos letreros. ¿Te parece bien?

—Será un placer.

Los clientes de primera hora de la mañana (esa gente que se levanta mucho antes del alba para iniciar su jornada laboral) fueron llegando con cuentagotas. Viv y Tandri aunaron esfuerzos para explicarles el menú lo mejor posible e ir turnándose a la hora de preparar el café y de ocuparse de las labores de limpieza.

La cafetería era un lugar agradable y acogedor, impregnado del olor a granos tostados que flotaba hasta la calle.

No cabía duda de que unas cuantas personas habían entrado siguiendo ese aroma.

Viv se atrevió a seguir albergando esperanzas.

Unas cuantas horas después, la afluencia fue disminuyendo hasta que ya no entró nadie, a pesar de que había más bullicio en la calle.

—Esto me recuerda a ayer —masculló Viv.

—Es demasiado pronto para preocuparnos por eso —dijo Tandri.

Pero Viv se dio cuenta de que la súcubo estaba fregando unas tazas que ya había limpiado. Poco después, Tandri estaba limpiando enérgicamente la parte exterior de la máquina, sacándole brillo por quinta vez.

Las horas siguientes fueron una agonía, francamente.

Al fin, alrededor del mediodía, cruzó la puerta el primer cliente de la tarde.

El joven, alto, apuesto y delgado, tenía un porte aristocrático. No obstante, su aspecto se veía desmejorado por una barba muy rala y desigual que no le quedaba bien. Echó un vistazo a su alrededor como si buscara a alguien. Iba un poco escorado porque llevaba una cartera llena de libros en un brazo y no paraba de mirarse una mano. Vestía una capa con el dobladillo dividido y la insignia que llevaba sobre el pecho izquierdo recordaba mucho a la cabeza de un ciervo.

No se aproximó al mostrador, sino que caminó directamente hasta el comedor.

Viv lo observó con el ceño fruncido.

—Es un estudiante de Ackers —murmuró Tandri.

—¿Ackers?

—La Academia Thaumica.

—Oh. La visité el primer día que estuve aquí, pero no sabía su nombre. Parece ser bastante rico. Quizá corra la voz gracias a él. Los estudiantes suelen hablar entre ellos, ¿no?

—Sí que hablan, sí —masculló Tandri, con cierto toque de resentimiento en su voz que hizo que Viv la mirara con recelo.

El joven rodeó dos veces la mesa grande y los bancos; a continuación, se acercó furtivamente a uno de los reservados de la pared, sacó algunos libros y se dispuso a consultarlos.

Viv lanzó una mirada inquisitiva a Tandri, pero la súcubo se encogió de hombros. Ambas siguieron observándolo.

Después de unos veinte minutos, durante los cuales la perplejidad de Viv fue en aumento, se aproximó a él y le preguntó:

—¿Puedo ayudarle en algo?

El joven alzó la vista, sonrió ampliamente y respondió:

—¡No, gracias!

—¿Ha venido por la oferta del café gratis? —insistió.

—¿La oferta? Oh, no. ¡No quiero nada, gracias!

Al instante, volvió a centrarse en estudiar.

Desconcertada, Viv regresó al mostrador, haciendo un gesto de negación con la cabeza.

El muchacho estuvo ahí tres horas, en las cuales leyó afanosamente sus materiales de lectura, mientras garabateaba intermitentemente algo en un pergamino, se miraba la mano una y otra vez y murmuraba algo para sí. Finalmente, recogió sus cosas, se levantó y se aproximó al mostrador.

—Muchísimas gracias —dijo, y, tras inclinar la cabeza de manera afable, se marchó.

Después de mucho ir de aquí para allá con desgana, Viv decidió que debía hacer algo. Dejó a Tandri en la cafetería y se dirigió a la ciudad, al distrito comercial situado al norte. Aunque no era día de mercado, logró dar con una pizarra grande en la tienda de un fabricante de letreros y con algunas tizas. Incluso localizó unas cuantas de múltiples colores. Supuso que así Tandri tendría toda una paleta con la que trabajar.

Se sintió bien al hacer algo, al menos. Por culpa del ajetreo de la mañana, había albergado la esperanza de que el resto del día iría mejor, pero, en el camino de vuelta, se convenció a sí misma de que no debía aferrarse a unas esperanzas absurdas. A ciertas horas, el negocio funcionaba mejor que a otras. Un restaurante estaba más concurrido a la hora de comer, y una cafetería estaba más concurrida…, bueno, suponía que acabaría descubriendo a qué hora sucedía eso exactamente.

—Oh, sí, esto me viene perfecto —susurró Tandri en cuanto cogió las tizas y la pizarra que le estaba ofreciendo Viv.

Sacó sus plantillas de madera del almacén, se instaló en la mesa grande y se puso manos a la obra. Mientras dibujaba, Viv se quedó en la entrada, recorriendo la calle con la mirada. Laney estaba en su porche, barriendo como siempre, y la saludó alegremente con la mano.

¿De verdad la mañana era el único momento en que podía esperar hacer negocio? Desde luego, en Azimuth no le había dado esa impresión; ahí siempre había ajetreo en las cafeterías a cualquier hora del día. Tal vez el futuro fuera mejor si la idea se ponía de moda. Supuso que el mañana le daría alguna pista al respecto.

Cuando volvió a entrar en el café, vio que Tandri estaba contemplando el menú, ya terminado, que había apoyado contra la pared. Una vez más, su caligrafía era muy superior a la de Viv y había usado los colores de un modo excelente. Era como si el texto estuviera biselado, casi como si saltara de la pizarra. También se había tomado algunas libertades a la hora de redactarlo.

EL CAFÉ DE LAS LEYENDAS
MENÚ

CAFÉ: AROMA EXÓTICO E INTENSO, TUESTE

CON CUERPO - ½ MONEDA DE COBRE

LATTE: UNA VARIANTE SOFISTICADA

Y CREMOSA -1 MONEDA DE COBRE

UNOS SABORES REFINADOS PARA

EL CABALLERO Y LA DAMA QUE TRABAJAN

Incluso dibujó un par de granos y una taza de la que surgía una espiral de humo.

—Me gusta. Eres una artista increíble. —Viv asintió—. Coge esto, voy a por un mazo que tengo en la parte de atrás.

Tandri sostuvo el letrero mientras Viv clavaba unos cuantos clavos en la pared, debajo de la base de la pizarra, para que hicieran las veces de soporte.

—Lo de la pizarra ha sido una buena idea —señaló Tandri—. Así podremos cambiarlo o añadir más cosas fácilmente.

—¿Cambiarlo?

—Si decides ampliar el menú. Nunca se sabe.

Viv recorrió el local con la mirada y suspiró.

—Esperaba que tuviéramos más clientes por la tarde. Tal vez vengan a la hora de cenar. Aunque me da la sensación de que eso no va a pasar. No sé yo si vamos a tener que preocuparnos realmente de ampliar el menú en breve.

Tandri frunció los labios y se dio unos golpecitos en ellos con el dedo índice.

—Esperemos a ver qué sucede mañana por la mañana.

—¿Crees que deberíamos seguir con la oferta del café gratis?

—Sí, aunque primero veamos si repite algún cliente. —Por un instante, adoptó un semblante pícaro—. Hay que ponerles el cebo y ver si pican el anzuelo.

—Nunca se me ha dado bien pescar.

—Ahora estás en una ciudad por la que discurre un río. Ya aprenderás.

Viv esperaba que tuviera razón.

10

Algunos clientes repitieron, aunque Viv suponía que llamarlos «clientes» no era lo más adecuado mientras los cafés siguieran siendo gratis. Cuando abrieron, vieron que la lavandera y el ratador habían vuelto. La mujer venía acompañada de un amigo, y había otras cuatro personas más tras ellos.

El ratador entró primero como una exhalación, arrastrando consigo una nube de harina; sin mediar palabra, señaló el *latte* del menú. Tandri preparó los cafés para la primera oleada de clientes, mientras Viv observaba la calle, asintiendo para sí misma al ver que unos cuantos rezagados se sumaban a la corta cola.

El flujo de clientes fue razonablemente estable; solo tuvieron unos pocos momentos en que ninguna de las dos estaba preparando un café.

—Me parece que la pesca va bien —murmuró Tandri mientras pasaba con unas tazas vacías en la mano.

—Tú eres la pescadora —dijo Viv, sonriendo—. Supuse que sabías lo que hacías.

La orca se inclinó para poder ver la zona del comedor, donde unas cuantas personas desperdigadas y soñolientas conversaban en voz baja con timidez.

Al mirar hacia atrás, vio que Tandri estaba subida a un taburete con una tiza en la mano, añadiendo una nueva línea al menú de la pizarra.

¡CAFÉ GRATIS SOLO HOY!

Cuando bajó, se percató de que Viv la miraba inquisitivamente y dijo:

—Veamos si el anzuelo está realmente preparado.

Cuando la mañana se arrastraba hacia el mediodía y seguía habiendo poco ajetreo, el estudiante de Ackers del día anterior reapareció. Entró con elegancia y se mostró sorprendido al ver a esa gente tomando café en el comedor; tras mirar distraídamente a Viv y Tandri, se dirigió raudo y veloz a un reservado vacío. Sacó los libros de su cartera una vez más y volvió a garabatear de nuevo mientras seguía consultando de forma críptica la palma de su mano.

Durante la hora siguiente, aquel hombre se limitó a estar ahí sentado, cosa que provocó que Viv se fuera enfureciendo cada vez más.

—¿Qué está haciendo? —le preguntó a Tandri susurrando, aunque se la oyó perfectamente.

La súcubo se encogió de hombros.

—¿Alguna tarea académica? ¿Una investigación? Aunque no tengo ni idea de por qué está haciendo esto aquí.

—Ayer casi me alegré de que estuviera aquí, aunque

solo fuera para ocupar un asiento, pero… si lo único que va a hacer va a ser ocupar espacio…

—Pues eso es fácil averiguarlo —afirmó Tandri, mientras rodeaba el mostrador.

Al tiempo que la súcubo se aproximaba, él la miró distraídamente y cerró la mano.

—¿En qué puedo ayudarle? —preguntó el joven, con un tono ligeramente mordaz.

—Me acaba de quitar las palabras de la boca —contestó Tandri—. Le agradezco que haya venido a nuestro local dos días seguidos. Solo quería ver si le apetecía un café gratis. Doy por hecho que esa es la razón por la que está aquí.

Viv se había ido acercando disimuladamente para oír la conversación.

—¿Gratis?

El joven no paraba de mirarle los cuernos y la cola; parecía desconcertado, como si no le hubieran hecho la misma pregunta el día anterior.

—¿Un café? ¿Un *latte*? ¿Es consciente de que en este local se sirven bebidas?

—¡Oh! —exclamó, mientras daba la impresión de que recobraba la compostura—. Ya, bueno, no hace falta que me traiga nada. —Sonrió, como si así le estuviera haciendo un favor—. ¡Estaré perfectamente!

La sonrisa educada que se había dibujado en el rostro de Tandri se diluyó, pero entonces dio la sensación de que volvía a sonreír, con mucha más intensidad. Viv tuvo la clara impresión de que la súcubo estaba revelando solo la punta del iceberg de algo que normalmente mantenía oculto. Susurrando de una forma sutil, le preguntó:

—¿Podría explicarme qué está haciendo, señor…?

—Esto…, eh…, Hemington —tartamudeó—. Me, hum. Bueno, me encantaría, pero todo esto es muy técnico.

El joven intentó que diera la sensación de que se estaba disculpando.

—A mí me interesan mucho los temas técnicos —aseveró Tandri—. Fui a Ackers, donde recibí unas cuantas clases. Póngame a prueba, ¿quiere?

—¿Ah, sí? —Hemington parpadeó—. ¡Ah! Bueno, mire, eh, estoy estudiando las líneas ley. —Mientras se explayaba, Tandri se sentó en el reservado, justo delante de él, y apoyó la barbilla sobre sus dedos entrelazados—. Unas cuantas cruzan Thune, y a la teoría thaumica de las hebras le preocupan los efectos de las energías radiantes sobre el reino material, lo cual tiene una fascinante relación con mi área de estudio.

Abrió la mano, en la que se podía ver la marca de un círculo de sigilos, que brillaba ahí con un color azul pálido. Los símbolos se retorcían en la palma de su mano, cambiando de forma como pequeñas llamaradas.

—Eso es una brújula ley —dijo Tandri, a la vez que la señalaba.

Viv se sobresaltó al oír eso.

—¡Pues sí! —respondió el joven, que sin duda estaba encantado de que la súcubo hubiera reconocido aquel objeto—. Pero lo que he encontrado aquí es algo verdaderamente anómalo. Hay nexos de líneas menores esparcidos por toda la ciudad y al oeste hacia Cardus, pero he descubierto un nexo aquí mismo que está proporcionándome unos datos tremendamente interesantes. Las líneas ley laten, por supuesto.

—Por supuesto —repitió Tandri.

—Pero este nexo no. Este se mantiene firme, y eso es algo bastante extraordinario, la verdad. Por eso estoy haciendo algunas mediciones, recopilando algunas notas. Esto podría ser la base para un ensayo fascinante, donde se detallaría cómo interactúan con los glifos de protección.

A Viv se le revolvió el estómago y no pudo evitar mirar hacia el lugar donde estaba escondida la piedra de Scalvert. No podía actuar como si ese objeto no fuera responsable de algún modo de lo que el estudiante estaba detectando; si continuaba investigando (el hecho de que se hubiera mencionado una brújula en la conversación la había puesto muy nerviosa), ¿qué podría llegar a descubrir?

—Eso es fascinante, Hemington —afirmó Tandri.

—¿Lo es? Sí, lo es, ¿verdad?

—Pero en este local hay un negocio —continuó la súcubo—. Nos encantaría que fuera nuestro cliente, por supuesto, pero aquí solo se pueden sentar los parroquianos…

Hemington adoptó un semblante de consternación y enojo.

—La… La verdad es que no me gustan las bebidas calientes.

Tandri ignoró sus palabras y le sonrió con dulzura.

—Y, por suerte para usted, hoy el café es gratis.

—Ya. Bueno. Eh. Supongo que… —admitió a regañadientes— tendré que aprovechar la oferta.

—Excelente. Le traeré una taza. —Se levantó para regresar al mostrador, pero entonces se giró—. Oh, he de recordarle que este es el último día de la promoción y que nuestra bebida estrella solo vale media moneda de cobre. ¡Muchísimas gracias!

Mientras Tandri preparaba el café, Viv le susurró:

—¿Te graduaste en Ackers?

—No me gradué. Solo acudí a unas cuantas clases relevantes.

—¿Relevantes para qué?

—Para mis intereses personales —contestó de forma evasiva.

Viv no insistió.

Tandri le llevó el café a Hemington, que se quedó mirándolo dubitativamente y no hizo ningún además de bebérselo.

Después de estar un momento dándose unos golpecitos con el dedo en la barbilla, Tandri cogió la tiza y añadió otra línea al menú.

Para estar en el comedor, hay que tomar una consumición

Al final, Hemington se marchó, dejando el café sobre la mesa: no lo había tocado. Al menos había tenido la decencia de quedarse ahí con esa taza un momento, mientras claramente intentaba decidir qué era menos embarazoso: si dejarla donde estaba o si llevarla llena al mostrador. Cuando pasó junto al mostrador, intentando no llamar la atención, se fijó en la frase que había añadido Tandri al letrero.

—Yo por mí consumiría algo, ¿sabe? Pero, como ya he dicho, las bebidas calientes no son lo mío. Tal vez si hubiera algo para comer... —se excusó con cierto tono implorante.

—Hum —dijo Viv, imitando a Cal de la mejor manera posible—. Lo tendré en cuenta.

Después de que se fuera, la orca contempló el fogón que el trasgo había instalado y una idea fue cobrando forma en su mente.

Le fue dando vueltas mientras iba a recoger la taza de Hemington.

Aunque la cafetería se había quedado prácticamente vacía, había un enano viejo sentado en la parte de atrás, en un rincón apartado. Se estaba bebiendo lentamente su café al mismo tiempo que, con igual lentitud, desplazaba un dedo sobre la hoja de un periódico y movía los labios al leer.

Viv se giró y se quedó parada. Una criatura enorme y peluda estaba sentada en el centro del local, despatarrada en un lugar donde la luz del sol proyectaba un cuadrado. Tandri estaba al otro lado de ese cuadrado, con los ojos desorbitados.

Aunque la bestia debía de pesar unos sesenta kilos y era tan grande como un lobo, a lo que más se parecía era a un gato doméstico enorme, peludo y negro como el hollín.

—Ha aparecido... sin más —dijo Tandri con voz queda—. No lo he visto entrar.

—Pero ¿qué diantres es esto? —preguntó Viv.

El colosal animal las ignoró a ambas y bostezó, a la vez que extendía las garras de sus patas delanteras y arqueaba la espalda lánguidamente.

—Un gato gigante —se oyó decir a alguien situado detrás de Viv.

El vetusto enano miró por encima del periódico.

—Hoy en día, es muy raro verlos. Se supone que traen suerte. —Entrecerró los ojos—. O quizá mala suerte. Lo olvidé.

—¿Había visto alguno antes?

—Sí. Solía haber más cuando yo era un mocoso. Eran buenos cazadores de ratones. —Tosió—. También mantenían a raya la población de perros callejeros.

Tandri palideció.

—¿Deberíamos... intentar moverlo?

Con sus ojos verdes abiertos como platos, el gato gigante contempló primero a Tandri y luego a Viv. Poco a poco,

los fue entornando y el estruendo de un corrimiento de tie-
rras lejano invadió la cafetería. Viv se dio cuenta de que el
animal estaba ronroneando.

En ese instante, pensó en los golpes sordos en las tejas y
en la tarta de Laney que alguien había robado. Pensó en los
versos del poema y en la piedra de Scalvert.

—Sinceramente —dijo Viv—, si algo he aprendido en
esta vida es que, si una bestia no está todavía enfadada, no
hay que provocarla. Creo que será mejor dejarla en paz.
Quizás así se marche sola. Estoy bastante segura de que
vive por aquí.

Tandri asintió con recelo y se echó hacia atrás tras el
mostrador.

El viejo enano plegó el periódico, se lo colocó bajo el
brazo, bajó del asiento de un salto, pasó junto al gato y le
rascó detrás de una de sus enormes orejas.

—Sí, buena chica —dijo—. Echaba de menos a estos mi-
ninos.

—¿Cómo sabe que es una chica? —preguntó Tandri.

El enano se encogió de hombros.

—Lo he supuesto. Pero no voy a levantarle la cola para
ver si tengo razón.

Aunque la gata gigante no se marchó, Viv se las ingenió
para llevarla hasta un rincón más recóndito del local usando
como cebo un plato de nata. El animal se aproximó con una
elegancia magistral, contempló la estancia y, a continuación,
vació el plato con una lengua tan grande como una pala.
Después, la gata se hizo un ovillo enorme y peludo, se la oyó
ronronear con fuerza y se quedó dormida. Tandri se sintió
visiblemente aliviada al tener a esa criatura más lejos.

El café volvía a estar vacío, por lo cual Viv empezaba a sospechar que ese iba a ser el momento del día donde menos trabajo iban a tener, aunque albergaba la esperanza de que aún entraran al menos uno o dos clientes.

Pero quien apareció en el umbral de la puerta fue la persona que menos deseaba ver.

Fennus entró en la cafetería, con las manos a la espalda y su colonia siguiéndole como si fuera una capa. Llevaba el pelo recogido a la moda y tenía un semblante malicioso. El elfo siempre había poseído un porte regio. Viv era incapaz de entender cómo se las arreglaba para mirarla por encima del hombro, cuando le sacaba dos cabezas.

Habían compartido aventuras durante años y nunca se habían tenido mucho afecto. Viv lo atribuía a que sus personalidades eran incompatibles, pero, en el fondo, sabía que era una cuestión de antipatía mutua. Fennus siempre hallaba la manera de humillarla, con la más leve inflexión de su voz o con una palabra escogida cuidadosamente que se le clavaba como un cuchillo en las costillas, cuya hoja era tan afilada que no te percatabas de que estabas herido hasta que veías un charco de sangre en tu regazo. Aunque Viv solía contestarle con agudeza y franqueza, a menudo lo hacía demasiado tarde.

Había dado por sentado que nunca lo volvería a ver y se habría alegrado si eso hubiera sido así. El hecho de que se hubiera presentado en su puerta quería decir que quería algo. Esperaba con toda su alma estar equivocada.

Aun así, esbozó una sonrisa forzada.

—¡Fennus! Qué sorpresa verte aquí.

A pesar de que la sonrisa del elfo era más falsa que la de la orca, apenas restó belleza a su rostro.

—Viv, me he enterado por Roon de que has montado un… —Echó un vistazo a su alrededor con un ceño perfectamente fruncido—... negocio. Y he pensado que debía verlo con mis propios ojos.

—¿Y cómo está Roon?

—Oh, bien. Muy bien.

Pasó un dedo por la superficie del mostrador y lo inspeccionó.

Tandri escuchó la conversación con los labios apretados y se percató con claridad de que reinaba una gran tensión en el ambiente. Se apoyó sobre el mostrador y, sonriendo, se dirigió al elfo.

—¡Hola! No quiero interrumpir, pero ¿le apetece un café gratis? Es una promoción que tenemos por la gran inauguración.

—¿La gran inauguración? —Pronunció la palabra «gran» con un tono ligeramente peculiar, con una levísima sorna—. Ah, se trata de ese brebaje gnomo que tanto te fascinaba, ¿verdad? —Miró a Viv con una sonrisa indulgente—. No, eso no es para mí, aunque se lo agradezco. Solo me he dejado caer por aquí para ver a una vieja amiga.

—Es un placer —dijo Viv.

No, no lo era.

—Sí, cuánto me alegro de ver que estás gozando de este comienzo tan prometedor. —Sin perder la sonrisa, el elfo observó detenidamente la zona del comedor que estaba visiblemente vacía. Con un nudillo, dio unos golpecitos a la cafetera y ladeó la cabeza para escuchar el sutil ruido que generaba—. Hum, el café tiene que salir de aquí más caliente que una «piedra ardiente».

Viv se quedó helada.

Entonces, súbitamente, una mole peluda pasó con sigilo junto a ella y se colocó delante de Fennus. Su ronroneo, que recordaba al ruido que hacen unas piedras al caer por una

tabla de lavar, se transformó en algo mucho más amenazador. A la gata gigante se le erizaron los pelos, con lo cual
pareció el doble de grande, y bufó más alto de lo que jamás
había siseado la cafetera.

Fennus, vacilante, miró al animal.

—Esta criatura… ¿es tuya?

Tandri se inclinó todavía más hacia delante y sorprendió
a Viv con el tono de deleite, educado a la par que violento,
que empleó.

—Sí, lo es. En cierto modo, es la mascota de la cafetería.

El elfo arrugó la nariz con desagrado y, acto seguido,
miró a Viv.

—Qué encanto. Bueno, supongo que debo proseguir mi
camino. Solo quería felicitarte. Te deseo lo mejor, Viv.

En silencio, la orca lo observó marchar. Tandri rodeó el
mostrador y se agachó delante de la enorme gata, que se
estaba lamiendo ahora una pata delantera con una meticu-
losidad majestuosa mientras parecía estar satisfecha consigo
misma.

Tandri, que se había olvidado del temor que había despertado en ella en un primer momento, rascó a la gata gigante detrás de las orejas, cosa que provocó que ronroneara
de una manera más grave.

—Eres una buena chica, ¿verdad? —murmuró—. Sabes
reconocer a un capullo en cuanto lo ves. —Miró a Viv—.
¿Es un antiguo compañero tuyo de trabajo? Supongo que
no os podéis ni ver.

—Algo así. Para hacer el trabajo que yo hacía, no era
necesario tener grandes amigos.

Tandri volvió a centrar su atención en la gata.

—Mmmmm, necesitas un nombre. ¿Qué te parece…
Amistad?

Viv resopló y fue incapaz de contener una sonrisilla.

—Sí, ¿por qué no, si ya sois amigas del alma?

—No como tú y él. —Tandri señaló con el dedo hacia donde había estado el elfo hacía solo unos instantes—. ¿Qué crees que quería realmente?

Viv no respondió, sino que pensó en lo que Fennus había dicho. Acercó la mano al trozo de pergamino doblado que guardaba en el bolsillo. Pensó en los versos que había escritos en él:

> Cuando una línea thaumica está cerca,
> la piedra de Scalvert ardiente
> dibuja el anillo de la suerte
> y cumple lo que el corazón desea.

11

$\mathcal{A}$ pesar de que durmió muy mal, pues Fennus la tenía muy preocupada, finalmente Viv logró centrar sus pensamientos en lo que Hemington había comentado sobre la comida al marcharse. Mientras la orca reflexionaba, Tandri borró en los letreros las líneas donde se mencionaba la oferta del café gratis hasta agotar existencias y, de paso, aprovechó para cambiar el menú.

Cuando regresaron los clientes habituales (acompañados de unas pocas caras nuevas), Viv se percató de que pagaron sus cafés sin quejarse, cosa que la complació. Viv y Tandri se miraron con alivio y se pusieron manos a la obra, disfrutando del reconfortante bullicio detrás de esa máquina que siseaba.

Cal también se dejó caer por ahí; obviamente, que no reinara un silencio que tuviera que llenar con comentarios vacíos era todo un alivio para él. Aunque se quejó cuando Viv se negó a aceptar su moneda de cobre, se quedó deambulando cerca del mostrador mientras bebía, asintiendo de vez en cuando mientras las veía trabajar.

En cuanto Viv se acordó de la idea a la que había estado dando vueltas, le pidió a Tandri que se ocupara de preparar los cafés en medio de la primera oleada de clientes del día.

Con soltura, Tandri fue atendiendo los pedidos mientras Viv iba en busca del ratador, que estaba en un rincón apartado, en uno de los reservados de la esquina del fondo, con los pies colgando y los ojos cerrados, mientras meditaba con su taza humeante.

Se sentó delante de él, y este abrió sus ojos brillantes para contemplarla con recelo. Llevaba el mismo delantal manchado generosamente de harina que le había visto llevar todas las mañanas. De cerca, ese polvo blanco también moteaba los finos pelos de sus brazos y su cara.

—Hola. Soy Viv.

Asintió y le dio un sorbo a su *latte*.

—No es usted muy hablador, ¿eh?

El ratador negó con la cabeza.

—Eso es bueno. Pero quiero preguntarle algo. Me he fijado en… —Señaló su delantal—. Bueno, en la harina. Y me he preguntado si sabe algo sobre repostería.

El ratador la miró fijamente, moviendo los bigotes, y posó la taza sobre la mesa, con delicadeza; acto seguido, asintió tres veces, muy poco a poco.

—¿Ah, sí? Pues tengo una idea… o algo así. He estado pensando que esta cafetería quizá debería ofrecer… pan…, o alguna cosa de repostería…, para comer. —Apretó una barra de pan invisible entre sus manos—. Unos tentempiés, supongo. Aunque no es un tema del que sepa mucho. Pero he pensado que usted, bueno, si supiera algo sobre eso, entonces…

El ratador alzó una pata con timidez para interrumpirla. Se inclinó hacia delante sobre su café y con una vocecilla susurrante dijo:

—Mañana.

—¿Mañana?

Asintió de nuevo. «Qué vehemente», pensó Viv.

La orca no sabía si el ratador tenía que irse ya o si necesitaba unas horas para pensárselo, pero, por mucho que le picara la curiosidad, no iba a insistir más. Tamborileó con los dedos sobre la mesa y se puso de pie.

—Ansío conocer su respuesta, ¿señor...?

El ratador alzó la vista hacia ella y, susurrando solemnemente, dijo:

—Dedal.

—Dedal —repitió Viv. La orca inclinó la cabeza y regresó al mostrador.

Durante la tarde, hubo muy poco trabajo. Hemington regresó y, con cara de sufrimiento, pidió un café y lo pagó; una vez más lo dejó sin tocar.

Viv estaba pasándoles un trapo a las mesas del comedor vacío mientras recogía las tazas sucias cuando, de repente, Tandri rompió el silencio con un tono de voz gélido:

—¿Qué haces tú aquí?

Tandri miraba con cara de asesina a un joven apoyado sobre el mostrador y que le devolvía la mirada con gran descaro. Su delicada apostura revelaba que era rico; si bien no vestía la ropa de dobladillo dividido de Hemington, Viv vio que llevaba una insignia con forma de ciervo en una camisa hecha a medida.

—Te he visto por la ventana y he tenido que entrar —respondió—. Hacía mucho que no te veía, Tandri. Cabría pensar que me estás evitando.

—Y estarías en lo cierto.

—Bueno, solo estoy aquí como cliente, así que podemos considerar esto una intervención del destino.

—Acabas de decir que me has visto por la ventana. Si el destino interviene, será para obligarte a dar la vuelta para que vuelvas directamente a la calle.

—No seas así. Una súcubo como tú, puede sentir esta... —Hizo un gesto señalando a los dos—. Esta atracción. Sí, sé que puedes.

Dio la impresión de que a Tandri le horrorizó ese comentario, pero enseguida recobró la compostura con una expresión imperturbable.

—Kellin, no hay ninguna atracción. Nunca la ha habido. Creo que deberías marcharte.

—Pero si aún no te he pedido nada para tomar —protestó con un tono burlón.

—No creo que tengamos nada que pueda querer —dijo Viv, que se aproximó a la parte frontal del local con un aire amenazante y los brazos cruzados.

Kellin centró la atención en la orca; al instante, se le borró la sonrisa, reemplazada por un gesto más serio.

—No recuerdo que nadie le haya dado vela en el entierro.

A Viv le sorprendió un poco que no se hubiera acobardado al verla.

—Esta es mi cafetería —dijo Viv sin alterarse—. Y sirvo a quien quiero y cuando quiero. Y creo que no quiero servirle nada. Así que le pido que se marche.

Kellin clavó su mirada en la orca durante un instante, a la vez que una mueca de desdén se dibujaba en su cara.

—Supongo que aún no conoce al Madrigal. En algún momento, todo el mundo pasa a estar a su servicio. Eso quiere decir que, tarde o temprano, usted hará lo que se espera que haga y me obedecerá a mí.

—Oh, así que usted es su chico de los recados, ¿eh? Pensaba que lo era ese hombre del sombrero elegante.

Kellin estaba a punto de replicar cuando Amistad apareció por detrás de Viv y avanzó lentamente y con una elegancia letal. Se colocó junto a Tandri y, con indiferencia, se lamió una pata colosal.

Aunque Kellin parpadeó, volvió a mostrar un semblante desdeñoso.

Viv no sabía si era valiente o estúpido.

—Me marcharé..., por ahora —dijo—. Pero volverá a verme.

Volvió a mirar a Tandri con esa sonrisilla tan característica.

—Pero tú y yo nos pondremos al día más adelante. Cuento los días que faltan para eso. Es el destino.

Y se marchó.

Tandri suspiró lentamente.

—¿A qué ha venido eso? —preguntó Viv.

—Kellin estudió en Ackers. Estaba... —Tandri intentó dar con la palabra adecuada—. Estaba obsesionado conmigo de un modo enfermizo.

—Cuando fuiste a clase... para satisfacer ciertos... ¿intereses personales?

—Sí.

—Supongo que también está trabajando para el jefe de los matones locales. Al parecer, la educación que recibió no le ha servido de mucho.

—Oh, no me sorprende en absoluto —masculló Tandri enigmáticamente.

—No volverá a entrar aquí.

La súcubo se agachó junto a la gata gigante.

—O a lo mejor Amistad necesita un tentempié. ¿Tienes hambre, chica?

Amistad ronroneó, y el estruendo recordó a un desprendimiento de rocas.

Esa tarde, Tandri se ausentó un buen rato para ir a por algunas mantas y una gran almohada de plumas de ganso. Ella y Viv improvisaron una cama en la esquina trasera del local para la gata gigante. La siguiente vez que Amistad apareció, se subió sigilosamente a ese montón de mantas arrugadas, le dio unos golpecitos con una pata delantera enorme para ver qué pasaba y, acto seguido, se largó.

A pesar de eso, dejaron ahí la cama.

Cuando se preparaban para abrir, Dedal llamó a la puerta de la entrada. Llevaba en las manos un bulto envuelto en tela del que salían unos hilillos de humo. Viv olió algo dulce y caliente que estaba hecho con levadura; también llevaba algo de canela.

El ratador entró como una exhalación.

Tandri salió de la despensa con un saco grande de granos y una garrafa de leche; inhaló profundamente.

—¿Qué es ese olor tan maravilloso?

El ansioso ratador fue saltando con la mirada de una a otra y deslizó el bulto envuelto sobre el mostrador.

Viv lo señaló.

—¿Puedo?

Dedal asintió con cierta indecisión.

Tras quitarle la tela de encima, Viv vio que se trataba de

un rollo tan grande como su puño, casi tan grande que costaba imaginarse que eso se podía comer. Era una especie de bollo con forma de espiga, en cuyos anillos había azúcar moreno y canela, y cuya parte superior estaba cubierta por un glaseado cremoso que goteaba por los lados.

Tandri tenía razón. El aroma era increíblemente asombroso.

—¿Tú has hecho esto? —preguntó Viv, impresionada.

—Sí —susurró el ratador, que volvió a asentir levemente de nuevo, varias veces, con las manos entrelazadas sobre el delantal manchado de harina.

Viv y Tandri se miraron entre sí; entonces la orca le arrancó un trozo, lo olió profundamente y se lo llevó a la boca.

Cerró los ojos y, sin poder evitarlo, lanzó un gemido de placer. Quizá fuera la cosa más deliciosa que había comido en…, bueno, sí, tal vez en toda su vida.

—Santos dioses —murmuró con la boca llena—. Tandri, pruébalo.

La súcubo cogió un trozo y obedeció.

Mientras masticaba, Viv pudo notar que algo cambiaba en Tandri, ya que pasó a irradiar un fulgor sensual. Movió la cola adelante y atrás trazando elegantemente unos círculos en el aire. Viv y el ratador la observaron masticar, embelesados.

Cuando la súcubo volvió a abrir los ojos, tenía ambos iris enormes y las mejillas coloradas. Y contempló con la mirada perdida al ratador.

—Estás contratado. —Su voz se había vuelto ronca. Entonces, se sobresaltó y miró a Viv. El aura se disipó—. Espera, está aquí para eso, ¿verdad?

Viv se volvió hacia Dedal.

—¿Te gustaría cocinar estas delicias aquí todos los días?

El ratador asintió y se movió inquieto, como si quisiera decir algo pero no hallara las palabras.

—¿Qué te parecen cuatro monedas de plata a la semana? —preguntó Viv, que miró a Tandri para cerciorarse de que no iba a poner ninguna objeción.

La súcubo asintió, con los ojos como platos; movió las manos como diciendo: «Sí, sí, adelante».

Dedal asintió afirmativamente; a continuación, estiró el hocico y, por primera vez, pronunció más de una palabra, susurrando delicadamente como era propio en él.

—¿Café gratis?

Viv le tendió la mano.

—Dedal, podrás tomar todo el café que quieras.

12

Cuando Dedal se presentó a trabajar, llevaba en las patas un pergamino muy manchado. Se abrió paso hasta el interior de la cafetería y lo puso sobre el mostrador, dándole unos golpecitos con delicadeza.

Tandri lo cogió para examinarlo. Se trataba de una lista, escrita con una letra torcida y difícilmente entendible.

—Harina, soda, canela, azúcar moreno, sal... Es una lista de ingredientes —dijo la súcubo.

El ratador asintió insistentemente, a la vez que señalaba el pergamino.

—Y de algunos utensilios —añadió Tandri mientras acababa de leer—. Al parecer, necesitas bandejas, cuencos...

Dedal fue a gran velocidad a inspeccionar la zona situada tras el mostrador; a continuación, fisgó también en la despensa, y mientras se daba golpecitos en el labio con una pata, revisó el inventario. Con un gesto, le pidió a Tandri que le acercara el pergamino; esta se lo devolvió con una sonrisa.

Tras coger un estilete de debajo del mostrador, que estaba junto a la caja de la recaudación, se puso de puntillas para añadir unas cuantas cosas más a la lista; a continuación, asintió decididamente. Daba la impresión de que Dedal prefería comunicarse sin hablar.

—¿Y esto es lo que necesitas para hacer más de estos rollos que llevan canela? —preguntó Viv.

Dedal contestó afirmativamente, como solía hacer.

—¿Tienes alguna idea de dónde puedo conseguir todo esto? —le preguntó Viv a Tandri.

—A bote pronto, no. Seguro que puedo localizar a un repostero, pero...

Dedal las interrumpió al tirar de la manga a Viv y señalarse a sí mismo.

—Yo te guiaré.

—Oh, claro. Bueno, será mejor no posponerlo, supongo. Tandri, ¿te parece bien que te dejemos sola cuidando del fuerte hasta que volvamos?

—Por supuesto.

El ratador se movió nervioso y se quedó mirando con deseo la cafetera.

—¿Un café primero? —suplicó.

Dedal se tomó su tiempo para beber su café; sin duda, estaba saboreando cada sorbo en el que se había convertido en su reservado favorito. La oleada matutina de clientes estaba en su momento álgido antes de que acabara y llevara la taza al mostrador, donde esperó junto a la puerta a que atendieran al último cliente de la cola.

—Supongo que nos vamos ya —dijo Viv, que se secó las manos y se unió a él.

Tandri asintió distraídamente mientras le espumaba la

leche a un guardián de la puerta soñoliento.

Justo cuando se preparaban para marcharse, Amistad cruzó el umbral de la puerta como una nube tormentosa a baja altura; Dedal se quedó helado sin ser capaz de lanzar ni un chillido.

—Oh, diantres —masculló Viv, a la vez que se preparaba para levantar al ratador del suelo, para alejarlo de la gata gigante en cuanto esta hiciera el más mínimo gesto agresivo.

Pero Amistad se limitó a parpadear lentamente y a lamerse la nariz; acto seguido, siguió su camino con un claro desinterés.

Como las visitas de esa bestia eran escasas e impredecibles, Viv no se había parado a pensar en ningún momento en cómo la gata podría reaccionar ante su repostero.

O quizá Viv confiaba tanto en la piedra que sabía que nunca había estado en peligro.

Salieron de la cafetería. Viv siguió al ratador, que se dirigió a gran velocidad al distrito de los mercaderes, situado en el lado norte.

Invirtieron gran parte de la mañana en dar con todo lo que Dedal necesitaba; en varias ocasiones, Viv se sintió completamente perdida. Cuando visitaron el molino, la orca le compró harina al mismo molinero que le había alquilado el carro. Por unas monedas extra, añadió algunos sacos vacíos para que pudieran llevar luego el batiburrillo de bultos, jarras selladas y vajilla que aparecían en la lista de Dedal y todavía tenían que comprar.

El ratador jamás titubeó, ya que se orientaba perfectamente a través de ese laberinto de callejuelas y calles. Visitaron diferentes tiendas y, en varias ocasiones, llamó a la puerta de un domicilio privado. Cabe destacar su visita a un

anciano con gafas cuya casa estaba impregnada de una mezcla embriagadora de aromas exóticos. Para pedir lo que quería al propietario del negocio, Dedal siempre le daba unos
golpecitos a la lista; luego, se quedaba mirando expectante
hasta que Viv pagaba.

En cuanto consiguieron todo lo que había en la lista, Viv
volvió renqueando a la cafetería, cargada con dos bolsas de
harina en un hombro y dos sacos repletos en una mano; el
resto lo llevaba bajo el brazo contrario. Volvía a dolerle la
zona lumbar. Dedal iba por delante de ella, portando en los
brazos un montón de cucharas de madera. Cuando llegaron,
Viv pasó sigilosamente junto a Hemington y otros dos
clientes hasta llegar al fondo del local, donde dejó todo con
un suspiro de alivio.

Enseguida, Dedal empezó a desempaquetarlo todo para colocar esos objetos tan deseados en la despensa; a pesar de que
el peso de los sacos de harina era demasiado para él, los llevó
animosamente y, sacudiendo bruscamente de lado a lado esa
cabeza peluda, rechazó cualquier ofrecimiento de ayuda. Viv
se encogió de hombros y dejó que hiciera lo que quisiera.

—¿Habéis encontrado todo? —preguntó Tandri.

—Sí, seguro que esto es todo —gruñó Viv, mientras le
crujía la espalda.

Dedal apareció entre ellas y las sorprendió al hablar más
de lo que nunca había hablado hasta entonces.

—Lo suficiente para ir tirando.

Entonces volvió a centrarse en los paquetes con gran entusiasmo.

Tras darse un masaje para aliviar la peor parte de su dolor de espalda, Viv echó una mano a Tandri mientras ser-

vían a los últimos clientes. Detrás de las dos, Dedal canturreaba para sí algo melodiosamente. El estruendo de las bandejas y los cuencos y las cucharas de madera dio paso al ruido que se oye cuando se miden, arrastran y revuelven cosas.

El ratador se adueñó rápidamente de la mesita que habían estado usando como escurreplatos, se subió a la banqueta y empezó a amasar. Mientras trabajaba, lo envolvió una niebla de harina.

Cuando estaba esperando a que la masa subiera, se aproximó moviendo los bigotes nerviosamente y luego susurró:

—¿Un *latte*?

—Dedal, si quieres, tendrás una taza recién hecha delante de ti todo el día.

El ratador se estremeció de arriba abajo de placer.

Más tarde, cuando ya todos los clientes estaban servidos, Viv y Tandri observaron con curiosidad cómo Dedal retomaba su labor. Alisó la masa con su nuevo rodillo, esparció sobre ella un espeso relleno de canela que formaba una capa reluciente y, entonces, la enrolló con cuidado para dar forma a un cilindro más largo, que cortó en partes iguales; de ahí sacó varios rollos, que depositó con esmero en una bandeja.

Mientras la masa subía por segunda vez, encendió el fogón, echó unos puñados de azúcar a un cuenco que tenía leche y mantequilla, y lo revolvió todo vigorosamente para hacer un glaseado. Un agradable olor a levadura y azúcar se impregnó en la cafetería.

En cuanto la masa de los rollos subió tanto como quería, bajó de un salto y los metió en la caja lateral; a continuación, se sentó en la banqueta, juntó las manos, de tal manera que quedó un hueco con forma de triángulo entre ellas, y esperó pacientemente.

Era imposible ignorar el olor que surgía del fogón.

—Santos dioses —murmuró Tandri—. Eso huele tan maravillosamente bien que casi resulta insoportable.

Viv estaba a punto de responder que estaba de acuerdo cuando alzó la vista al captar un movimiento con el rabillo del ojo.

Un carpintero (lo dedujo por las virutas que tenía en el pelo) entró tambaleándose por la puerta, con un semblante confuso. Olió intensamente y parpadeó. Se quedó ahí quieto un minuto, contemplando inquisitivamente el local y el menú.

—¿En qué puedo ayudarle? —preguntó Viv.

El carpintero abrió la boca, la cerró y volvió a inspirar muy hondo.

—Voy a tomar… lo que sea que sirvan aquí —contestó.

Cogió el café que Tandri le preparó, pagó distraídamente, se dirigió al comedor, se sentó y sorbió su bebida con la mirada perdida.

Tandri y Viv se miraron y enarcaron las cejas.

—Por los ocho infiernos, ¿qué es ese olor? —preguntó alguien, cuya voz ambas reconocieron.

Laney se aproximó al mostrador.

—Tenemos un nuevo repostero —respondió Viv, señalando con el pulgar a Dedal.

—Eso aún está en el horno, ¿eh? Bueno, señorita, espero que no te importe que te diga que es todo un alivio. No es por criticar tu café, pero con la repostería es más probable que te mantengas a flote. Y como me enorgullezco de mis habilidades como repostera, puedes confiar en mi criterio.

Laney se llevó una mano al pecho.

Viv se mostró imperturbable, a pesar de que estaba pensando en la tarta de la anciana.

—Bueno, no te entretengo más —continuó la mujer—. Pero en cuanto tengas a la venta algunas de esas cosas que tienes en el horno, apártame unas cuantas, ¿entendido?

—Lo haré. Te lo aseguro.

Laney salió cojeando de la cafetería, casi al tiempo que entraban tres nuevos clientes. Detrás de ellos, Viv pudo ver que los transeúntes aflojaban el paso y echaban un vistazo a su alrededor, movidos por la curiosidad, al adentrarse en la nube de aromas que brotaba de la puerta.

Parecía que, después de todo, esa tarde no iba a ser tan floja, y eso que aún no habían vendido un solo rollo.

Viv y Tandri se reunieron urgentemente. La orca pensaba que deberían cobrar dos monedas de cobre por rollo, pero Tandri posó una mano sobre el antebrazo de Viv, la miró fijamente, muy seria, y le dijo:

—Cuatro monedas, Viv. Cuatro. Monedas.

Bajaron la pizarra con el menú. Tandri añadió rápidamente una nueva frase; con unos pocos trazos, dibujó un rollo, al que añadió unas líneas sinuosas que representaban el increíble aroma que desprendía.

EL CAFÉ DE LAS LEYENDAS
MENÚ

CAFÉ: AROMA EXÓTICO E INTENSO, TUESTE
CON CUERPO - ½ MONEDA DE COBRE

LATTE: UNA VARIANTE SOFISTICADA
Y CREMOSA - 1 MONEDA DE COBRE

ROLLITOS DE CANELA: UN BOLLO CON UN GLASEADO
DE CANELA CELESTIAL – 4 MONEDAS DE COBRE

UNOS SABORES REFINADOS PARA
EL CABALLERO Y LA DAMA QUE TRABAJAN

—¿Cuatro? —preguntó Viv, al mismo tiempo que colocaba otra vez el menú en la pared—. ¿En serio?

—Confía en mí.

Dedal bajó de la banqueta, agarró un grueso trapo de cocina, abrió el fogón y retiró los rollos. Eran enormes, dorados y hermosos. El olor ascendió como una nube cuando los colocó sobre el fogón y cerró la puerta. Mientras le rugía el estómago con fuerza, Viv pensó que a Tandri se le había escapado un gemido.

El ratador les echó por encima el glaseado espeso y cremoso que había reservado a un lado, los olfateó para comprobar qué tal estaban y asintió satisfecho.

Al levantar la mirada, Viv vio que Hemington contemplaba los rollos con interés.

—Qué olor tan increíble —dijo.

—Bueno, dijo que quería algo para comer. Pues ya puede ponerse el primero a la cola.

—Ah —contestó Hemington, que parecía avergonzado—. Bueno, mire, tengo ciertas restricciones en mi dieta. Pan no como, precisamente...

Viv dejó de arquear las cejas y se apoyó pesadamente sobre el mostrador.

—Aunque voy a comprar uno, ¿vale? —añadió el joven, sin convicción.

—Gracias.

—Eh... , de nada.

Después de que Dedal se lo indicara con un movimiento

de cabeza, Tandri colocó los rollos calientes de uno en uno en una bandeja; luego, de forma reverencial, la puso sobre el mostrador.

Mientras Hemington pagaba, Viv le dio un rollo envuelto en un trozo de papel encerado y le lanzó una mirada asesina.

—Si no se come esto, es posible que Tandri o yo tengamos que matarle.

El joven se rio, aunque dejó de hacerlo al ver que Viv no lo hacía. Se escabulló con sus libros, llevando el rollo con mucho cuidado y en perfecto equilibrio en ambas manos.

Los clientes del comedor ya estaban haciendo cola, aguardando su turno; al cabo de treinta minutos, ya habían vendido hasta el último rollo.

Tandri, que miraba fijamente la bandeja repleta de migas, untó un dedo en un hilillo de glaseado, se lo chupó y miró desolada a Viv.

—No he podido probar ni uno —se quejó—. Yo habría pagado más de cuatro monedas.

—Pues tienes suerte —dijo Viv—. Me parece que vas a tener otra oportunidad. Y no me quiero ni imaginar lo que Laney hará con esa escoba si no nos acordamos de apartarle uno a ella también.

Dedal ya estaba muy atareado preparando otra hornada, mientras tarareaba de nuevo más alto (y más feliz) que antes.

13

Como Dedal ya estaba trabajando arduo antes del amanecer y como Tandri, astutamente, había abierto un poquito la puerta antes de la hora, para que el aroma llegara a la calle, cuando abrieron, había el triple de clientes que el día anterior.

Tandri y Viv prepararon los cafés codo con codo, ocupándose de ambos mangos en medio de una confusión caótica y bulliciosa; prácticamente, se tropezaban entre ellas a la hora de atender y servir a los clientes.

Los rollos de canela de Dedal desaparecieron al cabo de unos minutos, pero este había tomado la inteligente decisión de preparar más masa para que se fuera levando mientras la primera remesa estaba en el horno.

Como el fogón estaba funcionando a pleno rendimiento, hacía más calor en la cafetería del habitual; los humeantes rollos sumaban más grados al bochorno. Al cabo de una hora, las dos acabaron con las camisas empapadas de sudor. El parloteo de la multitud, el estruendo provocado por Dedal y el siseo y ruido de la máquina de café gnoma generaron una locura vertiginosa.

A medida que se acercaba el mediodía, la afluencia de clientes menguó, pero la calma no duró más de diez minutos. En la zona del comedor, se oían animadas charlas a voz en grito y se propagaba el potente murmullo de las conversaciones. Los clientes se quedaban más tiempo, disfrutando de la repostería mientras daban sorbos a sus bebidas, sin prisa; por primera vez, había más gente sentada a la mesa comunal que gozando de la relativa soledad de un reservado.

Viv se apoyó sobre el mostrador, observó detenidamente sus rostros y vio, al fin, algo que no esperaba hallar por culpa de los nervios. Lo encontró en los ojos a medio cerrar y en la manera en que tragaban de forma deliberadamente lenta. En esas manos que sostenían una taza caliente y en el goce duradero del último trago. Aquello era un eco de lo que ella había vivido en su momento y se sintió muy identificada con ellos de una forma muy agradable.

—No has parado de sonreír en una hora —comentó Tandri, que sacó a Viv de su breve ensoñación.

—¿Ah, no?

—No.

Aunque ambas tenían la cara colorada y mucho calor, Viv se dio cuenta de que ese día Tandri parecía mucho más relajada, cosa que le encantó.

—Parece que los astros se han alineado. He tenido esta misma sensación en otras ocasiones; como cuando encontré la Sangrenegra. —Viv ladeó la cabeza hacia la espada de la pared—. Encajaba a la perfección en mis manos y, cuando la usaba, bueno... —Como se dio cuenta de que esa historia podía tomar ciertos derroteros, se calló al instante—. En fin, todo... encaja.

—Pues sí.

—Aunque todavía hay que resolver algunos problemas.

—Creo que podrás dormirte en los laureles durante un día o dos —dijo Tandri, con una sonrisa burlona.

—No lo sé, igual, mientras tanto, nos cocemos hasta morir.

En ese instante, miraron hacia abajo; Dedal se había plantado en medio de ellas. Él miró hacia arriba, hacia Viv, a quien tiró del dobladillo de la camisa. Luego señaló el horno y abrió los brazos de par en par.

—Lo... siento, no sé qué quieres decir, Dedal.

El ratador arrugó la nariz y susurró:

—Más grande. Sería mejor que fuera... más grande.

—¿Los rollos? ¡Pero si son ya tan grandes como mi cabeza!

Dedal negó con la cabeza.

—El fogón. ¡El fogón! —Entonces, añadió temblando—: ¡Lo siento! ¡Lo siento!

Viv posó los ojos sobre el horno que Cal había instalado. Dedal había trabajado sin parar, y los rollos se habían vendido prácticamente en cuanto se habían enfriado. Tal vez la demanda acabaría disminuyendo un poco, pero era consciente de que, si seguía trabajando a ese ritmo, el pobre ratador podía acabar medio muerto. Un fogón más grande le facilitaría mucho las cosas.

—Eso me encantaría, Dedal, pero no sé cómo podríamos encajarlo ahí. Apenas nos queda espacio aquí atrás.

Dedal pareció abatido, pero acabó asintiendo a regañadientes.

—Si pudiéramos conservarlos más tiempo —caviló Tandri en voz alta—. Si no tuvieran que ser frescos, podríamos tener almacenados unos cuantos, y así nos quitaríamos cierta presión de encima.

El ratador la miró fijamente y se dio unos golpecitos en el labio inferior con una pata, pensativamente. Luego parpadeó unas cuantas veces. Lentamente, deambuló hasta la masa, extendió una nueva lámina, pero Viv reparó en que, de vez en cuando, se detenía un rato con la mirada perdida.

Cuando Cal se dejó caer por ahí por primera vez desde hacía días, Viv le dio inmediatamente un rollo de canela. El trasgo lo examinó con curiosidad y le dio un mordisquito.

Su reacción fue totalmente predecible.

—Hum.

Pero fue un «hum» de los buenos.

Mientras masticaba y tragaba, señaló con la cabeza el bullicioso comedor.

—Parece que las cosas van viento en popa. Y esto... —Contempló el rollo con admiración—. Esto está buenísimo. Ya te dije que ese fogón acabaría siendo muy útil. Por cierto, ¿podría tomarme uno de esos *lattes* para acompañarlo?

Tras examinar el menú, dejó seis monedas sobre el mostrador.

Viv se las devolvió.

—Quédatelas. Tendré que darte algunas más si se te ocurre alguna manera de lograr que haga menos calor aquí. Cuando el fogón está encendido, aquí dentro hace un calor de ocho infiernos.

Cal le dio otro mordisco al rollo, a la vez que cerraba los ojos y suspiraba de placer.

—Bueno, quizá tenga la solución, pero tendrás que darme algo de tiempo para que compruebe si puede funcionar. Se trata de algo muy ingenioso que vi en un barco de recreo gnomo.

Viv estaba intrigada.

—¿Te refieres a algún tipo de ventana?

—No. No es una ventana —contestó—. No quiero darte esperanzas porque tal vez no funcione. Dame un par de días y veré qué puedo hacer. Procura no quemar la cafetería hasta entonces.

El trasgo le obsequió con una de sus leves pero genuinas sonrisas. A continuación, cogió su café y su rollo, y se dirigió sin prisa al comedor.

El resto del día siguieron teniendo trabajo; los clientes entraban y salían a un ritmo constante que las mantenía ocupadas, pero sin demasiado agobio.

Mientras Viv se secaba las manos por lo que debía ser la octava vez tras limpiar las tazas en el fregadero, un individuo grande con aspecto de jornalero entró en la cafetería. Viv se quedó perpleja al ver que llevaba una especie de laúd bajo el brazo. Unos densos mechones de pelo rubio le tapaban los ojos y tenía unas manos tan enormes y duras como las suyas, lo cual le pareció raro para tratarse de un músico.

—¿Puedo ayudarle en algo? —le preguntó.

—Eh, hola. Quería preguntar si…, espere, hum. Esto, hola —tartamudeó, volviendo a empezar—. Me llamo Pendry. Soy un… —Bajó tanto la voz que prácticamente susurró—. ¿Un bardo?

Fue más una pregunta que una afirmación.

—Felicidades —respondió Viv, en tono jocoso.

—Me…, me preguntaba si quizá podría… tocar. O sea, ¿aquí dentro?

La petición le pilló por sorpresa a Viv.

—La verdad, es algo que nunca se me había pasado por la cabeza —admitió.

—Oh. Oh, bueno, hum. Era… Era de esperar.

Asintió de una manera tan exagerada que el pelo le golpeó las mejillas.

Aunque no podía estar segura del todo, tuvo la impresión de que se sentía aliviado.

—¿Es bueno tocando? —preguntó Tandri, que rodeó el mostrador y cruzó los brazos.

—Yo, eh. Bueno, yo…

La orca resopló y le dio un codazo suave en las costillas a la súcubo.

—¿Sabe qué? —dijo Viv, mientras pensaba en la piedra de Scalvert y en esa sensación que había experimentado de que todo iba encajando en su sitio y que recordaba al satisfactorio clic que hace un broche al cerrarse—. ¿Por qué no toca un poco? Lo único que nos está pidiendo es permiso, ¿verdad?

Daba la impresión de que Pendry tenía el estómago un poco revuelto.

—Sí. O sea, no. O sea…, vale.

Se quedó ahí quieto.

Tandri le indicó que se moviera.

—Pues adelante.

Aunque la súcubo lo miró muy seria, Viv se dio cuenta de que intentaba no reírse.

El jornalero, o bardo, o lo que fuera, entró en la otra habitación arrastrando los pies y miró a su alrededor con un gesto de horror dibujado en el rostro, algo que a duras penas pudo disimular. Se abrió paso hasta el fondo, con la cabeza gacha, y se dio la vuelta lentamente. Nadie le prestó mucha atención; se quedó ahí unos minutos, estrangulando el laúd, jugueteando nervioso con las clavijas y murmurando algo para sí.

Viv estaba bastante segura de que estaba discutiendo consigo mismo; movida por la curiosidad, asomó la cabeza por la esquina para verlo.

Su laúd era raro. Nunca había visto uno igual. No parecía tener una boca en la parte frontal que le permitiera resonar. En vez de eso, contaba con una losa de alguna clase de piedra similar a la pizarra debajo de las cuerdas, en la que estaban incrustados unos alfileres plateados.

Viv llegó a pensar que se dejaría vencer por la ansiedad y se largaría a hurtadillas del local, pero entonces Pendry respiró hondo y empezó a rasguear.

El ruido que surgió de ahí no era para nada lo que la orca había esperado oír; todas las conversaciones se pararon en seco. Esas notas sonaban un tanto distorsionadas y brotaban con mucha más potencia de ese laúd que de cualquier otro que Viv hubiera escuchado jamás. Se estremeció y vio que los demás hacían lo mismo en cuanto Pendry se puso a tocar en serio. Aunque los sonidos que generaba el músico no eran cacofónicos, había algo un tanto salvaje en ellos.

Se preguntó si no había confiado demasiado ciegamente en que la piedra de Scalvert iba a atraer lo que necesitaba, porque si esto era obra suya...

Viv miró a los clientes, que parecían incómodos. Unos cuantos se levantaron como si se estuvieran preparando para marcharse.

La orca se fue aproximando al joven, quien, de forma asombrosa, parecía estar totalmente relajado, sumido en la música. Mientras Viv se acercaba, Pendry abrió de repente los ojos y la vio. Tras echar un vistazo a su alrededor, se dio cuenta de que la gente lo miraba escandalizada y dejó de tocar abruptamente.

—¿Pendry? —preguntó Viv, alzando una mano.

—Oh, dioses —gimió, claramente avergonzado.

Y huyó de la cafetería, sosteniendo el laúd por delante, como si fuera un escudo.

Viv sintió lástima por el muchacho, la oleada vespertina de clientes la obligó a dejar de pensar en él. Como llegó un momento en que la gente ya no pedía tanta repostería, Dedal por fin pudo descansar; la orca le dijo al pobre ratador que podía irse a casa. Estaba agotado. Viv tuvo la impresión de que si no le hubiera dicho que parara, habría trabajado hasta caer inconsciente.

Cuando volvía de limpiar las mesas, vio que Tandri se encontraba de pie junto a la ventana de la parte frontal del local.

—Kellin no ha vuelto, ¿verdad?

—¿Hum? No, qué va.

—Entonces, ¿qué miras?

—A ese viejo.

Viv se asomó por la puerta para mirar. Vio a un anciano gnomo que se encontraba sentado a una de sus mesas y llevaba un curioso gorro doblado que recordaba a un saquito, así como unas gafas oscuras. Delante de él tenía una taza, un rollo de canela y un tablero de ajedrez sobre el que había unas pequeñas piezas de marfil. No tenía a nadie sentado delante. Alrededor de la base de la mesa, estaba Amistad, tan feliz: ronroneaba estruendosamente. Como la enorme felina seguía visitando la cafetería y no hacía ni caso a la cama que le habían hecho con esas mantas, se sorprendió al verla ahí, reposando tan tranquila.

—Oh, parece que le cae bien a Amistad. —Viv se encogió de hombros—. Aunque creo que hay algo que se me está pasando por alto.

—Lleva ahí una hora. Entró un poco después de nuestro aspirante a bardo.

—¿Y?

—Que no sé quién está moviendo las otras piezas.

—¿Está jugando solo?

Tandri asintió.

—Pero nunca parece mover las piezas contrarias. O, al menos, nunca le he pillado moviéndolas.

—¿Cómo puedes saber eso si lo has estado mirando con el rabillo del ojo?

—O sea, al principio, no le he prestado atención, pero ahora no puedo dejar de mirarlo.

—Bueno —dijo Viv—, si hoy hemos tenido aquí al bardo del averno, ¿por qué no vamos a tener un fantasma que juega al ajedrez?

—Le pillaré moviéndolas en algún momento —afirmó Tandri, asintiendo rotundamente.

Entonces dos guardias de la puerta entraron en la cafetería para comprar el resto de los rollos.

Al instante, se olvidaron del gnomo.

14

*D*edal apareció antes de que abrieran las puertas, agarrando firmemente otra lista con las patas. No era especialmente larga.

—Grosellas, nueces, naranjas…, ¿cardamomo? —preguntó Viv, con cara de desconcierto.

Dedal asintió enérgicamente.

—Ni siquiera sé qué es eso último. ¡Además, los rollos ya son perfectos!

El ratador se retorció las manos, con aire ofendido.

—Confía —susurró.

Viv contuvo un suspiro.

—Vale, me ocuparé de ello. Tandri, ¿te importaría quedarte aquí sola mientras yo compro… lo que sea esto?

—Si eso significa que Dedal va a preparar algunas delicias más, haré cualquier cosa que haga falta —respondió ella.

Dedal sonrió de oreja a oreja.

ϒ

Hacía una mañana fría y húmeda cuando Viv regresó al barrio del mercado e hizo todo lo posible por recordar a qué tiendas había ido con Dedal durante su primera visita al lugar. Las grosellas, nueces y naranjas no fueron un problema, a pesar de que en esta época del año costaba encontrar naranjas. Viv preguntó en cada tienda por ese último producto de la lista, tan curioso, pero los tenderos se mostraban igual de perplejos que ella. Al final, se acordó del camino que Dedal había seguido para llegar a la casa de las fragancias de aquel caballero de edad avanzada.

Tras equivocarse unas cuantas veces, localizó el lugar y llamó a la puerta. Oyó cómo alguien arrastraba los pies y mascullaba; el anciano abrió la puerta un par de centímetros y la miró con recelo y cara de muy pocos amigos.

—Esto…, quizá me recuerde —dijo la orca—. Estuve aquí con, hum. —Levantó la mano hasta alcanzar la altura aproximada de Dedal—. Un tipo pequeño. En fin, estoy buscando… ¿cardamomo?

—Hum. Así que es la recadera de Dedal, ¿eh? —contestó, abriendo la puerta un poco más.

—Supongo que sí. He de decir que es un repostero increíble.

El viejo alzó la vista y la miró a través de sus gafas, con el ceño fruncido.

—Ese chaval es un genio.

Le quitó el pergamino que llevaba en la mano y, arrastrando los pies, se perdió entre las sombras de su casa. De la puerta brotaron unos aromas tan variados y densos que Viv se mareó. Uno a uno, podrían haber sido muy agradables, pero juntos eran mucho. No sabía cómo el anciano podía soportarlo.

Tras escucharle refunfuñar a lo lejos y oír algunos golpes y estruendos, así como unas cuantas palabrotas, el viejo regresó con un paquete envuelto en papel marrón; se lo lanzó junto a la lista.

—Son dos monedas de plata con cuatro —dijo.

—¿Tanto?

—¿Alguien le ha ofrecido un precio mejor? —replicó, con una sonrisa amplia que no era del todo agradable.

—Hum.

Viv rebuscó en su bolsa de monedas y le pagó.

El anciano le cerró la puerta en las narices.

Dedal recibió las compras con un chillido de satisfacción, las colocó con cuidado en la despensa y volvió a ocuparse de los rollos que estaba haciendo.

Como por lo menos había tantos clientes como el día anterior, Tandri, agradecida, le sonrió brevemente a Viv cuando esta se unió a ella tras el mostrador para ayudarla a atender esa avalancha. La orca no pudo evitar llevarse una decepción, ya que Dedal no pareció darles un uso inmediato a las frutas que había comprado, pero la presión del trabajo matutino hizo que se olvidara de ello.

Después, cuando la demanda de rollos ya era más asumible, Dedal sacó esos productos de la parte de atrás.

Tandri le dio un leve codazo a Viv.

—Me muero de ganas de saber qué va a hacer.

—El viejo al que le he comprado el cardamomo me ha dicho que Dedal es un genio —murmuró Viv.

—Eso ya lo sé, a mí no me hace falta que un viejo me lo corrobore —respondió Tandri, riéndose por lo bajo.

—Pues sí, tienes razón.

ϓ

El ratador se dispuso a medir y batir y preparar una masa densa y pegajosa, a la que añadió nueces y grosellas troceadas. Luego, ralló la piel de las naranjas sobre el cuenco. Resultó que el cardamomo eran unas semillitas arrugadas. Las cortó en unos dados increíblemente finos, las aplastó con la parte roma de la hoja de su cuchillo, echó con delicadeza a la masa parte del polvillo que desprendieron y guardó el resto en un cucurucho de papel encerado.

Tandri y Viv se turnaron de mala gana a la hora de preparar los cafés para los clientes, mientras Dedal amasaba y daba forma a unas barras largas y planas, que luego colocó en dos bandejas, espolvoreó con unos puñados de azúcar y metió al horno. Después, lo recogió todo, mientras canturreaba en todo momento de esa forma delicadamente melodiosa tan propia de él.

El aroma resultaba muy prometedor; era un olor dulce y sutil a frutos secos, que le recordó a Viv a las celebraciones del solsticio de invierno. Cuando al fin sacó esas barras planas del horno, Tandri y ella se acercaron, pero él les indicó enérgicamente que se alejaran. Tras cortarlas en rebanadas, las colocó en hileras en las bandejas y volvió a meterlas al horno.

—¿Dos veces? —preguntó Viv.

El ratador asintió con vehemencia.

Cuando consideró que estaban hechas y las sacó para que se enfriaran, Viv las observó detenidamente, con cierto recelo. Olían bien, pero se asemejaban a unas tristes rebanaditas de pan cuya masa no había subido.

Dedal insistió en que debían esperar a que se enfriaran; entonces, de un modo nervioso y ceremonioso, les dio una a cada una de ellas. Viv arrugó el ceño al examinar la suya. Estaba tan dura como un pan increíblemente rancio. Aunque el viejo había alabado el talento de Dedal y el éxito de los rollos de canela era indiscutible, intercambió unas miradas de ligera preocupación con Tandri.

Cuando iban a darle un mordisco, el ratador agitó nerviosamente las patas y susurró insistentemente:

—¡Con bebida!

Obedientemente, Tandri preparó dos *lattes*. Les dieron unos mordisquitos para probar esas rebanaditas duras y resultó que... sabían bien. Se deshacían perfectamente en la boca, y las nueces y la fruta alcanzaban una nueva dimensión gracias a una dulzura exótica y cremosa que debía aportar el cardamomo. Tal vez no estuvieran tan buenas como los rollos de canela, pero... tenían un sabor agradable.

Con un gesto insistente, el ratador les indicó que las sumergieran en el café.

Viv se encogió de hombros. Hundió un extremo en su *latte* y le dio otro mordisco. Los ojos casi se le salen de las órbitas. Masticó, tragó y se dio un momento para apreciar esta mezcla elegante y sutil de sabores.

—Oh, diantres, Dedal. Ese viejo tenía razón. Eres un genio.

Sin embargo, no apreció la verdadera genialidad de aquel manjar hasta que Tandri señaló:

—Estos durarán más, ¿no? ¿Un día o quizá varios?

El ratador asintió y les dedicó una gran sonrisa a las dos.

—Vamos a necesitar algo para almacenar esto. Y, Tandri, creo que vamos a tener que actualizar otra vez el menú. Por cierto, ¿cómo vamos a llamar a esto?

—Creo que tengo una idea —respondió Tandri, que, con una leve sonrisa asomándose a los labios, cogió la tiza que estaba debajo del mostrador.

EL CAFÉ DE LAS LEYENDAS

MENÚ

CAFÉ: AROMA EXÓTICO E INTENSO, TUESTE

CON CUERPO - ½ MONEDA DE COBRE

LATTE: UNA VARIANTE SOFISTICADA

Y CREMOSA - 1 MONEDA DE COBRE

ROLLITOS DE CANELA: UN BOLLO CON UN GLASEADO

DE CANELA CELESTIAL - 4 MONEDAS DE COBRE

DEDALILLOS: CON NUECES CRUJIENTES Y FRUTAS EXQUISITAS

- 2 MONEDAS DE COBRE

UNOS SABORES REFINADOS PARA

EL CABALLERO Y LA DAMA QUE TRABAJAN

A la mañana siguiente, los dedalillos no se vendieron demasiado en un principio, pero, como de vez en cuando se quedaban sin rollos, los clientes los acabaron probando. A medida que el día avanzaba, pasaron a ser la primera elección unas cuantas veces.

De vez en cuando, Viv acababa comiendo uno de ellos distraídamente mientras canturreaba para sí.

Como, con cada día que pasaba, parecía hacer más calor en la cocina, Viv y Tandri aguardaban el regreso de Cal con impaciencia. Cuando por fin apareció, el trasgo sacó un pergamino grande y doblado, que extendió sobre el mostrador delante de ellas. En él, se veían unos cuantos bocetos con algunas medidas, pero Viv no tenía ni idea de qué era lo que estaba mirando.

—Así que esta es la solución al problema de calor que tenemos aquí atrás, ¿eh?

—Hum. Es un autocirculador. Como ya comenté, vi

uno de estos artilugios en un barco gnomo de recreo. Tardaría unas cuantas horas en instalarlo. Quizás incluso un día entero. Tendré que cortar un poco el tubo del fogón y necesitaremos la escalera de mano para colgarlo ahí arriba. Es probable que me tengáis que echar una mano. Pesa mucho.

Señaló el techo.

—No tengo ningún problema en cerrar un día si así conseguimos que aquí atrás no nos sintamos como dentro de un horno.

Tandri resopló, como para mostrarse de acuerdo.

—Aunque no va a ser barato —afirmó el trasgo, con cara de estar pidiendo disculpas. Dio unos golpecitos con el dedo sobre el diagrama—. Estos chismes solo me los puede facilitar un artesano gnomo, y cobran caro.

—¿De cuánto dinero estamos hablando?

—De tres soberanos.

—Oh. Con no pagar al Madrigal dos meses, problema resuelto.

Cal le lanzó una mirada asesina.

—¡Era broma! —se excusó Viv, aunque no estaba segura de que realmente lo fuera—. Pero sí, adelante.

Sacó cuatro soberanos y se los entregó.

—Y el que sobra es para ti, por el tiempo que le vas a dedicar. No, no me lo devuelvas.

—Hum. ¿Os vendría bien que lo instalara a finales de esta semana?

—Sería perfecto.

Cuando Cal regresó en la fecha acordada, Viv ya había colocado un letrero en la parte frontal del local:

HOY CERRADO POR OBRAS

Esa mañana, ya había visto a varios clientes habituales con cara de decepción tras haberse topado con el letrero. Se adueñó de ella un miedo irracional a que no regresaran jamás, pero hizo todo lo posible por deshacerse de él.

El trasgo empujaba una carretilla en la que llevaba un mecanismo grande de latón con forma de barril; varias aspas enormes con forma de ala; un ventilador más pequeño, que recordaba a un molino de viento; y una larga cinta de cuero de algún tipo, que recordaba a un enorme suavizador de navajas.

Con los brazos en jarra, Viv se quedó mirando ese amasijo.

—Oh. Cuando vi los dibujos, no sabía si esto iba a funcionar o no, pero ahora estoy incluso más confusa.

—Oh, es un trasto ingenioso —señaló Cal, que gruñó al cruzar con la carretilla las puertas que Viv sostenía abiertas—. Te aseguro que los gnomos siempre te sorprenden.

Primero, Cal le quitó una sección al tubo del fogón, la abrió por la mitad e instaló el ventilador, que recordaba a un pequeño molino de viento, en un ingenioso armazón, que contaba con una serie de engranajes interconectados en el eje. Viv lo ayudó a colocarlo y a pegarlo de nuevo al tubo principal del fogón.

La orca fue al callejón de atrás a coger la vieja escalera de mano. Tras apoyarla contra la pared y maniobrar con cuidado, Cal subió por ella. Viv subió detrás de él, arrastrando el mecanismo de latón. La orca se las apañó para sostener el artilugio en su sitio contra el techo con una sola mano, a pesar de lo mucho que le dolían los músculos por culpa de esa posición tan incómoda y del peso que sostenía por encima de la cabeza.

Cal lo instaló rápidamente con unos tornillos gnomos, y Viv tiró de él para cerciorarse de que no se les iba a caer encima.

La orca acabó sosteniendo al trasgo en el aire para que pudiera introducir las aspas con forma de alas en los cuatro brazos que emergían del barril; gracias a eso, parecía una versión mucho más grande del artilugio que habían adherido al tubo del fogón. Luego ataron la enorme cinta de cuero alrededor del eje del barril de latón y a través de la rueda expuesta en el armazón del tubo del fogón.

—Bueno —dijo Viv—, sigo sin saber cómo funciona esto, pero, que me aspen, quiero verlo en acción.

Cal se rio por lo bajo y echó madera al fogón, que luego encendió.

En un primer momento, no pasó nada, pero a medida que el calor iba en aumento y el ambiente se caldeaba, el cinturón empezó a moverse, muy lentamente al principio. Aunque nunca alcanzó una velocidad especialmente alta, el gran ventilador del techo comenzó a agitar el aire para generar una brisa constante y fría.

—Por los ocho infiernos —dijo Viv.

—Hum —dijo Cal—. Al menos así no te asarás viva hasta que desciendas a ellos, a los infiernos.

15

—*P*or todos los dioses, qué diferencia —comentó Tandri.

El autocirculador de Cal giraba perezosamente por encima de ellos, y la fría corriente descendiente era, en efecto, un gran alivio. Dio la impresión de que Dedal se sentía igual de agradecido, si no más. Viv ni siquiera tenía claro si el ratador era capaz de sudar. Probablemente, era quien más sufría el calor, sobre todo porque trabajaba cerca del fogón, aunque nunca se había quejado.

A pesar de que por la mañana algunos clientes habituales se quejaron porque la cafetería había estado cerrada el día anterior, sus protestas quedaron en nada en comparación con el interés que sentían por el nuevo aparato gnomo que agitaba el aire.

Tras echar un vistazo a su alrededor, Viv llegó a la conclusión de que estaba tremendamente orgullosa del interior del local. Era moderno e innovador, pero también acogedor y cómodo. Los aromas combinados de la canela caliente, el café molido y el dulce cardamomo la embriagaban; mientras preparaba los cafés y sonreía y servía y charlaba, sintió una profunda sensación de satisfacción que aumentó. Era una sensación reconfortante que nunca había experimentado hasta entonces, y le gustaba. Sí, le gustaba muchísimo.

Al echar un vistazo a los parroquianos, pudo confirmar que ellos también sentían lo mismo. Aun así, desde detrás del mostrador, percibía una paz que solo ella sentía.

«Porque esta cafetería es mía», pensó.

Sorprendió a Tandri, que se hallaba a su lado, esbozando una sonrisa.

«O a lo mejor es nuestra.»

Viv elevó la mirada y vio a Pendry, el descomunal aspirante a bardo que parecía tener el baile de san Vito, en el umbral de la puerta. Esta vez, había venido con un laúd más tradicional. Lo tenía agarrado con tanta fuerza que la orca pensó que iba a arrancarle el mástil con sus manazas.

—Hola, Pendry.

Viv esperó a ver qué le contestaba; la situación le hacía algo de gracia. Estaba claro qué quería decir.

—Yo…, eh…, bueno.

Tandri le lanzó una leve mirada de reproche, y Viv se apiadó del pobre muchacho.

—¿Quieres intentarlo de nuevo? —le preguntó, sin apartar la mirada de lo que estaba haciendo.

—Esto. Sí…, me… gustaría. Pero prometo que tocaré algo menos moder… O sea, más tradicional, señorita.

—¿Señorita? Uf. Ahora sé por qué Laney odiaba que la tratara de un modo tan formal —replicó Viv, poniendo cara de enfado.

—¿Lo… siento? —se atrevió a decir Pendry, avergonzado.

La orca le hizo un gesto con la mano.

—Adelante. La última vez no tocaste mal exactamente. Solo fue… sorprendente. Mucha mierda.

Al oír aquello último, Pendry pareció escandalizarse.

—Supongo que no es una expresión habitual por aquí, ¿verdad?

Tandri se encogió de hombros.

—Suena un poco mal, la verdad.

—Seguramente tengas razón.

Pendry parpadeó, confuso. A continuación, agachó la cabeza y entró otra vez, arrastrando los pies, en la zona del comedor. Viv optó por no seguirle, por si acaso le ponía aún más nervioso.

Aunque sí acercó la oreja y esperó un minuto, más o menos. Como no oyó nada, se rio entre dientes y negó con la cabeza, mientras preparaba un nuevo café.

En cuanto se lo dio a un cliente y la cafetera dejó de sisear, pudo oír poco a poco las notas del laúd. Era una música más tranquila que la última vez; Pendry estaba tocando una dulce balada que tenía una melodía agradable. Contaba con un patrón rítmico pegadizo, en el que intercalaba algunos punteos delicados ejecutados con los dedos.

—Es una música agradable —observó Tandri—. Toca bien, ¿verdad?

—No está mal —admitió Viv.

Una voz aguda y dulce, y repleta de emoción, se sumó al laúd.

—Espera —dijo Viv—. ¿Quién es ese? —Asomó la cabeza por la esquina y se quedó boquiabierta—. Que me aspen.

Era Pendry, que cantaba con una voz incomprensiblemente melodiosa y pura, que contrastaba sorprendentemente con su corpulencia.

... el precio que pagar por lo que pretendía hacer
había subido al terminar el día,
y cuando un camino distinto tuve que escoger,
el peso de mi cruz casi ni lo sentía...

—Creo que nunca había oído esa canción —comentó
Tandri—. Quizá suene tradicional, pero no lo es. Seguro
que la ha compuesto él.

—Oh. —Ningún cliente parecía estar escandalizado, y
Viv incluso se percató de que uno o dos seguían el ritmo—.
Siento haber dudado de ti —murmuró, en parte para sí,
pero en gran parte para la piedra de Scalvert que estaba escondida debajo del suelo.

—¿Qué decías?

—Oh, nada. Simplemente comentaba que hemos tenido
otro golpe de suerte.

Más tarde, Hemington se aproximó al mostrador y pidió
uno de todo con cierto nerviosismo.

—¿Quieres un café y un *latte*? —preguntó Viv, mirándolo con suspicacia.

—Esto..., sí. —Durante un instante, se quedó callado y
se movió inquieto—. También hay algo que quiero preguntarte.

Viv suspiró.

—Hemington, si quieres que te haga un favor, pídemelo
sin más. No quiero prepararte unos cafés que no te vas a
tomar.

—Oh, vale, excelente —dijo muy contento.

—Aunque sí vas a comprar uno de estos —le espetó, al
mismo tiempo que le acercaba un dedalillo.

—Hum. Por supuesto.

Aunque lo pagó, no parecía saber qué hacer con él.

—Bueno, ¿qué puedo hacer por ti, Hem?

—Para empezar, me gustaría que no me llamaras Hem.

—Creo que eres tú quien está pidiendo un favor en un local donde realmente no quieres tomar nada de lo que vendemos..., Hem.

El joven puso mala cara.

—¡No es que no quiera na...! Oh, da igual. —Respiró hondo e intentó empezar de nuevo—. Esperaba que me permitieras colocar un hechizo de protección aquí, como parte de mi investigación.

Viv frunció el ceño.

—¿Una hechizo de protección? ¿Para qué?

—Bueno, en realidad, esa es mi área principal de estudio. Y como aquí hay una confluencia de líneas ley que no fluctúan y que tienen un efecto amplificador en las construcciones thaumicas que se alinean con el sustrato material, será...

—¿No podrías darme una respuesta más concreta, Hemington?

—Bueno..., será totalmente imperceptible.

El joven mordisqueó distraídamente el dedalillo.

—Pero ¿qué hará?

—Bueno..., podría hacer varias cosas. Pero eso no es lo importante. Además, no será una molestia ni para tus clientes ni para nadie. ¡Ni siquiera deberíais verlo!

—Entonces, ¿por qué no lo has lanzado ya?

Pareció ofenderse.

—Yo jamás haría eso —contestó, con gran dignidad, aunque, con el siguiente mordisco que le dio al dedalillo, la perdió un poco.

—¿De qué clase de hechizo de protección estás hablando? —preguntó Tandri, que sin duda había estado escuchando—. ¿De un disparador óptico? ¿De una proximidad de ánima? ¿Vas a usar un foco de precisión?

—Eh, sí, me refiero a una proximidad de ánima. Y el foco podría ser cualquier cosa. Una paloma, por ejemplo.

—¿Para qué quieres saber si una paloma ha sobrevolado el edificio o no? —preguntó Tandri.

—Bueno, solo era un ejemplo —respondió Hemington—. Como decía, lo que hace no es lo importante. Simplemente, me gustaría estudiar la estabilidad, el alcance y la precisión del hechizo.

Viv suspiró resignada.

—Si así no tengo que volver a oír hablar del tema, adelante. A menos que... —Miró a Tandri—. ¿A menos que esto debiera preocuparme?

La orca estaba nerviosa porque eso podría revelar el secreto que ocultaba bajo el suelo, pero si se oponía más enérgicamente, tal vez acabaría obteniendo el mismo resultado indeseado. Además, como no sabía si el joven contaba o no con ciertos medios para buscar la piedra en concreto, tal vez lo mejor que podría hacer por ahora sería seguirle la corriente.

—No tienes de qué preocuparte —contestó Tandri.

—Ya te he dicho que será imperceptible —insistió Hemington, algo indignado.

—Imperceptible no es lo mismo que inocuo —aseveró Viv con suavidad—. Pero sí, adelante.

—Esto... Gracias.

—¿Qué tal estaba el dedalillo? —le preguntó con una sonrisa maliciosa.

—¿El qué?

La orca señaló a las manos vacías del joven.

Se lo había comido entero.

Las cosas habían ido como la seda durante mucho tiempo. Si Viv hubiera estado en plena naturaleza o en una campaña, o acampada frente a la entrada de la guarida de una bestia, habría sentido ese cosquilleo en la columna, que siempre era un mal augurio.

Mientras Tandri y ella cerraban la cafetería esa noche, Lack apareció en la calle con Kellin, el admirador que acosaba a Tandri, y otros seis u ocho matones más.

Viv bloqueó su acceso a la entrada y pensó que no debería haber bajado la guardia.

—¿Qué ocurre? —preguntó Tandri, que dejó caer la taza que había estado limpiando en el agua del fregadero.

Acto seguido, se acercó e intentó ver qué había más allá de Viv. Se quedó helada al ver a Kellin. Recorrió con la mirada a los hombres y mujeres que había detrás de él.

Los matones iban armados con suficientes cuchillos como para preocuparse. Viv deseó que Amistad apareciera, pero la gata gigante no pareció estar por la labor; eso fue muy frustrante.

A Viv no le inquietaban especialmente los cuchillos, pero, por culpa de la presencia de Tandri, le resultaba totalmente imposible evaluar los riesgos. La súcubo había sido testigo del último encuentro de la orca con Lack, pero esta vez no había ningún guardián de la puerta para mantener la ilusión de que allí imperaba la ley. Si hubiera estado sola, Viv nunca habría temido por su pellejo. Pero con Tandri a su lado, recurrir a la fuerza bruta no parecía ser una estrategia defensiva muy eficaz.

—Te felicito por tu continuado éxito —dijo Lack, quitándose el sombrero y haciendo una reverencia a medias.

Viv no sabía si se estaba burlando.

—¿Ya estamos a finales de mes? —preguntó la orca con suma seriedad—. Habría jurado que todavía quedaban unos días más.

Lack asintió plácidamente.

—Sí, así es. Aunque no lo parezca a primera vista, la parte más complicada de mi trabajo consiste en asegurarme de que todo vaya como la seda, ¿sabes? De que no haya problemas. Mira, si se derrama sangre, o se rompen algunos huesos, o se producen ciertos daños a la propiedad, eso es un fracaso para mí. Y eso no es una buena base para hacer buenos negocios. El Madrigal quiere hacer buenos negocios. Quiere tener unos negocios respetables. Y que yo cumpla mi función con diligencia es fundamental para lograrlo.

—Hola, Tandri —dijo Kellin, que le sonrió de un modo posesivo.

Lack lo miró con el ceño fruncido.

Tandri miró a Viv con los ojos desorbitados.

Viv intentó mostrarse segura de sí misma.

Lack continuó:

—He venido aquí para dejarte muy claro que voy en serio, que esperamos recibir el pago a finales de mes. Y para reiterar que, si bien preferiría que este trato fuera exitoso, si fracasáramos a la hora de mostrarnos... civilizados..., las consecuencias serían peores para ti que para nosotros.

Viv apretó los puños.

—Las consecuencias podrían ser peores de lo que imaginas para vosotros.

Lack suspiró ofendido.

—Mira, no se puede negar que físicamente eres impresionante. Eso está claro. Pero tienes un negocio. Tienes empleados. Te va bien. ¿De verdad quieres echar todo eso por la borda por unos principios morales erróneos? El mundo está lleno de impuestos y tarifas y concesiones que hacen que las cosas avancen. Esta solo es una más.

—No me gustaría que este lugar ardiera hasta los cimientos —intervino Kellin, con una amplia sonrisa que pedía a gritos que se la borrara a puñetazos.

Con un movimiento fluido y violento, Lack agarró a Kellin de la solapa. Tiró del joven hacia él, hasta que se quedaron cara a cara.

—Cállate, insufrible gusano de mierda —le soltó.

Al ver lo rápido que se había movido, Viv supo al instante que no había evaluado bien la amenaza que Lack representaba.

Kellin se alejó a trompicones, boquiabierto, humillado.

Lack se alisó el abrigo y volvió a ponerse el sombrero en la cabeza.

—Te doy otra semana —dijo—. Anhelo que nuestra relación no sea problemática en un futuro. —Inclinó la cabeza primero ante Viv y luego ante Tandri—. Discúlpeme, señorita.

Y se marcharon.

Tandri se encontró a Viv agachada sobre su mochila, en la buhardilla. La orca se enderezó con la piedra parpadeante en la mano.

—¿Estás bien? —preguntó Tandri.

Viv se sintió conmovida y, al instante, pasó a sentirse culpable, al darse cuenta de para quién habían sido una amenaza esos matones de la calle realmente. ¿Cómo era posible que no le hubiera preguntado a Tandri cómo estaba? Aunque ya era demasiado tarde.

—Bien. —Pareció contrariada cuando se dio cuenta de lo corta que había sido su respuesta—. Solo pensaba en las opciones que tengo.

Contempló la piedra parpadeante que sostenía en la palma de la mano. La súcubo la miró con curiosidad, pero Viv no le dio explicación alguna.

Tandri recorrió con la mirada aquella habitación, tan acogedora como un erial, vacía salvo por el petate de Viv, su mochila y algunos materiales de construcción que habían sobrado y estaban apilados ordenadamente en la esquina.

—¿Aquí es donde duermes?

—Estoy acostumbrada a vivir de un modo aún más austero —contestó Viv, avergonzada.

Tandri permaneció callada un largo instante.

—Has construido algo bastante maravilloso, ¿sabes? Algo especial. —Miró a Viv a los ojos—. Y sé que estás rehaciendo tu vida. Lo entiendo. Sé cómo se siente uno en esas circunstancias y qué significa desear eso. —Con un amplio movimiento, señaló la habitación vacía—. Pero eso de ahí abajo no es toda tu vida. Lo que haces el resto del tiempo es igual de importante, cuando menos. Además, para ser alguien que lee mucho, no tienes ni un libro.

Sí, quizá Viv había renunciado a unos cuantos placeres. Aunque no era algo que pudiera discutir, lo intentó.

—No necesito nada más. Sí, hoy he tenido esa sensación. Y con eso me basta. No tengo ninguna intención de renunciar a ello.

—Pero ¿de verdad eso es suficiente? —Tandri arrugó el ceño y clavó la vista en el suelo—. La razón por la que te quieren quitar eso es tan… indefendible. Pero si lo lograran, te lo quitarían todo. Lo único que quiero decir es que…, tal vez, si le dieras la misma importancia al resto de tu vida que a la cafetería, si pusieras toda la carne en el asador también en otros aspectos…, el precio a pagar no te parecería tan alto.

Viv no sabía qué decir.

—Pase lo que pase —dijo Tandri—, deberías prestar un poquito más de atención a esta habitación. —Con una tenue sonrisa añadió—: Bueno, al menos compra una maldita cama.

Viv esperó hasta oír que Tandri cerraba la puerta de la cafetería tras ella. Cuando entró en la cocina poco después, el único sonido que se oía era el zumbido del fogón.

Abrió la puerta de la caja de combustión y contempló las llamas durante un buen rato.

Miró la Sangrenegra, envuelta en la guirnalda.

Entonces metió la piedra parpadeante, cerró el fogón y subió por la escalera de mano para intentar conciliar el sueño en su frío petate, fracasando en el empeño.

16

$\dagger$

$\mathcal{T}$res días después, sus antiguos compañeros (salvo Fennus) se presentaron en la cafetería. Roon fue el primero en cruzar la puerta, a última hora de la tarde. Arqueó las cejas al ver a Viv tras la máquina de café y se detuvo a observar el bullicioso interior. De detrás de su corpulento compañero, surgió Gallina, que llevaba las gafas en su pelo de punta. Una amplia sonrisa le surcaba el rostro. Después, Taivus entró elegantemente e inclinó la cabeza.

—Buenas tardes, Viv —dijo Roon.

—Hoy vamos a cerrar temprano, chicos —gritó Viv, que recibió unas quejas a voz en grito como respuesta.

Sorprendida, Tandri miró a Viv. Primero se fijó en su semblante; luego, en Roon y el resto de los recién llegados.

—¿Son todos amigos tuyos?

—Sí, viejos amigos —contestó Viv, que señalaba con el pulgar a la espada que se encontraba detrás de ella.

—¡¿Esa es la Sangrenegra?! —exclamó Gallina, soltando una risa aguda—. ¡Parece una corona de flores del solsticio!

—Sí, es ella —dijo Viv, con una sonrisa—. Dadme unos minutos para vaciar el local.

Viv tardó más de lo que le hubiera gustado en despachar al último cliente y deseó (no por primera vez) que hubiera alguna manera de que los parroquianos se pudieran llevar las bebidas consigo. «Oh, bueno. Ya resolveré ese problema en otro momento.»

Le dio permiso a Dedal para que se fuera, pero, cuando abrió la boca para hablar con Tandri, la súcubo levantó una mano, mientras restallaba con fuerza la cola.

—Yo me quedo.

Viv permaneció pensativa un momento. Entonces asintió y respondió:

—De acuerdo.

Se sentaron en los bancos de la gran mesa comunal. Tandri preparó unos cafés; y Viv, un plato con rollos de canela y dedalillos.

—Gracias por venir —dijo Viv, cuando todos estuvieron sentados y servidos. Jugueteó con la taza que tenía delante—. Pero lo primero es lo primero, esta es Tandri. Es mi... compañera de trabajo. Tandri, ya conoces a Roon. Esta es Gallina; y este, Taivus.

Los señaló de uno en uno.

—Una vez más, es un placer —afirmó Roon, al mismo tiempo que masticaba un trozo enorme de rollo de canela.

—Eres una súcubo, ¿eh? —señaló Gallina, con la barbilla apoyada en la mano.

Viv se dio cuenta de que Tandri se tensaba.

La pequeña gnoma también debió de tensarse.

—No, no te estoy lanzando ninguna indirecta, dulzura. Mientras no me pidas que invente nada, todo irá bien. Encantada de conocerte. Me fascina tu estilo.

La gnoma señaló con sus diminutos dedos el suéter de Tandri.

—Gallina prefiere los…, eh…, baños de sangre que ponerse a inventar —señaló Viv.

—Pues sí, me gustan los cuchillos —aseguró Gallina, que sacó uno de la nada para cortarse las uñas.

Taivus inclinó la cabeza solemnemente ante Tandri y le dio un mordisquito al borde de un dedalillo. El pétreo estaba tan taciturno como siempre, con su rostro vigilante enmarcado en su pelo blanco.

—Encantada de conoceros —dijo Tandri, que le dio un sorbo rápido a su bebida.

Viv habría podido jurar que la súcubo estaba algo nerviosa.

Roon colocó la piedra parpadeante gemela sobre la mesa, entre ellos, mientras daba buena cuenta de su rollo y cogía un dedalillo.

—Bueno, después de ver el local y haber probado esto, me inclino a pensar que no nos has llamado porque desees volver a dormir al raso y aplastar cráneos.

—Me has pillado —admitió Viv—. No, no voy a volver. —Clavó su mirada en Gallina pensativamente—. Aunque, antes de abordar ese tema, os debo una disculpa. A todos. No estoy para nada orgullosa de la manera en que me fui. Después de tantos años, os merecíais algo mejor. Es que temía…

—Lo sabemos —la interrumpió Gallina—. Roon nos lo contó. —Miró a Viv con los ojos entornados—. Yo me enfadé un poco, no me importa reconocerlo. Pero... esto está muy bien. —Con un gesto muy amplio, señaló el local entero—. Me alegro por ti, Viv.

—A mí no me importó —afirmó Taivus con voz queda, porque si alguien sabía cómo evitar una conversación difícil (o, de hecho, cualquier conversación) ese era el pétreo.

—Bueno, ahora que ya nos hemos quitado eso de encima, vayamos al grano —dijo Roon, con una gran sonrisa—. Somos gente de acción, ¿no? A menos que solo quisieras darnos de comer. Si ese es el caso, no puedo quejarme.

Comenzó a comer un segundo rollo.

Viv inspiró hondo y espiró.

—Bueno..., las cosas van bien. Realmente bien, mejor de lo que podía haber esperado. Pero... hay un... elemento local con el que debo lidiar.

De repente, Taivus se mostró interesado. Gallina se puso en pie sobre el banco y colocó ambas manos sobre la mesa para tener una perspectiva mejor.

—¿Y todavía no les has partido los huesos ni enseñado modales?

—Bueno, no. Por ahora no.

—Entonces, ¿quieres que te ayudemos con este tema? —preguntó Gallina, que sonrió ansiosamente un tanto sedienta de sangre.

—No es tan sencillo.

—Oh, claro que sí —replicó Gallina—. ¡No puede haber nada más sencillo!

Viv alzó las manos e intentó dar con las palabras adecuadas.

—Esto es lo que hay. Esperaba que conmigo bastara como... elemento disuasorio. Incluso colgué la Sangrenegra en la pared a modo de..., no sé..., de advertencia. No quiero lidiar con esto de la misma manera que lo habría hecho la antigua Viv, porque…, porque…

Le costaba expresar lo que quería decir.

—Porque si actuaras así, todo se iría a la mierda —apostilló Tandri, sumándose de este modo a la conversación.

A Roon se le veía dubitativo.

—Has solucionado problemas como este decenas de veces. ¡Cientos de veces! No hay que avergonzarse por proteger lo que es tuyo. No sé por qué eso haría que todo se fuera a la mierda; el único que se va a ir a la mierda es el necio que intenta extorsionarla.

—Eso no es lo que quería decir —le corrigió Tandri, con un tono de indignación sorprendente—. Sí, seguro que si actuara así, esta vez todo podría ir bien, en este caso…, pero en cuanto eso vuelva a ser una opción, en cuanto pueda coger eso de nuevo… —señaló a la espada de la pared—, perderá todo lo que ha conseguido al levantar este café sin ella. Quizá la próxima vez se trate simplemente de un trabajo para ganar un poco de plata en un invierno en que el negocio flojee. Quizá dé caza a alguien a cambio de que le hagan un descuento en los envíos. Y, poco a poco, esta ya no será la cafetería de Thune donde puedes tomarte un rollo de canela tan grande como tu cabeza, sino el territorio de Viv, a quien es mejor que no hagas enfadar, pues ¿acaso no has oído hablar de aquella vez que le partió las piernas a alguien que la miró raro?

—Eso lo ha hecho —susurró Gallina, torciendo la boca.

—Sí, en el pasado. —Tandri clavó un dedo en la mesa—. Ahora mismo, en esta ciudad, la cafetería es una tabla rasa. Debería pagar al Madrigal y dejarlo estar.

—Bueno, Viv —dijo Roon, que parecía confuso—. Si eso es lo que piensas, ¿por qué estamos aquí?

Viv alzó las manos con impotencia.

—No lo sé... ¿Para que me aconsejéis? O supongo que pensé que...

—Pensaste que nosotros podríamos hacerlo —completó la frase Gallina, quien preguntó jocosamente—: ¿Nos ibas a pagar por este trabajo?

A Viv le molestó la pregunta.

—No, eso no era lo que había planeado, es que no... No sé qué debería hacer. —Frustrada, lanzó un gruñido grave que le brotó de lo más hondo de la garganta—. El problema estriba en que no quiero ceder a su chantaje. No creo que sea capaz de hacerlo. Y no, no intento contrataros para que os ocupéis del problema. Pero pensé que quizá... bastaría con hacer un alarde de fuerza.

—Esa es la misma estrategia que te llevó a poner esa espada en la pared —señaló Tandri—. Y, como vayas aún más lejos, más te valdría usarla y acabar con todo.

Todos se quedaron callados un instante.

—El Madrigal —dijo Taivus.

—¿Lo conoces? —preguntó Viv.

—He oído hablar de su banda —respondió.

—Entonces, ¿qué opinas?

Taivus permaneció callado y pensativo, como era habitual en él. Todos esperaron en silencio a que hablara.

—Tal vez esto se pueda resolver sin derramar sangre —contestó al fin.

—Soy toda oídos —dijo Viv.

—Es posible que pueda concertar una reunión para hablar.

—Reunirse en un callejón oscuro para negociar un pacto me parece la manera más segura de que acabes con un puñal clavado en la espalda —observó Gallina.

—El Madrigal y Viv tienen más en común de lo que podrías imaginar —afirmó Taivus.

—¿Por qué dices eso?

—Porque los conozco —respondió—. Ciertos juramentos me impiden revelar demasiado, y me los tomo muy en serio, pero intuyo…, intuyo… que el esfuerzo merecería la pena.

—¿Podrías concertar esa reunión? —preguntó Viv.

—Creo que sí. Buscaré a cierto contacto que tengo en la ciudad. Deberíamos saber la respuesta mañana al anochecer.

Gallina no estaba muy convencida.

—Sigo pensando que asesinarlos en sus camas sería más seguro.

—Te garantizo que no —replicó Taivus con frialdad.

—¿De verdad crees que el riesgo que vas a correr es preferible a pagar simplemente lo que te piden? —le preguntó Tandri, que se cruzó de brazos, con el rostro muy serio.

Viv pensó la respuesta un momento.

—No creo que sea preferible. —Suspiró—. Pero tengo la sensación de que he cortado todos los lazos que me ataban a la vieja Viv…, salvo uno. Y soy incapaz de cortar ese último lazo porque… aún no estoy lista.

Tandri apretó todavía más los labios, pero no dijo nada. Se hizo un largo e incómodo silencio, interrumpido de repente cuando Roon se levantó como una exhalación del banco.

—¡¿Qué diantres es eso?! —exclamó.

La gata gigante había trazado un círculo por detrás de ellos. Se frotó contra el banco, mientras ronroneaba tan fuerte como un terremoto.

—Es Amistad —contestó Viv, con una gran sonrisa de alivio.

Miró a Tandri y se alegró de que aquello hubiera roto la tensión, o al menos la hubiera pospuesto.

—¿Por qué nos necesitas cuando tienes a una maldita bestia infernal a tus órdenes? —gritó Roon.

—Ooooh, eres una ricura, ¿verdad? —le dijo Gallina con una voz aguda, mientras rascaba vigorosamente la espalda de Amistad con ambas manos. Si se lo hubiera propuesto, podría haberse montado sobre la gata gigante.

—Es una gata guardián que desaparece cuando todo se tuerce. —Viv se rio entre dientes—. Solo aparece cuando se le antoja.

—Pues también tiene hambre —señaló Gallina, a la vez que le ofrecía un rollo.

Amistad se lo tragó entero.

Después de eso, la conversación se centró en otros temas menos delicados, y Viv sacó más café mientras Roon daba buena cuenta del resto de los pasteles.

Para cuando desfilaron por la puerta, ya hacía mucho que había anochecido. Dejaron a Viv y Tandri a solas en la cafetería para que la cerraran.

La orca y la súcubo limpiaron juntas en silencio; fregaron, pasaron el trapo y barrieron. Mientras Viv se secaba las manos, se giró hacia la parte frontal del local y vio que Tandri estaba en la entrada, con un semblante inescrutable.

—Lo siento —dijo la súcubo.

—¿Por qué?

—Porque no tenía derecho a decir esas cosas. A hablar en tu nombre. Te pido disculpas por eso.

Viv arrugó el ceño y se miró las manos durante un instante.

—No, tenías razón. Tenías razón sobre cómo deberían ser las cosas. Acerca de cómo quiero que sean. Aún no sé si seré capaz de lograrlo. Pero... —Volvió a mirar a Tandri—. Espero ser capaz algún día. Así que... gracias.

—Oh. —Tandri inclinó la cabeza levemente—. Entonces, todo arreglado. Buenas noches, Viv —añadió, y se marchó de la cafetería en silencio.

—Buenas noches, Tandri —le dijo Viv a la puerta cerrada.

17

Viv y Tandri trabajaron tranquila y agradablemente, sin mencionar lo sucedido la noche anterior. A Viv le preocupaba que hubiera cierta tensión entre las dos, pero no había sido así. La mañana transcurrió plácidamente, y se permitió el lujo de no pensar en el Madrigal ni en el fin de mes ni en cómo se sentiría al empuñar la Sangrenegra para cortar por lo sano con cualquier problema incipiente.

Se sintió bien.

Pendry apareció alrededor del mediodía, con el laúd en ristre. Ya no desprendía aquella aura de miedo. Con una sonrisa, Viv le indicó rápidamente con la cabeza que fuera al comedor, y el joven dobló la esquina arrastrando los pies. Poco después, se oyó una balada un poco más animada, pero que seguía teniendo toques folk, en la que destacaba la dulce y solemne voz del músico.

Se sintió aún mejor.

Más tarde, Tandri le dio un leve codazo y murmuró:

—Ha vuelto.

—¿Quién?

—El misterioso ajedrecista.

El anciano gnomo estaba abriendo un tablero de madera plegable sobre la mesa de la calle situada frente a la entrada. Después de colocar cuidadosamente las piezas, en el lugar que les correspondía según una partida en curso, entró en la cafetería.

Miró por encima del mostrador y, con una voz que recordaba al terciopelo arrugado, dijo:

—Un *latte*, por favor, queridas. Y uno de esos dulces tan deliciosos.

Señaló a la jarra de cristal de los dedalillos.

—Por supuesto —contestó Viv.

Mientras le preparaba el café, Tandri restalló la cola rápidamente unas cuantas veces hacia delante y atrás, cosa que Viv ya sabía que era un gesto que indicaba que estaba nerviosa. Al final, la súcubo no pudo morderse la lengua más y le preguntó como si nada:

—Bueno…, ¿espera a alguien?

Tandri señaló al tablero de ajedrez, al otro lado de la ventana.

—No, qué va —respondió el gnomo, que cogió su bebida y su pastel, asintió y regresó a su mesa.

Unos instantes después, Amistad apareció como por arte de magia y se hizo un ovillo bajo su mesa.

Con gesto muy serio, Tandri apretó los labios.

—Maldita sea —dijo en voz baja.

Viv se rio entre dientes; como no había ningún cliente esperando, preparó un nuevo café y se fue a la otra sala para ver cómo tocaba Pendry. El joven había cogido una de las sillas de la calle y la había metido en el local para sentarse en ella, fue un gesto atrevido, impropio de él, que a la orca le pareció bien.

Con los ojos cerrados, se sumió en su interpretación; sus dedos volaron mientras cantaba otra canción que Viv pensó que jamás había oído.

Cuando la melodía concluyó y el joven se tomó un breve descanso, la orca se acercó y le dio el café.

—Eres bueno. —Viv echó un vistazo a su alrededor—. Pero, por lo que veo, no has puesto ningún sombrero o caja para que te echen monedas.

El comentario sorprendió a Pendry.

—Esto…, no había pensado en ello.

—Pues deberías.

—Eh…, vale —tartamudeó.

—Oye, esa música que tocaste el primer día era… rara.

El músico se avergonzó y dio la sensación de que iba a disculparse.

—No estuvo mal —continuó Viv—. Simplemente, era distinta. Quizá deberías intentarlo de nuevo, ahora que has conseguido que el público entre en calor.

La orca señaló con la cabeza a los clientes que tenía detrás.

—Era algo con lo que estaba… experimentando. Pero tal vez sea demasiado experimental.

Pendry seguía teniendo un aspecto algo enfermizo.

—No siempre has sido músico, ¿eh?

Viv señaló los dedos curtidos del joven, que no se parecían en nada a las yemas encallecidas de un músico que llevaba tocando el laúd toda la vida.

—Eh, no. No. El…, eh…, negocio familiar era…, es… un poco distinto.

—Pues sigue así. Y puedes traer ese otro laúd cuando te apetezca.

La orca inclinó levemente la cabeza y se marchó mientras Pendry la miraba con los ojos como platos.

—Hola de nuevo, Cal. Me alegro de verte —dijo Tandri.

Viv se giró y vio al trasgo al otro lado del mostrador, desde donde observaba el interior del local con ojo crítico, como si temiera que se fuera a venir abajo en cualquier momento.

—Parece que este lugar aguanta en pie perfectamente —comentó.

Si en ese momento Cal le hubiera dado una patada a una pared para comprobar su resistencia, a la orca no le hubiera extrañado demasiado.

—¿Lo de siempre?

—Hum —contestó, asintiendo.

Tandri sonrió con verdadero afecto mientras apretaba el botón del molinillo, que gruñó un momento y renqueó. Al ver que zumbaba un buen rato, dejó de presionar el botón.

—Oh, diantres, el depósito de granos está vacío.

—Iré a por una bolsa —dijo Viv.

—No, ya me ocupo yo.

Tandri le tocó el brazo a Viv fugazmente y se dirigió a la despensa.

Cuando la orca volvió a mirar a Cal, este dejó de contemplarse el brazo y la miró a los ojos. La mirada pensativa del trasgo la desconcertó.

Cal se aclaró la garganta.

—Por lo que parece, todo va bien —comentó, con más delicadeza de lo habitual.

Viv lo miró con suspicacia.

—Sí, bastante bien. Aunque ojalá pasaras más por aquí.

Ya sabes que estás invitado a tomar café siempre que te dejes caer por el local.

Cal resopló, pero no pudo disimular una sonrisa.

—¿Estás usando la psicología inversa para que pague el doble?

—No, el triple, si puedo lograrlo, maldito viejales testarudo.

Aunque logró sacarle una risa con el comentario, lo sorprendió mirando algo situado detrás de ella, hacia la despensa.

—Todo va bien —repitió—. Ver para creer, ¿hum?

Viv iba a preguntarle qué quería decir cuando Tandri reapareció.

—Lo siento. Estará listo dentro de un minuto —dijo, al mismo tiempo que abría la tapa y echaba los granos, que sisearon al caer.

Una vez que le sirvieron el café a Cal, Viv aceptó a regañadientes la moneda de cobre que este le dio, pero entonces le puso delante un rollo con una sonrisa triunfal. Aunque el trasgo refunfuñó jocosamente, se llevó las dos cosas.

Gallina se presentó sola a última hora de la tarde.

—Esperaba que pudiéramos ponernos al día antes de que partamos mañana —dijo, mientras se colocaba de puntillas para apoyar los brazos sobre el mostrador—. Las dos, a solas.

—¡Claro! Eso estaría bien, la verdad. Aunque primero permíteme que cierre la cafetería —contestó Viv.

—Tranquila —dijo Tandri—. No hace falta que cierres. Ve a hablar con ella.

—¿Estás segura?

—Desde luego. Yo me ocupo de todo. Tampoco hay tanto ajetreo.

Tandri le indicó con un gesto que se fuera.

—Gracias —dijo la orca con una amplia sonrisa de agradecimiento.

Mientras Viv y Gallina salían de la cafetería, la orca preguntó:

—¿Qué tienes en mente?

Gallina alzó la vista, la miró y enarcó una ceja.

—Tengo hambre. Tú conoces la ciudad. ¿Qué me recomiendas?

—Lo cierto es que no he disfrutado mucho de las vistas. Aunque creo que conozco el sitio adecuado.

Viv la llevó hasta al local fey al que Tandri y ella habían ido una vez.

—Ooooh, qué lujoso —dijo Gallina, y le brillaron los ojos.

—Oh, es que ahora soy bastante cosmopolita.

La orca resopló al recordar lo que Tandri había dicho.

Pidieron la cena, cenaron y hablaron de los viejos tiempos. Viv tuvo la sensación de que volvía a navegar por las serenas aguas de la amistad.

Cuando ya estaban jugueteando con las sobras, Gallina adoptó un semblante más reflexivo.

—Ya sabes qué pienso de todo esto —dijo con un tono cortante, mientras trazaba un círculo con la mano.

—Crees que debería apuñalarlos mientras duermen —contestó Viv, sonriendo levemente.

—Así es —respondió Gallina, seria—. Antes de que decidan que quieren que les des más de lo que pretendían en un principio. Y me da igual lo que diga Taivus, si te reúnes con ese tal Madrigal, te estarás metiendo en la boca del lobo.

—Si todo se tuerce, seré capaz de cuidar de mí misma.

—Sé que lo serás. Solo quiero asegurarme de que lo harás. —Sacó cuatro cuchillos finos, como por arte de magia, y los deslizó sobre la mesa, hacia la orca—. Quiero que lleves esto. Vale, deja la Sangrenegra envuelta en flores o lo que sea, si eso es lo que quieres, pero no seas boba.

Viv se sintió a la vez conmovida y un poco exasperada.

Tras colocar una mano enorme sobre las armas, las empujó hacia Gallina.

—Si tengo esta opción a mano, quizá recurra a ella. Y no quiero tener una excusa para hacerlo.

—Oh, por los ocho infiernos, Viv.

Gallina se cruzó de brazos e hizo un mohín. A continuación, guardó los cuchillos rápidamente.

—¿No me vas a apuñalar con uno de esos?

—Tal vez luego. —Gallina suspiró profundamente—. En fin, como quieras. Pero ahora me tienes que invitar a algo dulce por haber herido terriblemente mis sentimientos.

—Voy a ver si tienen un menú de postres.

Gallina acompañó a Viv hasta la cafetería.

—Bueno, ¿qué tiene que hacer una chica para conseguir un saco de esos rollos tan dulces? —preguntó.

—Pero si te acabo de invitar a un postre.

—Mira, los gnomos tenemos un metabolismo como el de los colibríes —dijo gallina, sonriendo de oreja a oreja.

—Veré qué puedo hacer.

Tandri, que estaba cerrando en esos momentos, las saludó con la mano a ambas.

Viv envolvió los tres últimos rollos en papel encerado, los ató con un cordel y le entregó el paquete a Gallina de un modo solemne.

—Deberían durarme hasta que llegue a mi habitación —comentó la gnoma, a la vez que asentía y guiñaba un ojo.

Entonces se puso más seria—. Mira, no sé si debería decir esto, porque no quiero ponerte nerviosa, pero Fennus...

—¿Qué pasa con él?

—Creo que deberías tener mucho ojo con él.

—¿Ha dicho algo?

—No, no exactamente, pero... No sé si tenías algún acuerdo con él o algo así, pero... últimamente está raro. Tal vez no sea nada. Pero debo hacer caso a mi instinto, supongo.

—Tendré cuidado —le aseguró Viv, mientras se acordaba de la visita de Fennus y los comentarios que había hecho al marchar.

«El café tiene que salir de aquí más caliente que una "piedra ardiente".»

Viv ayudó a Tandri a cerrar. Mientras fregaba y secaba la última taza, la súcubo se apoyó sobre el mostrador.

—¿Han ido bien las cosas con Gallina?

—Sí —contestó Viv—. Nos conocemos desde hace años. Debo admitir que no actué nada bien al marcharme de esa forma. Pero creo que ya hemos limado asperezas.

—Eso es bueno.

Tandri restalló la cola de lado a lado.

—Pero... —dijo Viv, sabiendo que quería añadir algo más.

—Deberías tener cuidado cuando vayas a esa reunión.

Viv se rio por lo bajo.

—En la clase de trabajo que tenía, si uno no toma precauciones, no llega a vivir tanto como yo.

—Me preocupa qué precauciones vas a tomar.

Viv la miró fijamente, sin mostrar emoción alguna.

—Gallina me ha ofrecido unos cuchillos, pero la he obligado a quedárselos.

—Eso… me parece bien. O sea, no tengo derecho a…, oh, mierda. —Tandri agachó la cabeza y su lustroso pelo cayó hacia delante. Volvió a alzar la vista—. Por ser lo que soy…, por ser quién soy…, intuyo… cosas, ¿sabes?

—¿Intuyes?

—Por ser una súcubo, percibo mejor las intenciones, las emociones. Y también sé cuándo alguien guarda un… secreto.

Viv tuvo la desoladora sensación de saber hacia dónde se dirigía esa conversación.

—Mira, sé que en todo esto hay más de lo que me vas a contar. ¡Y me parece bien! —continuó Tandri—. Una vez más, no tengo derecho a meterme donde no me llaman, pero… eso me lleva a pensar que no te enfrentas únicamente a un jefe del crimen que te está extorsionando, sino a algo mucho más peligroso.

Viv pensó en la piedra de Scalvert, pero no le había dado la impresión de que Lack ni sus matones supieran nada al respecto. ¿Acaso deberían? La historia de la piedra era muy poco conocida, y tampoco es que estuviera en un sitio donde pudiera verla todo el mundo. Había sido muy cuidadosa.

—Sí…, es verdad que guardo un secreto —admitió Viv—. Pero no sé cómo el Madrigal podría saber algo al respecto. Por lo demás, aunque lo supiera, bueno, las probabilidades de que eso le importe son bajas, o eso creo.

—Como decía —dijo Tandri—, soy capaz de percibir cosas. Y no solo en ti. Ayer también las percibí en todos ellos. Pude intuir algo entre líneas. Tengo un mal presentimiento.

Viv pensó en Gallina, que la había avisado de que se anduviera con ojo con Fennus, y se preguntó qué le había contado el elfo exactamente al resto del grupo.

—Tendré cuidado —afirmó Viv—. A estas alturas, es lo único que sé hacer.

—Espero que eso sea suficiente.

La cafetería ya estaba recogida y ordenada. Tandri echó una ojeada a su alrededor y asintió para sí. Tras un largo silencio, dijo:

—Bueno…, buenas noches.

En cuanto se dio la vuelta para irse, Viv le dijo:

—Oye, ¿quieres que te acompañe a casa? Después de lo del tal Kellin y como… percibes esas cosas, quizás así te sientas más a salvo.

Tandri se lo pensó un momento y respondió:

—Eso sería estupendo.

Hacía una noche oscura y fría, y el río tenía un aroma agradable, más fresco y terroso. Las lámparas de la calle proyectaban unos charcos amarillos sobre el azul de las sombras nocturnas.

Pasearon sumidas en un silencio sereno, con Tandri encabezando la marcha, hasta que llegaron a un edificio del lado norte que, sin duda, tenía un colmado en la planta baja.

—Es ahí arriba —dijo Tandri, señalando una escalera lateral—. Seguro que no me pasará nada si recorro este último tramo yo sola.

—Por supuesto —contestó Viv, que se sintió súbitamente incómoda—. Hasta mañana, entonces.

—Hasta mañana.

Después de verla subir y entrar en el edificio, Viv paseó por Thune varias horas antes de volver a la cafetería a oscuras, donde los últimos rescoldos del fogón se habían enfriado.

18

$\mathcal{V}$iv le entregó a Laney un plato suyo en el que había un rollo recién hecho y humeante; llevaban así unos cuantos días. Antes de cerrar, Laney siempre dejaba un plato limpio con cuatro monedas relucientes sobre el mostrador de la orca; y todas las mañanas, Viv se lo devolvía sin las monedas, pero con un pastel.

—¡Oh, gracias, querida! —exclamó Laney, a la vez que lo cogía con impaciencia—. Dile a ese muchacho ratador que si quiere intercambiar recetas algún día, tengo algunas geniales.

—Se lo haré saber, descuida —respondió Viv, mientras se preguntaba qué opinaría Dedal sobre las tartas de Laney.

—Me siento orgullosa de tenerte como vecina.

Viv miró hacia atrás, a la cafetería.

—Eso espero, porque me parece que de mí no te libras.

Laney asintió.

—Me alegra ver que te estás asentando. Solo necesitabas una compañera de fatigas.

—¿Una qué?

La anciana pasó a tener la mirada perdida.

—Sí, un compañero de fatigas, una pareja, como mi Titus, que solía decir que nos completábamos, que rellenábamos nuestros huecos mutuamente. Aunque, claro, cuando él lo decía, sonaba más guarro.

Viv se quedó perpleja ante ese comentario. Laney agitó la mano para que el humo del rollo le llegara a la nariz.

—Debo reconocer que este aroma es mil veces mejor que el de los excrementos de caballo.

Al decir eso, la anciana sonrió ampliamente; sus ojos desaparecieron entre los pliegues de un rostro más arrugado que una pasa.

—Siempre albergué la esperanza de que superaríamos el listón marcado por la mierda de caballo.

Laney estalló en carcajadas, y Viv regresó a la cafetería, negando con la cabeza.

Taivus estaba esperando junto a la puerta, tan gris como el humo de la mañana e igual de silencioso. Sin mediar palabra, le entregó un pergamino doblado.

Viv le dio las gracias. El pétreo asintió y desapareció calle abajo como un fantasma, sin perder tiempo.

La orca lo desdobló para leerlo.

El solal, al atardecer,
en la esquina de Branch con Settle.
Ven sola
y desarmada.

Su reunión con el Madrigal ya tenía fecha.

ϒ

—No me gusta que vayas sola —dijo Tandri.

—Pues no es negociable —respondió Viv, que atrancó las grandes puertas y fue a apagar las lámparas de la pared.

—Podría observaros desde lejos.

—Aunque no repararan en tu presencia, que lo acabarían haciendo, no serviría de nada. No encontraré allí al Madrigal: seguramente, me vendarán los ojos e iremos andando a un sitio situado muy lejos. Si nos siguieras, se darían cuenta, seguro.

—¿No estás preocupada?

Viv se encogió de hombros.

—No sirve de nada preocuparse.

—Eso es exasperante.

—Hace mucho que aprendí a estar tranquila. De ese modo, las cosas siempre salen mejor, para todo el mundo.

Como ya habían cerrado la cafetería del todo, estaban en la calle. Mientras Viv cerraba la puerta con llave, el sol descendía por el horizonte lento pero seguro; su luz era rojiza.

—Vete a casa —le dijo Viv con delicadeza—. Mañana te lo contaré todo.

—¿Qué debería hacer si no estás aquí mañana por la mañana? —preguntó Tandri con suma seriedad.

—Estaré aquí. Pero si me equivoco… —Viv le entregó la llave de repuesto de la puerta principal; tras pensárselo un segundo, se quitó la que llevaba al cuello—. Y esta es la de la caja fuerte.

Tandri dio vueltas a las llaves en las manos.

—Esto no es muy tranquilizador.

Viv posó una mano sobre el hombro de la súcubo y pudo notar que estaba tensa.

—Todo irá bien. He sobrevivido a situaciones peores y

tengo cicatrices que lo demuestran. Y no espero tener ninguna nueva mañana.

—¿Me lo prometes?

—No puedo prometértelo, pero, si me equivoco, supongo que podrás quedarte con todo lo que hay en la caja de la recaudación.

Tandri sonrió levemente.

—Mañana, cuando llegue aquí, espero encontrarme la puerta abierta.

Viv no tuvo que esperar mucho en la esquina de Branch con Settle, que quedaba al sur, lejos de la cafetería. Enseguida entendió por qué habían escogido aquel lugar. Las calles que se entrecruzaban estaban iluminadas intermitentemente, y un almacén en ruinas daba a la esquina.

Una cara familiar surgió de una sombra más oscura y se quitó el sombrero.

—Parece ser que nos vamos a convertir en grandes amigos. Creo que dentro de poco ya me llamarás por mi nombre de pila.

—Entonces supongo que podrás hablar en mi favor —contestó Viv, que miró a su alrededor pero no vio a nadie más, aunque sabía que estaban ahí—. ¿Cómo vamos a hacer esto?

—Sígueme —respondió Lack, que señaló a una pequeña puerta del almacén.

La orca obedeció; en cuanto estuvieron dentro, él sacó una capucha.

—¿No te basta con una venda?

Lack se encogió de hombros.

—Respirarás bien.

Viv suspiró y se la puso. A través del tejido solo se filtraba un poco de la tenue luz del almacén. Lack la agarró del codo, pero la orca no se estremeció al notar que la tocaba.

La guio por el edificio. Al cabo de un rato, oyó un chirrido metálico. Viv notó cómo los tablones del suelo saltaban cuando su guía abrió bruscamente, con dos golpes que levantaron polvo, un par de trampillas en el suelo. La obligó a bajar por unas escaleras que crujían y le tocó la coronilla para indicarle que tuviera cuidado con el marco, para que no se abriera la cabeza.

Viv percibió primero un olor a tierra; luego, el aroma cada vez más intenso del río. Pasaron por zonas donde hacía frío y por donde las brisas se entrecruzaban, y giraron varias veces. En algunas ocasiones, el suelo era de piedra y gravilla; en otras, de tierra o madera.

Al final, subieron por otras escaleras y se vieron envueltos en los olores de los aceites para madera y los productos de limpieza y las telas y de algo que recordaba a flores que Viv no pudo reconocer.

—Vale —dijo Lack.

Viv se quitó la capucha de la cabeza y se dispuso a asimilar lo que tenía delante.

—Bueno, supongo que esto no me lo esperaba.

Era una habitación acogedora. En ella había un par de sillones enormes y acolchados, colocados delante de una chimenea pequeña de ladrillos, que contaba con un biombo ornamentado, tras el cual se veía el tenue centelleo de las llamas. Unas mesas lustrosas flanqueaban las sillas; sobre una de ellas, había un juego de té con unas plantas entrelazadas pintadas. Un espejo grande con un marco dorado pendía sobre la chimenea, y unas cortinas de terciopelo rojo lindaban con unas ventanas con paneles de gran tamaño.

Unas estanterías enormes se alzaban imponentes en la pared, repletas de unos libros muy voluminosos. Unos tapetes de ganchillo decoraban una larga mesa baja; una alfombra suave y suntuosa cubría el suelo.

Vio a una anciana bastante alta sentada cómodamente en uno de los sillones, con su cabello plateado recogido en un moño prieto; tenía un rostro regio que no resultaba antipático. Estaba tejiendo un nuevo tapete y se tomó su tiempo para completar una hilera antes de mirar distraídamente a Viv.

Estaba tremendamente claro que, por su porte y por la deferencia que Lack mostraba hacia ella, esa mujer era, en efecto, «el» Madrigal.

—¿Por qué no te sientas, Viv? —dijo la mujer, con un tono potente y seco.

Viv obedeció.

Antes de que pudiera hablar, el Madrigal continuó.

—Sé mucho sobre ti, por supuesto. En eso consiste la mitad de mi negocio al menos: en saber. Y en tener contactos. Pero debo confesar que me sorprendió que Taivus contactara conmigo. Por cierto, tenía un nombre distinto cuando nos conocimos. —Dejó de mirar lo que estaba tejiendo—. ¿Te ha contado cómo me conoció?

Aunque tenía un semblante afable, Viv intuyó que tras esa pregunta se ocultaba una buena dosis de maldad.

—No, señora.

El Madrigal asintió, y Viv no pudo evitar preguntarse qué podría haber pasado si su respuesta hubiera sido otra.

—De todos modos, si solo me lo hubiera pedido Taivus, no sé si hubiera aceptado reunirme contigo —afirmó—. Quien me convenció de que debía verte fue otro conocido mutuo.

—¿Otro? —preguntó Viv, confusa.

—En efecto.

El movimiento de las agujas con las que tejía resultaba hipnótico.

Viv tardó un momento más en darse cuenta de a quién se refería, aunque debería haber tardado mucho menos.

—¿Fennus?

—Me ha facilitado alguna información interesante. Como te he dicho, mi negocio se basa en saber cosas.

—Así que a lo mejor le ha contado algo sobre un fragmento de una antigua canción y una nueva residente en la ciudad, ¿no?

—Por todo eso estás aquí, no por ciertos pagos mensuales pendientes. —Movió una mano de manera despectiva, como si eso no tuviera ninguna importancia. La mujer apretó los labios—. Además, voy a ser franca: a pesar de lo que puedas pensar, dadas las circunstancias, los gilipollas no me sirven de nada.

Viv no pudo evitar resoplar.

—Ha accedido a verme por rencor.

Le pareció que al Madrigal le brillaron los ojos.

—Permíteme ser muy directa. Ya tengo una edad y sé que, cuanto más rápido se hace el corte, menos sangra la herida.

A Viv, la experiencia no le decía exactamente eso, pero comprendía qué quería decir. Si esta mujer quería que fuera directa, lo sería.

—¿Qué quiere saber?

—¿Tienes la piedra de Scalvert?

—Sí.

—En algún lugar de tu cafetería, me imagino.

—Sí.

La mujer asintió, agradeciéndole su sinceridad.

—He leído unos cuantos de esos versos y mitos. Fennus me entregó algunos, como ya habrás podido adivinar. Pero también tengo mis propias fuentes, que son muchas.

—Yo podría haberle dado esa información.

A pesar de que Viv sentía náuseas, también estaba envalentonada. Sí, casi era como en los viejos tiempos.

—Sí, podría habértela pedido —admitió el Madrigal, que la miró con intensidad—. ¿Eso me habría servido de algo?

Viv caviló al respecto un momento.

—Es difícil saberlo. Por lo que sé, la ubicación es importante. Y no estoy del todo segura de si funciona o no.

—Querida, en esa dirección, había una caballeriza en ruinas, que un idiota impotente con un problema con la bebida llevó a la ruina. Y ahora resulta que, en unos meses, tú, una mujer que se dedicaba básicamente a derramar sangre, la has reconstruido y transformado en un negocio de éxito que está llamando la atención en todo Thune. No debería haber secretos entre nosotras.

—Supongo que he sido testigo del suficiente número de coincidencias como para dudar. Pero es probable que usted tenga razón.

—Rara vez me equivoco. Alguna vez ha ocurrido, pero no me gusta que eso se sepa.

—Bueno, su plan consiste en arrebatármela, ¿no?

El Madrigal dejó lo que estaba tejiendo en su regazo y miró intensamente a Viv.

—No.

—¿Puedo preguntar por qué no?

—Porque la información disponible está abierta a interpretaciones. Por lo tanto, no tengo nada claro que pudiera beneficiarme de ella.

Pensativa, Viv frunció el ceño.

El Madrigal continuó:

—Ahora, hablemos de esos pagos mensuales pendientes.

Viv respiró hondo.

—Discúlpeme, señora, pero preferiría no pagar.

El Madrigal volvió a tejer.

—Tú y yo no somos tan diferentes, ¿sabes? —Una sonrisilla le asomó a una de las comisuras de los labios—. Bueno, eres más alta, desde luego —añadió secamente—. Pero ambas hemos viajado de un extremo a otro de las expectativas. Yo, simplemente, he viajado en la dirección contraria. Comprendo esa clase de ambición.

Viv se mantuvo respetuosamente callada hasta que el Madrigal continuó.

—Sin embargo, como no se puede crear un precedente, tengo una propuesta para ti.

—Soy toda oídos.

Después de que el Madrigal le hiciera su oferta, Viv sonrió, la aceptó y le tendió la mano.

19

—¿ *U*na piedra de Scalvert? —le preguntó Tandri a Viv, a la vez que le devolvía las llaves.

A la mañana siguiente, estaban las dos sentadas a la mesa grande, una frente a otra, mucho antes de que Dedal entrara a trabajar. A altas horas de la madrugada, Tandri había abierto la puerta de la cafetería con la llave y se había colado dentro, donde se había topado con una Viv que no había pegado ojo. Tal y como le había prometido, le estaba contando lo sucedido en la reunión y no omitió nada.

—¿Habías oído hablar de ellos?

—No. O sea, sé lo que es un scalvert. Por las historias para niños, sobre todo.

—Son grandes y feos y malvados. Tienen muchos ojos y más dientes de los que te gustaría. Cuesta mucho matarlos. Y a la reina de la colmena le crece una piedra aquí. —Viv se dio unos golpecitos en la frente.

—¿Y eso vale algo?

—Para la mayoría de la gente, no. Pero según algunas

leyendas con las que me topé, sí. El primer sitio donde oí hablar de ello fue en una canción, no sé si te lo puedes creer.

Viv se sacó el fragmento de pergamino del bolsillo; tras colocarlo sobre la mesa, lo empujó en dirección hacia Tandri, que lo desdobló y leyó.

La súcubo arqueó las cejas.

—Las líneas ley. No me extraña que te pusieras nerviosa cada vez que Hemington las mencionaba.

—Te diste cuenta, ¿eh?

—«Dibuja el anillo de la suerte y cumple lo que el corazón desea...» —Tandri alzó la vista hacia ella—. Pero ¿qué es? ¿Un amuleto de la buena suerte?

—Un puñado de gente que murió hace mucho pensaba que sí. No estoy segura de si eso era exactamente lo que querían decir, pero es una idea que surge una y otra vez. Hay mucha mitología antigua que gira en torno a las piedras, pero hoy en día apenas se oye hablar al respecto. Probablemente, porque ya no hay muchas reinas Scalvert y aún menos gente dispuesta a matar una.

—Bueno, desde luego, has despertado mi interés. Pero ¿dónde esconde uno una piedra de la suerte que quizá sea mágica?

Viv se levantó del banco, le indicó a Tandri que hiciera lo mismo y deslizó la gran mesa a un lado un par de metros. Se agachó para quitarle la arena de los bordes a una losa, que sacó de su sitio haciendo palanca con la punta de los dedos.

Con cuidado, fue dejando a un lado la tierra que extraía, hasta que pudo verse la piedra, que relucía a pesar de estar húmeda.

—Lleva aquí desde el primer día —dijo Viv.

Tandri se agachó para examinarla.

—He de decir que me la imaginaba un poco más espectacular. ¿Y crees que es la responsable de todo esto?

La súcubo gesticuló ampliamente, como si quisiera abarcar el edificio entero.

Viv pensaba que podía ser la responsable de muchas cosas más, y no solo del nuevo estado del edificio, pero no ahondó en ello.

—He tenido mis dudas, pero el Madrigal parece pensar que sí.

—Pero te ha dejado marchar. ¿Por qué no se ha hecho ya con ella? —preguntó Tandri, algo escéptica—. De hecho, ¿por qué no están sus hombres aquí ahora mismo, destrozando este lugar?

Viv colocó cuidadosamente la losa en su sitio y echó arena a sus bordes.

—Ya llegaré a esa parte. —Movió la mesa para colocarla en su lugar original, y ambas volvieron a sentarse—. ¿Te acuerdas de Fennus?

—Sí, es difícil olvidarlo. Y… —Se fijó en el pergamino con los versos, sobre la mesa, y frunció el ceño al recordarlo—. Ahora es obvio que él sabía que la tenías.

—Sí. Y, por lo visto, se aseguró de que el Madrigal también lo supiera.

—Pero ¿por qué? ¿Por pura maldad? ¿Tan mal os llevabais cuando te marchaste?

Viv suspiró.

—Supongo que cometí un estúpido error al contarle que eso era lo único que quería de nuestro último trabajo, el cual, por cierto, encontré yo. Seguramente, eso despertó sus sospechas e investigó un poco por su cuenta. Debió de imaginarse que se la había jugado…, para no compartir con ellos todo el pastel. O, lo que es aún más importante, para no compartirlo con él.

—Si quiere la piedra, no entiendo por qué le dio el chivatazo a otra facción interesada en esto.

—¿Para qué se iba a enfrentar a mí si podía dejarlo en manos de alguien con quien yo ya tenía ciertas fricciones? Sinceramente, eso de quedarse atrás para que sea otro quien se lleve la peor parte es muy suyo. Además, si me dejaba dominar por el pánico y me sorprendía llevándola a otro lugar, eso le ahorraría la molestia de tener que buscarla. Si tal cosa no ocurría, siempre es una buena estrategia dejar que tus enemigos se enfrenten y se debiliten entre sí. Después, esperas a que las aguas vuelvan a su cauce y rebuscas entre las cenizas. Así habría podido conseguir lo que quería sin que nadie le tocara un pelo.

—Vale, pero eso no explica por qué el Madrigal no se ha hecho con ella.

Viv se rio entre dientes.

—Bueno, no puedo estar segura de que esta sea la única razón, pero me parece que le tiene cierta animadversión.

—¿Ah, sí?

—O sea, es un capullo de tamaño descomunal.

—Tengo la impresión de que no se va a rendir tan fácilmente, ¿verdad?

Viv arrugó el ceño.

—No, desde luego. De hecho, seguramente, ahora es mucho más peligroso. —Miró hacia la puerta y no pudo evitar imaginarse a Fennus con la oreja pegada al ojo de la cerradura—. Aunque me ocuparé de ese problema.

Se hizo un largo silencio mientras Tandri se daba unos golpecitos con los dedos en el labio inferior y trazaba unos círculos perezosamente con la cola.

—Olvidémonos de eso de momento —dijo finalmente—. ¿Qué pasa con el dinero para pagar la extorsión? ¿Qué sucede con el pelotón de matones del Madrigal?

Viv se encogió de hombros y levantó los brazos.

—Hemos llegado a un acuerdo: una idea suya… Digamos que, en cierto modo, sí que voy a pagar. De hecho, lo voy a hacer semanalmente.

Tandri arrugó el ceño, consternada.

—Me da que le gustan los rollos de canela de Dedal —añadió la orca.

Cuando Dedal llegó, a la hora de siempre, traía una pesada caja de madera, de medio metro de largo y unos treinta centímetros de ancho, con gran esfuerzo. Viv se la quitó de las manos, y él le indicó con una pata que la llevara hasta la despensa. La orca la dejó en el suelo y le quitó la tapa. Dentro, entre la paja, había…

—¿Hielo? —preguntó Viv.

El ratador señaló con un gesto a la fresquera, donde guardaban la nata y varios cestos con huevos.

—Cuanto más frío, más dura.

—¿De dónde lo has sacado?

—Supongo que de la planta regasificadora gnoma —contestó Tandri.

Dedal asintió de forma entusiasta.

—No sé qué es eso.

—Es un gran edificio que hay junto al río que obtiene energía del vapor y el agua. No tengo claro cómo funciona, pero, de alguna manera, produce hielo.

—Oh. —Viv miró hacia la máquina de café—. Supongo que no me sorprende. ¿Cuánto te ha costado esto, Dedal?

El ratador se encogió de hombros.

—Bueno, a partir de ahora, lo pagaremos. ¿Entendido?

Dedal asintió y se dispuso a llevar a la fresquera los trozos de hielo que se estaban derritiendo.

La orca recorrió la despensa con la vista.

—En realidad..., esto me ha dado una idea.

Viv entró en el reservado y se sentó frente a Hemington, que alzó la vista distraídamente. La orca le puso una taza delante.

El joven palideció. Al instante, esbozó una sonrisa forzada.

—Oh, gracias. Pero como ya te he dicho, a mí es que no me gustan...

—Sí, lo sé: las bebidas calientes —le interrumpió Viv, a la vez que empujaba ligeramente la taza más hacia él.

Hemington la cogió y arqueó las cejas para examinar su contenido.

—¿Está frío? —Unos trocitos de hielo se mecían en el café y perlaban la taza. Le dio un sorbo vacilantemente, se lamió los labios y contempló la bebida meditabundo—. No está mal, ¿sabes?

—Genial —dijo Viv, que entrelazó los dedos y se inclinó hacia delante sobre la mesa—. Tengo que pedirte un pequeño favor.

De inmediato, la miró con suspicacia. Aunque hizo ademán de devolverle el café, al final le dio otro sorbo rápido.

—¿Un favor?

—En realidad, esto también podría resultarte útil a ti. Ya has lanzado tu hechizo aquí, ¿verdad?

—Así es. Pero te aseguro que es...

Viv hizo un gesto con la mano.

—Sí, ya, seguro que no pasa nada. Ni me he enterado de que lo has lanzado. Lo que quiero saber es si podrías elaborar otro.

—¿Otro?

—Sí. Centrado en una persona. En una persona en concreto.

Hemington frunció los labios.

—Sí, desde luego. Aunque debes entender que necesitaría una información muy precisa y ciertos materiales para ello..., pero sí, podría hacerlo. ¿Tienes a alguien en mente?

—Sí —contestó Viv.

Para cuando terminaron de hablar, Hemington había apurado el café y masticaba el hielo.

Viv se acercó a Tandri, que estaba detrás de la cafetera.

—Bueno, estoy bastante segura de que tenemos que añadir una bebida nueva al menú. Aunque para eso nos tendrán que traer hielo regularmente.

Tandri sonrió.

—Aún hay sitio en la pizarra.

Dejó de sonreír cuando Viv miró hacia la puerta: ahí estaba Kellin una vez más, con esa cara que pedía a gritos un buen puñetazo.

Se acercó tranquilamente al mostrador y se apoyó sobre él con una familiaridad que hizo que a Viv se le revolvieran las tripas.

—Hola, Tandri.

Tandri no respondió. Viv esperó, sin tener claro si la súcubo quería que interviniera o no.

Kellin pareció no darse cuenta de que Tandri lo estaba fulminando con su gélida mirada (tal vez no le importó). Continuó hablando mientras trazaba un círculo con un dedo sobre el mostrador.

—Me encanta poder verte siempre que quiera. La verdad es que me gustaría que nos viéramos más a menudo y creo que ahora que...

—Por favor, márchate —le pidió Tandri, muy tensa.

A Kellin no le sentó bien que lo interrumpiera.

—No hace falta ser tan maleducada, ¿sabes? Solo intento ser amable. Si estás libre esta noche, podría...

—Te ha pedido que te marches —dijo Viv—. Y ahora te lo pido yo.

El muchacho la miró con rabia, sin disimular su odio.

—Tú a mí no me puedes decir una mierda —le soltó—. Intenta ponerme una mano encima y el Madrigal...

—Oh, ¿no lo sabes? —lo interrumpió Viv—. El Madrigal y yo nos reunimos. «Ella» y yo hemos llegado a un acuerdo. ¿Nadie te lo ha contado?

Kellin se rio, pero no pudo evitar que su risa... y su cara... reflejaran cierta inseguridad, sobre todo por el énfasis que la orca había puesto en la palabra ella.

—Mira —continuó Viv—, una cosa que recuerdo especialmente bien sobre nuestra charla es que odia a los gilipollas. Hay quien podría considerar que cualquier miembro de su banda es un gilipollas; simplemente, por la naturaleza del negocio. Pero yo no pienso así. —Señaló hacia la Sangrenegra, que pendía en la pared—. Respeto a la gente que se ensucia las manos para conseguir sus objetivos. Eso es trabajo, sin más. No, se requiere algo especial para ser un verdadero gilipollas, y creo que ella y yo compartimos la misma opinión.

Lo miró a los ojos y, acto seguido, se cruzó de brazos.

—Y tú no eres un gilipollas, ¿verdad, Kellin? Creo que ella se llevaría una decepción si ese fuera el caso.

El muchacho abrió y cerró la boca varias veces e intentó mantener la compostura con cierta dignidad; entonces, se giró y salió muy tenso de la cafetería.

Viv no le dijo nada a Tandri. Volvió a centrarse directamente en su trabajo, pero con el rabillo del ojo vio que se dibujaba la leve curva de una sonrisa en los labios de la súcubo.

Al cerrar, volvieron a descolgar el menú. Tandri lo revisó.

EL CAFÉ DE LAS LEYENDAS
MENÚ

CAFÉ: AROMA EXÓTICO E INTENSO, TUESTE
CON CUERPO - ½ MONEDA DE COBRE

LATTE: UNA VARIANTE SOFISTICADA
Y CREMOSA - 1 MONEDA DE COBRE

*CUALQUIER BEBIDA CON **HIELO**:*
UN TOQUE REFINADO - ½ MONEDA MÁS

ROLLITOS DE CANELA: UN BOLLO CON UN GLASEADO
DE CANELA CELESTIAL - 4 MONEDAS DE COBRE

DEDALILLOS: CON NUECES CRUJIENTES
Y FRUTAS EXQUISITAS - 2 MONEDAS DE COBRE

UNOS SABORES REFINADOS PARA
EL CABALLERO Y LA DAMA QUE TRABAJAN

Mientras Viv observaba cómo Tandri dibujaba con tiza algunos copos de nieve ostentosamente, notó esa vieja sensación que le solía recorrer la espalda y no pudo evitar mirar hacia atrás. Casi esperaba toparse con la sonrisa arisca de Fennus en la ventana.

Entonces, de forma espontánea, recordó un viejo dicho: «La copa envenenada precede a la espada envenenada».

20

Cuando estaba regresando de la pausa para comer y hojeaba un folletín que había comprado, Viv se detuvo cerca de la mesa que estaba en la calle frente a la entrada. Primero, posó la mirada en aquella partida de ajedrez de un solo jugador; luego, en el gnomo viejito que la estaba estudiando.

—¿Está ocupado este asiento? —preguntó la orca.

—¡No, qué va! —exclamó, mientras sonreía y señalaba hacia la silla.

La orca la cogió y se sentó en ella, colocando el folletín sobre la mesa. Le tendió la mano por encima del tablero, procurando no tocar las piezas.

—Soy Viv —dijo.

—Durias —contestó el anciano, que le estrechó el dedo índice con su manita nudosa y dio un sorbo con cuidado a la bebida que tenía delante—. Debo decir que me encanta vuestro maravilloso establecimiento. Nunca pensé que volvería a probar un café gnomo de verdad. En mis tiempos, no se podía conseguir tan fácilmente, ni siquiera en ciudades grandes como Radius o Fathom. Encontrarlo aquí es un placer poco habitual.

—Me alegra oír eso —afirmó Viv—. Estoy contenta de que le des tu aprobado.

—Oh, desde luego. Y estos pasteles... —agitó en el aire uno de los dulces de Dedal— son un acompañamiento muy inspirado.

—No puedo asumir el mérito de eso, pero pasaré el mensaje.

Durias mordió el dedalillo y cerró los ojos para apreciar su sabor.

—Bueno —dijo Viv, moviéndose en la silla—, no tienes por qué responder, pero tu partida de ajedrez está volviendo loca a mi amiga de ahí dentro.

Señaló a Tandri, que la miraba con suspicacia desde detrás del mostrador.

—¿De verdad?

—Jura que nunca mueves las otras piezas. Ha intentado pillarte haciéndolo y dice que nunca lo ha conseguido.

—Oh, claro que las muevo —aseveró el gnomo, asintiendo.

—¿Ah, sí?

—Desde luego. Pero lo hice hace mucho —contestó, como si eso tuviera algún sentido.

—¿Perdón?

—Mira —dijo Durias, sin aclarar su respuesta anterior de ningún modo—, yo fui un aventurero como tú, ¿sabes? Ahora también estoy jubilado.

—Yo, eh...

—Aquí has encontrado un lugar sereno. Un sitio especial. Has plantado algo que ahora está floreciendo, y eso es estupendo. Sí, es un gran sitio para descansar. Te agradezco que permitas que un veterano se cobije bajo la sombra de las ramas de lo que has cultivado.

Viv se quedó boquiabierta. No sabía cómo responder a eso.

El momento de desconcierto quedó atrás en cuanto Durias gritó:

—¡Ah, ahí estás!

Amistad dobló la esquina sigilosamente y permitió que el gnomo le rascara detrás de esas enormes orejas. Miró hostilmente a Viv y, acto seguido, se acurrucó alrededor de la base de la mesa. El gnomo apoyó los pies sobre la espalda de la felina, donde se perdieron en unas marañas de pelo negro.

—Qué animal tan maravilloso —comentó, halagándola con una admiración real.

—Lo es, sin duda —murmuró Viv—. Esto, bueno, discúlpame, no pretendía interrumpir tu partida. Puedes volver a centrarte en ella.

—¡No te disculpes! —exclamó Durias—. Ve a cuidar de lo que estás cultivando.

Cuando regresó al mostrador con el folletín en la mano, Tandri lo miró con aprobación; entonces, susurró:

—Bueno…, ¿qué pasa con esa partida de ajedrez? ¿Te lo ha contado?

—Algo me ha contado. Pero no tengo claro que me haya dado una respuesta —contestó Viv.

Alrededor del mediodía, Dedal se marchó raudo y veloz tras hacer una serie de gestos que ni Viv ni Tandri llegaron a entender. Obviamente, tenía pensado hacer algún recado, y Viv le dijo adiós con la mano.

Regresó más tarde con un paquetito atado con un cordel; en cuanto hubo un momento de calma en la parte frontal de la cafetería, lo colocó sobre el mostrador y lo desató con delicadeza. Desdobló el papel para mostrar varias porciones de algo marrón, brillante y ceroso.

—¿Qué es eso, Dedal? —preguntó Tandri.

El repostero partió un pedacito muy fino, se lo metió en la boca y les indicó con un gesto que hicieran lo mismo.

Viv y Tandri partieron cada una un trocito. La orca olió el suyo. El olor terroso era levemente dulce y recordaba un poco al café. Se llevó el fragmento a la lengua y, cuando cerró los labios, se derritió, esparciéndose por la boca. Notó un sabor agrio y fuerte, pero acompañado de otros más sutiles a vainilla, cítrico; por último, detectó un atisbo muy al fondo de algo que le recordaba al vino. Era un sabor intenso, cremoso y penetrante al mismo tiempo, pero fascinante.

Sinceramente, Viv dudaba bastante que uno pudiera comer mucho de eso, pues ese sabor amargo podía abrumarte. Pero el viejo vendedor de especias había estado en lo cierto. El chaval era un genio, y la orca se moría de ganas de ver qué había planeado.

Tandri, pensativa, dio vueltas a aquello en la boca para paladear bien su sabor.

—Vale, te lo volveré a preguntar; tengo que saberlo: ¿qué es?

El ratador se inclinó hacia delante, con los bigotes temblorosos.

—Chocolate.

—¿Tienes algo en mente? —preguntó Viv.

Dedal asintió y sacó otra de sus listas. Era más corta que las anteriores, puesto que en ella pedía menos cazuelas y ollas.

Viv se agachó para mirarle a los ojos.

—Dedal, siempre que tengas alguna gran idea, puedes dar por sentado que cuentas con mi aprobación, ¿vale?

El rostro aterciopelado del repostero se arrugó al adoptar una expresión de satisfacción con la que casi cerró los ojos del todo.

Viv no tardó mucho en reunir lo que Dedal le había pedido. Cuando regresó a la cafetería, se detuvo en el umbral de la puerta, con un saco sobre un brazo.

Kellin había vuelto y parecía muy tenso ante el mostrador.

La orca adoptó un gesto muy serio y se preparó para soltar el saco, cogerle del cuello por detrás y llevárselo a rastras a la calle.

Su mirada se cruzó con la de Tandri, que hizo un leve gesto de negación con la cabeza.

La súcubo le entregó una bolsa plegada de papel encerado al joven, que en un principio hizo ademán de arrebatársela, pero al final se contuvo y la agarró delicadamente.

—Para el Madrigal —dijo Tandri.

Kellin asintió bruscamente, como una marioneta, y contestó con una voz ahogada:

—Gracias, Ta…, señorita.

Se giró con la bolsa en la mano; cuando se topó con Viv, se llevó un buen susto. Tras recobrar la compostura rápidamente, salió corriendo por la puerta.

—Oh —dijo Viv, al verlo marchar—, que me aspen dos veces.

ϒ

Mientras se preparaban para cerrar, Tandri entró en la despensa y regresó con una cesta cubierta de lino en la que Viv no había reparado.

—¿Qué es eso?

Tandri abrió la boca para hablar, pero se cambió nerviosamente la cesta de brazo y respondió:

—¿Qué... tienes planeado hacer esta noche?

—¿Que qué tengo planeado? Nada. Como suelo estar derrengada, me acuesto pronto. Aunque a lo mejor ceno algo primero.

—Oh, bien. Eh. O sea..., he pensado que, como las cosas han salido bien, deberíamos... ¿celebrarlo? Si te apetece.

Viv no estaba segura de si había visto alguna vez a Tandri tan nerviosa. Tenía que admitir que eso era encantador.

—¿Celebrarlo? Supongo que ni me lo había planteado. Sí, el Madrigal ha dejado de ser un gran problema, pero creo que Fennus no tardará en dar con alguna forma distinta de... —Vio que la súcubo parecía incómoda y se calló, sintiéndose una estúpida—. Hum. O sea, sí. Me parece bien celebrarlo. ¿Qué tenías pensado?

—Algo muy sencillo —contestó Tandri—. Hay un parquecito por encima del río, al oeste de Ackers. A veces, voy ahí al atardecer. Es decir, solía ir. Las vistas son bonitas y yo..., hum, he preparado algunas cosas. Será una especie de pícnic. Agh, eso suena tan infantil. —Puso mala cara—. Eso no suena a una celebración para nada.

—A mí me parece maravilloso —replicó Viv.

Y Tandri recuperó levemente su sonrisa.

Las vistas eran bonitas. Más que un parque era una zona que había sido arreglada para albergar la estatua de un antiguo alumno de Ackers, que iba ataviado con una túnica larga y cuyo semblante era indudablemente más imponente en piedra que lo que nunca había sido en vida. Estaba rodeada por unos cerezos y setos, y presidía una pequeña elevación que se alzaba sobre el río. Desde este lugar, se gozaba del bello panorama que les ofrecían las torres de cobre de la universidad al atardecer. Unas pequeñas espirales de humo moteaban los tejados, como si se acabaran de apagar unas velas.

Se sentaron sobre la hierba, y Tandri sacó algo de pan y queso, un tarrito de mermelada, algo de salchichón y una botella de brandi.

—Me he olvidado de traer vasos —dijo la súcubo.

—Si a ti no te importa, a mí tampoco —contestó Viv.

—La verdad es que... no es gran cosa.

La orca abrió el brandi, le dio un trago y le pasó la botella a Tandri.

—Para mí, esto es una celebración.

La súcubo también le dio un buen trago, mientras Viv partía el salchichón en rodajas y untaba el pan con abundante mermelada.

Comieron y bebieron, y no hablaron mucho, mientras algunos pájaros descansaban en los cerezos. El sol se puso, y el frío del río ascendió como una ola lenta y gélida.

Se sintieron cómodas compartiendo ese silencio bajo la luz menguante; entonces Viv preguntó:

—¿Por qué dejaste la universidad?

Tandri la miró.

—¿No me vas a preguntar «por qué decidiste ir a la universidad en un principio»?

La orca se encogió de hombros.

—No me sorprende que fueras.

La súcubo miró hacia atrás, hacia las torres de la universidad, y permaneció pensativa un rato.

Viv supuso que no iba a responder y se arrepintió de haber hecho esa pregunta.

—Yo no nací aquí. Yo vine huyendo —dijo Tandri.

La orca estuvo a punto de decir algo, pero prefirió esperar.

—Nadie me perseguía, si eso es lo que te estás preguntando. Estaba huyendo... de la trampa que supone lo que soy. De esto. —Tandri se tocó la punta de uno de los cuernos y restalló la cola—. Y pensé: debería ir a la universidad, ya que ese es un sitio donde se cuestionan las ideas, donde lo que importa es lo que haces, y no de dónde vienes ni cuál es tu pasado. Un lugar donde la lógica y las matemáticas y la ciencia demostrarían que mi destino no estaba marcado por haber nacido con ciertas características. Pero, según parece, salirse del molde no es tan fácil.

—Aun así, fuiste a clase.

Tandri asintió con tristeza.

—Así fue. Me apreté el cinturón para pagar la matrícula y me admitieron. Nadie me lo impidió. Cogieron mi dinero, desde luego. No hay ningún reglamento que impida matricularse a alguien como yo.

—Pero...

—Pero... dio igual, la verdad. ¿Qué suele decirse en estos casos? ¿Que respetaron la letra de la ley, pero no el espíritu? —Suspiró—. Sí, su espíritu no estaba muy iluminado precisamente.

La orca pensó en Kellin y asintió.

—Así que hui. De nuevo —añadió la súcubo.

Volvieron a sumirse en el silencio, y Viv le pasó el brandi a Tandri.

Tras dar un trago todavía más largo, se secó la boca y miró a la orca.

—¿No tienes ninguna perla de sabiduría para mí?

—No.

La súcubo arqueó las cejas.

—Pero te voy a decir una cosa… —Viv se giró para contemplar a Tandri muy seria—. Que les den por culo a esos hijos de puta.

Sorprendida, la súcubo se echó a reír, cosa que sobresaltó a los pájaros de los cerezos.

Viv llevó la cesta mientras acompañaba a Tandri a casa, aunque esta vez llegó hasta su habitación. Ninguna de las dos estaba tan bebida como para tambalearse (no habían terminado el brandi), pero se sentían muy a gusto y desinhibidas.

La súcubo abrió la puerta situada en la parte superior de las escaleras y, tras un momento de titubeo, invitó a entrar a la orca.

Viv se agachó para no golpearse la cabeza con el techo bajo. El piso minúsculo, de una sola habitación, contaba con un catre limpio, algunas estanterías repletas de libros hasta reventar, una alfombra con borlas y un pequeño tocador.

—Vine a vivir aquí cuando fui a Ackers —dijo Tandri, señalando con una mano la habitación. Le quitó la cesta a Viv y la colocó sobre el tocador—. Es que… nunca me he tomado la molestia de mudarme.

Alzó la vista para mirar a la orca, quien pudo percibir ese fulgor cálido y reconfortante que a veces atisbaba cuando la súcubo bajaba la guardia. Pero pensaba que esa no era la causa de aquel calor cosquilleante que ardía más profundamente en su fuero interno. No, seguramente el brandi era el culpable.

—Viv —dijo Tandri, pero entonces miró al suelo, pues era incapaz de dar con las palabras adecuadas.

La orca no le dio la oportunidad de encontrarlas.

—Buenas noches, Tandri. —Estiró el brazo para agarrar del hombro a la súcubo y apretárselo con suavidad, ya que era perfectamente consciente de lo colosal y dura que era su mano—. Y gracias. Espero que nunca tengas que huir por mi culpa.

Entonces, antes de que su amiga pudiera decir nada más, Viv se marchó, cerrando la puerta tras ella, silenciosamente.

21

*V*iv y Tandri se sumieron en la rutina de cada mañana. Se esquivaron, murmuraron más que hablaron y procuraron no tocarse; respetaron escrupulosamente el espacio que ocupaba la otra. Viv economizaba esfuerzos e intentaba no pensar: preparaba el café, lo servía, saludaba y apenas prestaba atención a nada más.

Ninguna de ellas reparó en lo mucho que estaba trabajando Dedal con sus utensilios de cocina e ingredientes nuevos hasta que el olor a chocolate fundido impregnó la cafetería.

Viv notó que alguien le tiraba de la camisa y miró hacia abajo. Vio al repostero, que se agarraba muy nervioso las manos, manchadas de harina.

—Oh. Hola, Dedal.

En la mesa de atrás, había unas medialunas doradas enfriándose, ordenadas en unas hileras encima de varias bandejas. El ratador escogió una y se la ofreció. La orca asintió y la cogió. Ese hojaldre amarillo tenía varias capas mantecosas que se plegaban en unas curvas delicadas y su olor era sublime.

Le dio un mordisco, y el bocado, rico y mantecoso a la

vez que imposiblemente ligero, casi se le derritió en la boca. Comparar esto con una barra de pan era como comparar la seda con la arpillera.

—Esto... es increíble —acertó a decir Viv. De hecho, estaba tan bueno que solo se atrevió a añadir titubeantemente—: Pero no puede tener... ¿Cómo lo llamabas?

—Mmm. Chocolate —apostilló Tandri, a la vez que le arrancaba a la medialuna otro trocito de una esquina y se lo llevaba a la boca. Mientras masticaba, lanzó un leve gemido y cerró los ojos.

Con evidente impaciencia, Dedal hizo un gesto con las manos, como si le dijera: «Adelante». Viv se encogió de hombros, le dio otro mordisco más grande y encontró el núcleo de chocolate fundido que había dentro. El sabor no se parecía a nada que hubiera probado el día anterior; era más dulce, profundo, rico. Cremoso y suntuoso, con un toque sutil a especia.

—¡Por los ocho infiernos, Dedal! —logró exclamar mientras el sabor le explotaba en la boca—. ¿Cómo puedes seguir haciendo estas cosas?

Sorprendida, contempló el pastel e, inmediatamente, le dio otro bocado.

Viv miró atrás y vio a la súcubo embelesada, con los labios manchados de chocolate, los ojos como platos y radiante.

—Dedal, quizá no lo sepas, pero yo, o sea, nosotras... —Tandri movió la cola de la cabeza a los pies—. Nosotras reaccionamos intensamente a toda clase de sensaciones. Incluido el sabor. Y, bueno...

Viv sintió de nuevo esa sensación cálida y reconfortante; Dedal también debió de sentirla, porque parpadeó y se estremeció.

—Sea lo que sea esto…, me abruma —afirmó la súcubo, que suspiró con admiración.

—Tenías razón, Dedal —dijo Viv—. Hemos de ampliarte la cocina.

Tandri evaluó el espacio disponible.

—¿Cabrán dos fogones? ¿Habrá que tirar la pared?

—Se lo preguntaré a Cal. —La orca miró de nuevo a su chef—. Mientras tanto, ¿cómo se llaman estos pasteles?

Viv dio buena cuenta del suyo y se lamió los dedos hasta no dejar el más mínimo trocito de hojaldre, ni siquiera una manchita de chocolate.

El ratador se encogió de hombros y cogió uno, lo apretó para probar su consistencia y le dio un mordisquito en un extremo.

—Eso déjamelo a mí —dijo Tandri, con la boca llena.

EL CAFÉ DE LAS LEYENDAS

MENÚ

CAFÉ: AROMA EXÓTICO E INTENSO, TUESTE

CON CUERPO - ½ MONEDA DE COBRE

LATTE: UNA VARIANTE SOFISTICADA

Y CREMOSA - 1 MONEDA DE COBRE

*CUALQUIER BEBIDA CON **HIELO**: UN TOQUE*

REFINADO - ½ MONEDA MÁS

ROLLITOS DE CANELA: UN BOLLO CON UN GLASEADO

DE CANELA CELESTIAL - 4 MONEDAS DE COBRE

DEDALILLOS: CON NUECES CRUJIENTES

Y FRUTAS EXQUISITAS - 2 MONEDAS DE COBRE

MEDIALUNAS DE LA MEDIANOCHE: UN PASTEL DULCE CON UNA

PARTE CENTRAL QUE ES PURO PECADO - 4 MONEDAS DE COBRE

UNOS SABORES REFINADOS PARA

EL CABALLERO Y LA DAMA QUE TRABAJAN

La silenciosa tensión que había reinado entre Tandri y ella era historia, hasta tal punto que Viv casi pensó que se había imaginado la danza confusa que habían bailado aquella mañana. Como era de esperar, las medialunas se agotaron al cabo de una hora, y Dedal ya estaba preparando una nueva hornada.

Viv se centró en los problemas que les planteaba tener una cocina tan pequeña. En cuanto se diera la oportunidad, le pediría opinión a Cal, aunque a saber qué le sugeriría el trasgo. No paró de mirar hacia arriba, al autocirculador, pensando en que podría darle una respuesta que la sorprendería totalmente.

—¿Lo de siempre, Hem? —preguntó cuando este se acercó al mostrador.

Hemington se inclinó más.

—Preferiría que no me llamaras así —respondió en voz baja.

La orca sonrió, sin apartar la vista de lo que tenía entre manos.

—Bueeeeno. ¿Eso es un sí?

—Lo que quería decirte es que el hechizo de protección ya casi está preparado. Y sí, ponme un café con hielo, por favor.

—¿Ah, sí? Pues invita la casa.

—Debería abarcar el local y unos cuantos metros más en un círculo irregular.

—¿Cómo sabré si… deja de estar activo?

—Ese es el último detalle del que debo ocuparme. —Estiró el brazo izquierdo sobre el mostrador, con la palma hacia arriba—. Haz lo mismo que he hecho yo, por favor, pero con la otra mano.

Sin titubear, Viv hizo lo mismo, pero con una mano

que era mucho más grande que la de Hemington. El joven se dio dos golpecitos en la mano izquierda con el anular y el índice de la mano derecha; con la que luego, trazó varias espirales en el aire e hizo giros complejos hasta que surgió una luz azul. Antes de que su brillo se apagara, juntó la palma de su mano con la de Viv. La orca notó un cosquilleo fugaz, como cuando las burbujas de la cerveza le rozan a uno los labios.

—¿Ya está? —preguntó la orca, mientras el muchacho la soltaba.

—Sí, ya está. El conjuro de protección ha sido activado; notarás un leve tirón en esa mano. Debería bastar para despertarte.

—Un leve tirón, ¿eh?

—Ten en cuenta que el hechizo solo funciona una vez. Si se activara, luego tendría que reiniciarlo, pero…, bueno, ya está.

—Con una vez, debería bastar. —Con un empujoncito, le acercó la bebida—. Gracias, Hem.

Aunque el joven abrió la boca para protestar, acabó haciendo un gesto de negación con la cabeza.

—De nada, Viv.

A continuación, asintió y se llevó su bebida a la mesa.

—¿Qué estabas haciendo? —preguntó Tandri.

—Tomar pequeñas precauciones.

A la tarde siguiente, Pendry volvió a la cafetería, esta vez con su extraño y original laúd. Viv, contenta de verle, asintió enérgicamente.

—Bueeeno —dijo—. Dejaré de tocar si no te gusta…, o si… alguien se queja.

Cogió aire como si se preparara para recibir un golpe.

—Todo irá bien, chaval. Para empezar, prueba uno de estos. —Viv le dio una medialuna de la medianoche; Pendry la cogió con cara de desconcierto. Señalando el instrumento, la orca añadió—: También tengo que preguntarte qué es eso exactamente.

—Oh. ¿Esto? Bueno, hum, es un... ¿Un laúd thaumico? Es..., bueno, es que es un instrumento... nuevo. —Señaló una losa gris, situada bajo las cuerdas, que tenía incrustados unos alfileres plateados—. Mira, la pastilla áurica capta el sonido cuando..., eh..., bueno, cuando las cuerdas vibran y hay un..., hum... En realidad, no sé cómo funciona —concluyó sin convicción.

—De acuerdo —dijo Viv, a la vez que le indicaba que entrara en el comedor—. Haz que se lo pasen de muerte. Pero no los mates, por favor.

Parpadeando, el músico deambuló mientras, vacilante, le daba un mordisco al pastel. La orca sonrió.

Como no se oyó nada durante varios minutos, Viv supuso que estaba terminando de comer la medialuna. Se olvidó de él, pues tenía una cola de clientes delante del mostrador.

Cuando al fin empezó a tocar, la orca alzó la vista, sorprendida.

El laúd bramó con el mismo tono distorsionado que la vez anterior, pero la música sonó ahora más delicada, ya que el sonido estaba tamizado por la lenta cadencia de una balada. Había algo más que apuntalaba su interpretación; era como si las notas reverberaran en un espacio más grande y estuvieran tocadas con mucho más sentimiento. Además, habría podido jurar que estaba haciendo menos ruido que en su primera actuación, esa que no llegó a concluir.

Aunque Viv no sabía mucho de música, ahora que se había acostumbrado a que el muchacho pasara por la cafetería de vez en cuando, aquel salto a un sonido moderno y sólido ya no le parecía tan exagerado.

Pendry había estado preparándolo todo este tiempo; obviamente, había dado el siguiente paso. Su extravagante estilo estaba… bien. Lo cierto es que en aquel local encajaba a la perfección.

Tandri y ella se sonrieron mutuamente. La orca se dio cuenta de que la súcubo movía la cola sutilmente, con la cadencia de un metrónomo.

Viv supuso que con ese gesto le mostraba su apoyo a Pendry.

A lo largo de la semana, Viv estuvo siempre pendiente de la palma de su mano derecha, a la espera de notar un tirón fantasmal. Hemington le había explicado que sería un tirón suave, pero ella se imaginaba que sería como tener un anzuelo clavado en la mano que tiraría con fuerza de ella.

Sin embargo, no ocurrió nada.

Cuando se lo imaginaba, sentía un cosquilleo en la piel, pero al final dejó de preocuparse por ello.

Laney, que se dejaba caer con más y más frecuencia por la cafetería, se ofreció muchas veces a intercambiar recetas de repostería. Viv siempre la remitía a Dedal. La anciana se exasperaba con los gestos del ratador y su manía de parpadear nerviosamente; por su parte, a Viv todo aquello le hacía gracia, aunque también se sentía un poquito culpable por endilgarle la anciana al repostero. También pensaba que los gestos que este hacía con las manos se volvían especialmente crípticos solo cuando tenía que lidiar con Laney.

No obstante, Laney siempre compraba algo.

La gata gigante cada vez aparecía con más frecuencia. A veces, Viv notaba la mirada de Amistad clavada en ella y se giraba para verla posada en la buhardilla como una gárgola negra, contemplando a los clientes con desdén.

Tandri probó a tentarla con chucherías para que se acostumbrara a ir a la cama que le habían hecho; sin embargo, Amistad se comía lo que le ofrecían, la miraba a los ojos con toda la intención del mundo y se largaba con paso tranquilo y la cola en alto.

Viv se dio cuenta de que no le importaba tener a un vigilante monstruoso dando vueltas por el local. No, para nada.

Viv y Tandri volvieron a encontrar un cómodo equilibrio en su relación. Ya no hubo ni más pícnics ni más paseos para acompañar a la súcubo a casa. La orca sentía cierta melancolía en cuya causa no ahondó demasiado; también sentía un alivio algo cobarde porque Tandri no había mencionado lo sucedido aquella noche en el parque.

Estuvieron ocupadas, y los días transcurrieron entre buenos olores, una música extravagante y un trabajo ameno. Las expectativas que Viv había depositado en la cafetería se habían cumplido y superado con creces.

Y con eso bastaba..., ¿no?

ϒ

Tandri sobresaltó a Viv cuando dejó caer algunos de sus materiales de dibujo sobre la mesa, entre los que se encontraban un bote de tinta, un pincel delgado y una taza.

—Tengo una idea —dijo la súcubo.

La orca, que estaba limpiando la máquina de café, alzó la mirada.

—Te escucho.

—He pensado mucho en esto. Mi primer café... lo tomo mientras trabajo. Le doy un sorbo cuando quiero y hago que me dure toda la mañana, cosa que me encanta.

Viv asintió.

—Sí, claro. Yo hago lo mismo.

—Pero tus clientes... no tienen tal posibilidad.

—Nuestros clientes —la corrigió Viv, aunque asintió de nuevo—. Vale. Sigue.

—¿Y si pudieran llevarse sus cafés?

—Sí, yo también he pensado en eso, pero... —Encogió los hombros—. Nunca he dado con una solución. Así que si tú la has encontrado...

—Les venderemos una taza. Y... —Tandri giró la taza, donde, con su fluida caligrafía, había escrito: VIV—. Le pondremos su nombre. Podrán dejarla aquí, tras el mostrador, si quieren, pero será suya. Podrán irse con el café en la mano, siempre que quieran. Lo único que tendrán que hacer será traer la taza de vuelta.

—Creo que es una idea perfecta. —Viv se frotó el cuello—. Sinceramente, no sé cómo no se me ha ocurrido, me siento un poco idiota.

—Seguramente, habrías acabado teniendo la misma idea.

Volvió a notar esa sensación reconfortante y cálida, que cada vez era más reconocible.

De repente, se activó ese viejo instinto que avisaba a Viv de un posible peligro. En ese instante crítico, todo dependía del movimiento de una espada, de dónde se colocaba un pie, de confiar o no en alguien. Y optar por no actuar era una decisión tan válida como cualquier otra.

—Tandri, este lugar…, realmente está pasando a ser tan tuyo como mío, ¿sabes? Estás logrando que sea tuyo también.

Tandri pareció consternada.

—Lo siento, yo…

A Viv le cambió la cara e intentó explicarse:

—¡No quería decir eso! O sea, no sería lo que es sin ti. Me alegro de que esté pasando a ser tuyo. Y quiero asegurarme de que sepas que…, que…

Tras intentar dar con las palabras adecuadas sin éxito, se calló.

En medio de un confuso silencio, Tandri murmuró:

—No tienes de qué preocuparte. No me voy a ir a ningún sitio.

De repente, Viv se sintió perdida y sola en un camino oscuro, abandonada por esa luz que la había guiado tan lejos, fuera la que fuese.

—Eso… es… bueno. Pero lo que quería decir es que…

En realidad, ¿qué quería decir?

¿Se había dejado estar tanto que le había confiado el resultado de esa conversación a una piedra? ¿Acaso Tandri no era más importante? ¿Acaso Viv no debía hablarle con la mayor sinceridad posible, sin dobleces?

La oscuridad estaba llena de peligros; tal vez incluso mereciera la pena jugarse el cuello por alguno de ellos.

Tandri se enderezó y, brevemente, esbozó una sonrisa forzada.

—Bueno, añadiré esto a la pizarra, ¿vale?

—Sí, claro. Deberíamos hacerlo, claro —respondió Viv sin convicción.

Cuando Tandri se fue, Viv no supo si se sentía aliviada o decepcionada.

22

Mientras señalaba un grabado en madera en un catálogo gnomo que Viv había colocado sobre el mostrador, Dedal chilló con ganas. Estaba sobre una banqueta para poder verlo como se debía.

El fogón que mostraba el anuncio era el doble de ancho que el suyo; además, tenía unos hornos duales extragrandes y cajas de combustión, y un panel trasero con medidores de control de temperatura y botones. Aunque a Viv le costaba distinguir los detalles en el grabado en madera, podía ver que tenía un aspecto muy moderno. A Dedal le brillaron los ojos de deseo al ver las características enumeradas ahí.

—¿Estás seguro?

La orca arqueó las cejas al ver el precio.

Había llegado a Thune con buenos ahorros, pero, por culpa de las reformas, el coste de los equipamientos y los pedidos de alimentos especiales, habían ido menguando. Los granos que pedía regularmente a Azimuth también eran caros. Un fogón nuevo la dejaría prácticamente sin fondos, aunque estaba bastante segura de que los recuperaría al cabo de unos pocos meses, gracias a lo popular que era la repostería de Dedal.

El ratador asintió firmemente, pero, al ver la cara de Viv, titubeó y, a regañadientes, indicó un modelo menos caro que estaba en la misma página, más abajo.

—No, Dedal —dijo la orca, señalándolo a él—. El mejor se merece lo mejor, y ese eres tú. Le pediré a Cal que se asegure de que podemos instalarlo y lo encargaré.

Levantó la vista bruscamente cuando oyó a alguien, cuya voz le resultaba familiar, hablar con Tandri.

—He venido a recoger la entrega de esta semana. Y..., veamos, ponme un *latte*, querida.

Delante de la súcubo, Lack canturreaba mientras contemplaba la pizarra con el menú.

Mientras Tandri le preparaba el café, Viv sacó de debajo del mostrador una bolsa de rollos que tenían reservada; tras pensárselo un instante, añadió también dos medialunas de Dedal. Cuando le entregó la bolsa, la orca inclinó levemente la cabeza.

—Hazme saber qué opina el Madrigal de la entrega de esta semana.

—Lo haré.

Lack inclinó la cabeza a su vez, aceptó el café y se fue tranquilamente por donde había venido.

—¿Hoy hay..., habrá concierto? —preguntó una joven, a la que, al parecer, el viento había despeinado ligeramente; le faltaba un poco el aliento.

—Nunca se sabe —contestó Viv, encogiéndose de hombros—. Pendry viene y va.

—Oh.

La muchacha parecía decepcionada, pero enseguida lo disimuló.

—¿Quiere tomar algo?

—Eh, no, gracias. Así que... ¿no sabe cuándo podría volver?

Viv pensó que la joven intentaba (con muy poco éxito) restarle importancia al interés que tenía en la respuesta que podría darle.

—Me temo que no.

Después de que la chica se marchara, Tandri enarcó una ceja.

—Es la tercera esta semana.

Viv contempló pensativamente a la admiradora de Pendry mientras se alejaba.

—¿Estás pensando lo que estoy pensando?

—Tú localízalo. Yo me ocuparé del letrero.

La siguiente vez que Pendry apareció en el umbral de la puerta, Viv pensó que transmitía un poco más de confianza en sí mismo, con su nuevo porte. El músico la saludó alegremente, agachando levemente la cabeza, y se dirigió a su improvisado escenario sin pedir permiso.

—Oye, Pendry —le dijo, parándole antes de que desapareciera al doblar la esquina—. ¿Tienes un segundo?

—Oh..., claro.

Como Viv vio que las antiguas dudas y preocupaciones volvían a adueñarse del semblante del joven, fue al grano.

—Sigues sin pasar el sombrero, ¿verdad?

—Pues... sí. Es que... me gusta tocar, sin más. Eso sería como... ¿mendigar? ¿Pedir limosna? Si mi padre alguna vez se enterara de que...

Se le entrecortó la voz y puso muy mala cara.

—¿Y si yo te pagara? Así tendrías un sueldo.

El joven se sorprendió.

—Pero... ¿por qué ibas a...? Yo... Yo... ya...

—Pero tendrías que venir con algo más de regularidad, por supuesto.

—¿De regularidad?

—¿Qué te parece, por ejemplo, unas cuatro veces por semana? En días alternos. Y siempre a la misma hora. ¿A las cinco de la tarde, tal vez? Te pagaría seis monedas de cobre por actuación. ¿Qué opinas?

Pendry no se lo podía creer.

—Bueno, me... ¿De verdad me vas a pagar? ¿Por tocar?

—Sí. ¿Lo tomas o lo dejas?

Le tendió la mano.

—Lo tomo, señora —dijo, estrechándosela vigorosamente.

—Ah, Pendry... Aun así, deberías seguir pasando el sombrero.

Para cuando estaba terminando el día, otro letrero colgaba fuera de la cafetería, escrito con la caligrafía fluida de Tandri.

MÚSICA EN DIRECTO

LUNAL, MERCURIAL, VENUSAL, SOLAL

A LAS CINCO DE LA TARDE

Viv se despertó sintiendo un doloroso desgarro en la palma de la mano derecha; era como si le estuvieran arrancando la piel a tiras. Se levantó, se quitó la sábana de encima y se buscó la herida en la mano, debía de estar ahí.

Tenía la piel suave e intacta, aunque la sensación persistía y le recorría el antebrazo. A pesar de los meses de inactividad, no había perdido completamente su instinto guerrero, por lo que se abalanzó hacia donde solía estar la Sangrenegra, junto a su petate. Pero no estaba ahí, por supuesto, sino colgando inútilmente de la pared de la cocina, envuelta en guirnaldas.

El hechizo de protección de Hemington estaba funcionando.

Fennus.

El elfo debía de haber oído cómo apartaba la sábana, así como el crujido de los tablones, ¿no?

Encorvada y repartiendo el peso con cuidado entre sus pies descalzos, se arrastró hasta la escalera de mano. El tirón, la sensación de desgarro que notaba en la mano, menguó. No oyó ruido alguno que procediera de abajo. Cuando asomó la cabeza, vio que un tenue haz de luz lunar iluminaba de azul el comedor.

Tenía la lámpara de araña casi delante de la cara; debajo podía ver la silueta borrosa de una mesa grande, los oscuros reservados que la rodeaban, las difusas losas. Su visión nocturna no era especialmente buena, pero contuvo la respiración, observando detenidamente por si se producía el más leve movimiento.

Pasó un minuto.

Otro.

Entonces percibió un ligero y extraño olor bajo el ubicuo aroma del café. Una colonia casi imperceptible pero reconocible; una antigua fragancia que olía a flores.

Aunque el intruso llevaba capa e iba encapuchado, sabía que era él.

Ni siquiera se oía el roce de su ropa cuando se movía;

Fennus siempre había sido increíblemente sigiloso, normalmente para bien del grupo del que ambos habían formado parte. Ahora que estaba en el lado contrario, Viv se maravilló ante su silencioso avance con un nuevo y siniestro respeto.

A pesar de que tuvo que entornar mucho los ojos para poder ver cómo se movía, vio que se detenía en un extremo de la gran mesa y, delicadamente, posaba sobre ella una mano pálida cuyo brillo atisbó. La piedra de Scalvert yacía oculta justo debajo. Su antiguo compañero ladeó la cabeza, como si estuviera escuchando, o utilizando un sentido élfico del que Viv carecía.

Era absurdo esperar más.

La orca saltó, aterrizando pesadamente.

Ser sigilosa era igual de absurdo.

—Hola, Fennus —lo saludó.

Ni siquiera se tomó la molestia de que pareciera que lo había sobresaltado. Se giró lentamente hacia ella y se quitó la capucha: una pálida luz amarilla cobró forma súbitamente en su mano izquierda, e iluminó ese rostro tan enojosamente sereno como siempre.

El elfo inclinó la cabeza ante ella, como si la estuviera saludando en el umbral de su propia casa.

—Viv, me intriga cómo has sido capaz de oírme —dijo, en un tono que no denotaba ningún interés por conocer la respuesta y en el que tampoco había la más mínima pizca de vergüenza.

—He tenido un poco de ayuda en ese aspecto. —La orca encogió los hombros—. Supongo que sería absurdo preguntarte por qué estás aquí.

—Por supuesto que sí. Y me imagino que a ti te remuerde la conciencia.

—¿La conciencia? —preguntó Viv, incrédula—. Por los ocho infiernos, ¿a qué te refieres?

El elfo suspiró, como si al mostrarse tan obtusa lo hubiera decepcionado.

—No nos trataste bien, Viv. Tenía mis sospechas desde el principio, ¿sabes? Te mostrabas muy esquiva.

—Fue un reparto justo —respondió Viv sin levantar la voz—. Sobre todo, porque yo asumí un gran riesgo basándome solo en rumores. El tesoro de la Scalvert era más que suficiente para compensaros por todo.

—No estoy de acuerdo —replicó con una voz sedosa.

A la orca le resultaba increíblemente irritante ese tono de voz tan razonable y paciente con el que hablaba el elfo.

Fennus, visiblemente enfadado, frunció los labios, en un gesto nada propio de él. Por primera vez, se quitó esa máscara de gélida indiferencia.

—No fuiste sutil, precisamente. Posees mucho músculo, pero careces de astucia y picaresca. ¿Acaso tanto planear y conspirar te resultaba agotador? ¡La inteligente Viv resuelve un fabuloso misterio! ¡Debiste pensar que eras la primera en lograrlo! Qué gracioso. En cuanto tuviste la piedra en la mano, pusiste pies en polvorosa, lo más rápidamente posible, pues temías que se te fuera la lengua si te quedabas demasiado tiempo. ¿O tal vez fue la vergüenza la que te empujó a marchar?

—¿La vergüenza? —Viv se rio—. Deja de decir gilipolleces, Fennus.

—¿Ah, sí? Dime, entonces, ¿los demás lo saben?

—¿Te refieres a si saben que corrí un gran riesgo basándome en unos cuantos versos de una canción? No. Pero no porque me sintiera avergonzada por haberlos traicionado, Fennus, sino por haberme ido como me fui.

El elfo hizo un gesto con el que abarcó el edificio entero.

—A mí no me parece que corrieras un gran riesgo.

Viv apretó los dientes.

—Un trato es un trato, y yo cumplí mi parte. ¿De verdad la necesitas, Fennus? ¿Qué crees que hará por ti? ¿O acaso estás defendiendo algún principio moral al merodear de noche por aquí para quitarme lo que es mío?

—Mmmm, ¿un principio moral? Sí, algo así —murmuró. Posó la mirada sobre la gran espada que pendía de la pared—. Cuando decidiste colgarla, jamás creí que la hubieras cambiado por unos escrúpulos.

—Supongo que ya hemos hablado bastante. Haz lo que tengas que hacer. Luego veremos qué ocurre.

—Oh, Viv, es una pena que…

De repente, Fennus dio un salto hacia atrás de manera torpe, a la vez que una enorme sombra negra, que estuvo a punto de alcanzarle con sus temibles garras, se abalanzaba sobre la mesa. Amistad aterrizó con la elegancia de un depredador y se giró hacia el elfo, lanzando un gruñido entrecortado.

—¡Puta criatura! —le espetó Fennus.

La gata gigante avanzó hacia él, con pasos lentos y decididos, mostrando unos colmillos impresionantes. Viv ni siquiera sabía que la bestia estaba en el edificio. ¿Cómo no había reparado en su presencia?

Amistad rugió aún con más potencia; Fennus se movió con una agilidad con la que ni siquiera la felina podía rivalizar. En un instante, había salido por la puerta y se había esfumado en la noche.

La gata gigante no apartó esos enormes ojos verdes de él en ningún momento; a continuación, parpadeó perezosamente. Se dirigió sin hacer ruido a la almohada y las mantas que había en la esquina más lejana; trazó un círculo a su alrededor, las juntó con las patas y, acto seguido, se tumbó para volver a dormir.

Con cautela, Viv se arrodilló y le acarició el pelaje. Las vibraciones de su ronroneo le recorrieron el brazo hasta llegarle al hombro.

—Por los ocho infiernos, ¿desde cuándo duermes aquí? —se preguntó en voz alta.

«¿Y por qué no la he visto antes?»

Fuera como fuera, Viv iba a asegurarse de tener más nata a mano. Y quizás una buena pata de cordero.

A pesar de que, claramente, Fennus no se había podido llevar la piedra, pues no había tenido tiempo, Viv no podía dormir, por lo que se levantó para asegurarse de que seguía en su sitio.

Echó un vistazo a la calle, arriba y abajo, antes de cerrar con llave la puerta frontal. Apartó la mesa de un empujón, se agachó y dio la vuelta a la losa para poder acariciar la piedra de Scalvert allá donde yacía.

La cafetería, Tandri, Dedal, Cal… y ahora Amistad. Con cada semana que pasaba, la semilla de una necesidad hasta entonces desconocida había ido creciendo y floreciendo gracias a su negocio. Hasta este momento, solo se había planteado teóricamente si la piedra de Scalvert era la causa de su buena racha. Pero ¿para qué iba a profundizar en algo que le estaba dando tantas alegrías?

Ahora la pregunta que se hacía era la que debería haberse planteado siempre: ¿qué pasaría si perdiera la piedra? Si realmente era la raíz a partir de la cual había crecido el árbol que le había dado todos estos frutos, si alguien se la robase,

¿la planta se marchitaría y moriría, o seguiría con vida? Y si sobreviviera, ¿por cuánto tiempo lo haría?

Pensó en los últimos meses. Sobre todo, en Tandri y en la habitación tan espartana de la planta de arriba.

Tal vez su amiga tuviera razón. Puede que la cafetería no fuera su vida. Quizá tendría que estar preparada para perderla.

Aunque, sin ella, ¿qué le deparaba el futuro, en realidad?

Solo se le ocurrió una respuesta.

Mucha soledad.

23

—¿*E*stuvo aquí? —preguntó Tandri—. ¿En mitad de la noche?

Habían abierto tarde. Tandri insistió. Al principio, Viv no dijo nada, pero la súcubo intuyó enseguida que algo iba mal (gracias a su talento innato) y exigió saber qué pasaba.

—Vino a por la piedra, entonces. ¿Se hizo con ella?

—No.

Tandri esperó a que se explayara; como no lo hizo, dio un fuerte golpe al mostrador con la palma de la mano.

—¿Qué pasó? Esta vez cuéntamelo todo, por favor.

Viv le contó hasta el más mínimo detalle de todo lo que recordaba.

—Quizá también deberíamos contratar a la gata —masculló Tandri cuando la orca terminó.

—Tengo una pata de cordero en la fresquera, para cuando aparezca —dijo Viv con una leve sonrisa—. Se había ido esta mañana. No tengo ni idea de cómo ha salido de aquí.

—Así que el conjuro de protección que lanzó Hemington ya se ha gastado. Tendrás que pedirle que restaure el conjuro.

—Sería absurdo —contestó Viv—. Fennus no intentará hacer lo mismo dos veces. Hará otra cosa. No sé qué, pero tendré que estar alerta. Eso se me da bastante bien..., al menos, se me solía dar bien.

—¿Hasta dónde llegará para hacerse con ella? —preguntó Tandri, entornando los ojos.

—¿Sinceramente? No lo sé. Aunque seguro que más lejos que esta vez.

Tandri caminó de aquí para allá, agitando la cola de lado a lado, tamborileando con los dedos sobre su barbilla.

—Si la piedra desapareciera, ¿qué sucedería?

—Me he hecho esa misma pregunta. Creo que ha llegado un punto en que, con lo bien que han ido las cosas, debemos asumir que funciona; además, el Madrigal también parecía tenerlo bastante claro. Pero, bueno, no tengo una base sólida para afirmarlo.

—¿Qué es lo máximo que podrías perder?

Viv miró a Tandri fijamente y se guardó para sí lo primero que le vino a la mente.

Contestó con evasivas.

—No lo sé. ¿Quizá todo? Quizá nada. Quizá debería guardarla en otro sitio, solo para saber qué pasa. Quizá debería tirarla al río y olvidarme de ella. —Lanzó un suspiro de exasperación—. O quizá debería volver a dormir junto a mi espada.

—Para —le espetó Tandri—. No te compadezcas de ti misma, no es propio de ti.

Eso le dolió.

—Lo siento.

Tandri dejó de ir de aquí para allá; de repente, parecía muy incómoda.

—De todas formas, creo que librarse de ella sería una idea muy mala.

—¿Qué quieres decir?

La súcubo tarareó algo, como si no quisiera contestar, pero entonces cedió.

—Bueno..., hay un concepto en la thaumia que se..., se llama «reciprocidad arcana». Por eso la thaumia está tan controlada y no la usamos en la guerra, al menos no para matar. —Suspiró—. ¿Te suena la idea de que, cuando tratamos el dolor con medicinas, en realidad solo lo estamos demorando? ¿De que, cuando el tratamiento termina, de repente sientes todo ese sufrimiento pospuesto, como si hubiera quedado guardado para más adelante?

—Sí, la he oído, pero no tengo nada claro que eso sea así. Yo he sentido mucho dolor —afirmó Viv, con una sonrisa irónica.

—Bueno —continuó Tandri—, en la thaumia, sí que sucede algo parecido, y es medible. Si un poder arcano causa algo, eso provoca un efecto contrario..., que se expresa cuando ese poder se esfuma. Todo debe equilibrarse. En cuanto ese poder desaparece, una fuerza contraria ocupa su lugar. La thaumia avanzada se centra en redirigir tal reacción.

—Entonces crees que si me deshago de la piedra o si alguien se la lleva, podría producirse alguna especie de... reacción negativa. ¿Podría encadenar una racha de mala suerte, por ejemplo?

—No lo sé seguro —respondió Tandri—. ¿Acaso la piedra es un elemento thaumico? ¿Se le aplican los mismos principios? —Hizo un gesto de contrariedad—. Solo es una posibilidad, tal vez. Pero, si es cierto, la verdadera pregunta que tienes…, que tenemos que hacernos… no es cuánto hay que perder, sino cuánto quedará en pie después de eso.

Viv clavó los ojos en Tandri y apretó los dientes.

—Menos de lo que quisiera.

Viv intentó pensar en otro sitio seguro del edificio donde poder guardar la piedra, pero al final tuvo que resignarse y aceptar que daba igual. Si Fennus había sido capaz de encontrarla antes, el nuevo escondite no lo sería durante mucho tiempo. Como ya lo había sorprendido una vez, seguro que el elfo habría supuesto que cualquier intento de intrusión sería detectado. Viv no se lo imaginaba entrando sigilosamente de noche nuevamente. Debía averiguar cómo la atacaría esta vez.

O a través de quién.

No estaba acostumbrada a esperar el golpe. Se había pasado la vida acabando con amenazas antes de que se manifestaran, no preparándose para recibir una puñalada por la espalda. Hallarse en un estado de alerta constante le acabó pasando factura, ya que se volvió muy susceptible e impaciente.

La primera semana fue la peor; tuvo que disculparse en más de una ocasión con Tandri y Dedal por contestarles de malos modos por cualquier tontería. Unas cuantas veces, la súcubo la había tenido que apartar con delicadeza del mostrador para ocupar ella su puesto, ya que no era consciente de estar mirando muy amenazadoramente a un cliente. Por eso, la orca se sentía a la vez avergonzada y agradecida.

Pero su ansiedad disminuyó con el paso del tiempo; quedó reducida a algún ocasional sobresalto ante un ruido que se había imaginado de noche y a lanzar miradas furtivas durante el día hacia donde yacía la piedra.

Al mismo tiempo, los conciertos de Pendry se convirtieron en una especie de engorro agradable. Poco a poco, fue consiguiendo más y más seguidores. Viv estaba bastante segura de que algunos de ellos habían pasado a ser clientes de la cafetería; solo unos pocos no consumían nada.

Para solucionar el problema de la falta de asientos, compró más sillas y mesas; las guardaban en el callejón y, los días de concierto, las colocaban en la calle y abrían las grandes puertas de par en par.

El chico, por su parte, se mostraba menos deprimido y sonreía más; además, su corpachón parecía encajar por fin en el espacio que ocupaba.

En una o dos ocasiones, Laney cruzó la calle para quejarse agriamente del ruido, pero le solían dar algún dulce hecho por Dedal, para que el mal trago fuera menos amargo.

Hasta Amistad aparecía durante las actuaciones, zigzagueando entre los sobresaltados clientes para colocarse bajo la gran mesa de caballete. Los parroquianos aprendieron a vigilar bien sus dulces, ya que, en cuanto se despistaban, la gata engullía cualquier pastel que hallara por el camino y su cola era una amenaza para las tazas.

Viv jamás se planteó la posibilidad de ahuyentarla.

Ya habían transcurrido tres semanas desde la intrusión nocturna de Fennus; si bien Viv no podía actuar como si la amenaza hubiera desaparecido, sí que se relajó y se dejó llevar por la rutina. Su estado de ánimo mejoró; en ese momento, ya llevaba quince días sin tener que disculparse por soltar algún comentario mordaz.

Cal se dejaba caer por el local con más regularidad, y Viv lo pilló hablando en privado con Tandri en una o dos ocasiones. El trasgo hizo algunos comentarios incisivos en voz alta sobre la calidad de las cerraduras, y Viv le aseguró que buscaría unas mejores.

Cuando el Madrigal entró en la cafetería, se quedó boquiabierta.

—Buenas tardes —dijo la mujer.

—Buenas tardes, hum…, señora —acertó a responder Viv—. ¿En qué puedo ser de ayuda?

La orca fue prudente y no dijo su nombre, al menos, pero ¿señora? Se estremeció por dentro.

El Madrigal llevaba un vestido sutilmente elegante y un bolso de mano en un brazo. Viv atisbó a uno de sus hombres, que vigilaba disimuladamente desde la calle. Y si había uno, al menos dos más estarían escondidos donde nadie pudiera verlos.

En los ojos de la mujer, se podía ver el brillo de una fría curiosidad.

«Por los dioses, ¿y si me he enemistado con ella?», pensó Viv. No podía creer que en su día le hubiera hablado cara a cara, sin rodeos.

—He oído hablar tanto de este establecimiento… —dijo el Madrigal—. A mi edad, ya no salgo tanto como antaño, pero se me ha presentado esta oportunidad y, simplemente, tenía que verlo con mis propios ojos.

—Bueno, procuramos ser unos buenos vecinos —contestó Viv, preguntando así, de la manera más sutilmente posible, si había dado un paso en falso.

—Seguro que lo sois, desde luego. Aunque me temo que no todo el mundo lo es. Eso puede ser un problema a la larga, tenaz.

Miró a Viv a los ojos, abrió con cuidado su bolso de mano y buscó algo dentro.

—Ah, sí, me gustaría llevarme uno de esos bollos de medialuna, por favor, querida.

Viv, aturdida, cogió las monedas y le entregó el pastel, envuelto en papel encerado.

—¿Tenaz?

El Madrigal suspiró, como si todo le resultara decepcionante.

—Sería una pena que algo desafortunado le sucediera a tan magnífica vecina. Quizá sería recomendable permanecer ojo avizor los próximos días. Espero de todo corazón que mi preocupación sea infundada porque... —Le dio un mordisquito delicado a la medialuna—. Estos dulces son excelentes. Buenas tardes, querida.

Asintió como lo haría una reina, se volvió y se marchó, acompañada del susurro de la seda gris. El hombre que la acompañó también desapareció.

Tandri la observó con cierta suspicacia, pues intuía lo que se debía leer entre líneas de esa conversación. Miró a Viv con complicidad, y esta movió la cabeza sutilmente a modo de respuesta al tiempo que sentía que el estómago se le revolvía.

Una vez que hubieron cerrado el local, Tandri le preguntó:

—¿Era ella? ¿El Madrigal?

—Sí.

—Te ha dado un mensaje.

—Sí. Me ha hecho una advertencia, más bien. No sé por qué se ha tomado la molestia de avisarme, pero ha insinuado que Fennus pronto entrará en acción.

—¿Y qué vas a hacer al respecto?

—Bueno, siempre podría matarlo —contestó Viv.

Tandri la miró fijamente.

—Era broma —masculló la orca.

Lo era, ¿no?

—El problema es que yo también me he planteado esa posibilidad —confesó la súcubo—. Es tan gilipollas...

—¿Después del sermón que soltaste hace un mes?

—Ya, bueno. Nadie es perfecto.

Viv suspiró.

—Hemos vuelto a la casilla de salida: a intentar adivinar qué hará a continuación.

—No, no es así. Porque sabemos que desea tanto hacerse con la piedra que ha sido capaz de venir aquí en persona.

—No podemos estar seguras de que vuelva a intentar lo mismo. De hecho, casi te puedo garantizar que no lo hará.

—Bueno —dijo Tandri—, una cosa es segura.

—¿Cuál?

—Que no te vas a quedar aquí sola.

—No sé por qué me sigues llevando la contraria —dijo Tandri mientras volvía a comprobar las cerraduras.

Viv estaba fregando agresivamente una taza y tenía los brazos metidos hasta los codos en el agua con jabón.

—Porque no tiene ningún sentido. ¿De qué va a servir que te quedes aquí? —gruñó.

La luz menguó en cuanto Tandri fue apagando las lámparas.

—Tienes razón. Ahora que no cuentas con la protección del hechizo de Hemington, ¿de qué va a servir que me quede aquí? Solo tengo el don de ser excepcionalmente sensible a una amplísima gama de emociones ocultas. ¿Cómo narices va a ser eso útil?

Viv dejó la taza con más fuerza de la que pretendía. Al ver que una grieta se había abierto en un lateral, apretó los dientes.

—Sigue sin parecerme bien.

—Como no puedes refutar mi razonamiento, supongo que me da igual.

La orca se giró para mirarla y se cruzó de brazos, malhumorada.

—No seas cría. Sellemos un pacto. Si algún peligro mortal nos amenaza, te prometo que me esconderé detrás de ti. ¿Trato hecho? —propuso la súcubo.

Viv le devolvió la mirada, sintiéndose cada vez más tonta, hasta que dio su brazo a torcer con un suspiro.

—Hecho.

Estaban en la parte superior de la escalera de mano, exhaustas.

—Pensaba que te había dicho que compraras una cama —comentó Tandri mientras contemplaba con tristeza la más que austera buhardilla.

Bajo el brazo, Viv tenía las mantas y la almohada que Amistad rara vez usaba.

—Bueno, he estado un poco distraída…, por los intrusos nocturnos y esas cosas…

A Tandri, ese comentario la sacó de quicio.

—Dame eso.

Cogió la ropa de cama y la agitó, de tal forma que los pelos de la gata gigante cayeron de la manta y la almohada; luego desenrolló el petate de la orca, para preparar un sitio más amplio donde acostarse.

Viv la observó con una creciente sensación de vergüenza e inquietud.

—Bueno —dijo Tandri, con los brazos en jarra—, al menos, como el fogón está encendido, no debería hacer tanto frío. No me puedo creer que vivas así.

—Estaré bien sola, de veras. No hay ninguna razón que te impida dormir en tu propia cama.

—Calla. Ya hemos hablado del tema.

Tras titubear un momento, la súcubo se quedó en paños menores, se metió rápidamente bajo la manta y se volvió hacia la orca.

Viv apagó la lámpara y, acto seguido, hizo lo mismo que había hecho Tandri. Luego se acercó de puntillas, como si la súcubo ya estuviera dormida, y resopló al darse cuenta de que estaba haciendo el ridículo. Tiró de la manta (que todavía olía fuertemente a gata gigante) hasta colocársela por encima de un hombro. A pesar de que estaba de espaldas a Tandri, podía sentir el calor de su cuerpo.

—Buenas noches, Tandri —dijo demasiado alto.

—Buenas noches.

Viv clavó la mirada en la oscuridad.

—¿Eso es tu cola?

—Solo me estoy poniendo cómoda —respondió la súcubo ásperamente.

Después de acomodarse como buenamente pudo, se quedó quieta.

Se hizo un largo silencio.

La orca se aclaró la garganta.

—Me alegro de que te hayas quedado.

Como Tandri respiraba lenta y regularmente, Viv pensó que tal vez ya se hubiera dormido, pero entonces la súcubo murmuró:

—Lo sé.

Después de eso, por primera vez en mucho tiempo, Viv se quedó dormida casi instantáneamente; no se despertó hasta la mañana siguiente.

24

Cuando Viv abrió los ojos, pudo deducir, por el frío que notaba en la espalda, que Tandri ya se había levantado. Le sorprendió no haberse despertado cuando la súcubo se había marchado; no lo creía posible.

Olía a café recién hecho y se vistió despacio, demorándose inútilmente. Entonces se enfadó consigo misma por titubear tanto. Nunca se había mostrado vacilante ante Tandri. ¿De verdad iba a adoptar ahora ese hábito? Descendió por la escalera de mano con gran decisión.

Tandri estaba sentada a la gran mesa, mirando por encima de una taza de la que brotaba una espiral de humo. En cuanto la orca se sentó con ella en el banco, la súcubo le acercó otra taza, todavía caliente.

—Gracias —murmuró Viv.

Tandri asintió y dio un sorbo lento al café.

La súcubo tenía la espalda curvada de una manera relajada y movía la cola lenta y perezosamente. La orca dejó de estar tensa y engulló parte de esa bebida caliente tan buena, cuyo calor se le propagó por todo el cuerpo. El bullicio de

Thune al despertarse, amortiguado por las paredes de la cafetería, la envolvía serenamente.

Disfrutaron de su café, lenta, tranquilamente. Viv parecía reacia a romper ese silencio mutuo y meditativo, pero,
tras haber perdido el tiempo como una cobarde en la buhardilla, sintió que necesitaba actuar.

—¿Has dormido bien?

Como frase manida para iniciar una conversación, dejaba mucho que desear.

—Sí. A pesar de haber dormido en el suelo.

Viv sonrió.

—Algún día, te haré caso y sacaré tiempo para comprar
una cama.

Cuando terminaron, Viv fue a la fresquera, a por queso;
también cogió unos cuantos pasteles envueltos en lino de la
despensa. Tandri se unió a ella en la cocina, y se sumieron
en las trilladas rutinas matutinas: prender el fogón, encender las lámparas y la lámpara de araña, llenar la candileja de
la máquina, comprobar el estado de la nata y ordenar las
tazas. Picaban algo para desayunar y se movían la una alrededor de la otra en una lenta sincronía.

Entonces Viv abrió la puerta; el delicado sortilegio estalló como una pompa de jabón.

El estrépito del día las asaltó, la amenaza difusa de Fennus se fue esfumando; ese otro lugar reconfortante donde
habían pasado toda la mañana se transformó en algo cada
vez más onírico.

Mientras saludaban a los parroquianos, la cocina se llenó de los aromas de lo que cocinaba Dedal y del estruendo
que provocaba con su alegría. En el comedor, el tintineo de

las tazas y los platos podía oírse muy por debajo de la animada cháchara.

Cal se dejó caer por ahí; Viv aprovechó para mostrarle el fogón que tenía previsto pedir para Dedal. El trasgo leyó las medidas cuidadosamente y contempló con ojos entornados la pared y el fogón, mientras Dedal rebuscaba algo en la despensa.

—Hum —dijo Cal, a la vez que se acariciaba el mentón con el pulgar—. Bueno, supongo que se podría encajar aquí, pero vais a estar muy pero que muy apretados. Quizá sería mejor que os conformarais con lo que tenéis. El autocirculador resiste por ahora, pero, con dos cajas de combustión, podríais volver al punto de partida; volveríais a sudar, cuando es justo lo que no queréis. Si tenéis tan claro lo del fogón, igual deberías buscar un local más grande y dejar este.

Era una respuesta frustrante y, por supuesto, mudarse no era una opción. Viv miró a la habitación de atrás, de la cual Dedal no había salido. No es que se muriera de ganas de contárselo precisamente, pues sabía que se llevaría una gran decepción.

—Es una auténtica pena. Pero creo que hay una cosa con la que podrías ayudarme.

Viv lo llevó al comedor.

—Tenemos un bardo que suele venir a tocar. Se pone en la parte de atrás. —Señaló la pared lejana que había entre los reservados—. He pensado en construir un pequeño... ¿escenario? Algo más elevado, con un escalón.

—Claro, claro —dijo un Cal feliz por poder mostrarse de acuerdo en algo.

Tras entrar en los detalles, el trasgo ladeó un poco su boina y se fue por donde había venido, con una taza caliente para llevar y un dedalillo.

ϒ

El día acabó demasiado pronto.

—No vamos a discutir sobre cómo vamos a dormir otra vez, ¿verdad? —preguntó Tandri maliciosamente.

—Que no se diga que no aprendo de mis errores.

La súcubo tarareó.

—Aunque esta vez te agradecería que no me atizaras con esa cola —añadió Viv con una sonrisa, dándole la espalda mientras guardaba las últimas tazas.

Tandri se rio suavemente.

—¿Cenamos? —preguntó, como si solieran cenar juntas.

Viv miró a Amistad, hecha un ovillo bajo la mesa de caballete. La bestia había permanecido en la cafetería todo el día, cosa bastante rara... y reconfortante.

—Desde luego, debería comer algo que no haya cocinado Dedal —contestó Viv, que se dio un cachete en el estómago—. Últimamente, la ropa cada vez me aprieta más.

Tandri resopló y abrió la puerta.

Cerraron la puerta con llave y fueron paseando a la Gran Vía, donde encontraron un sitio al que ninguna de ellas había ido antes. Mientras cenaban ahí, hablaron sobre cómo Laney seguía intentando engatusar a Dedal para que le pasara recetas, acerca de cómo darle noticia a su repostero de que no iban a comprar el horno nuevo y sobre Pendry y algunas de sus admiradoras más apasionadas.

—Su mayor fan volvió ayer. Como llegó pronto, consiguió un buen asiento —comentó Viv.

—¿La del pelo así? —preguntó Tandri, haciendo gestos para imitar unos rizos azotados por el viento.

—Sí, esa. Creo que Pendry todavía no se ha fijado en ella.

—Hummm. Bueno, la gente tiende a no fijarse en lo que tiene delante hasta que se estampan contra ello.

Viv estuvo a punto de contestar con una ocurrencia, pero algo en la expresión de Tandri hizo que se lo pensara mejor.

Al final, logró decir:

—Supongo que eso es cierto.

Luego la conversación continuó por otros derroteros.

Después de cenar, ambas regresaron a la cafetería y apagaron las lámparas y las velas. Los estruendosos ronroneos de Amistad retumbaban por debajo de la mesa.

—No me puedo creer que siga aquí —dijo Tandri.

—Seguro que se marcha antes del amanecer.

Aunque Viv esperaba que no se fuera.

—Igual Cal también se queda a dormir mañana…, aunque nos faltan mantas.

Esperó a que la súcubo subiera primero por la escalera de mano.

Volvieron a disfrutar de la quietud serena y delicada que habían compartido brevemente esa mañana y se desvistieron. Mientras Tandri se desnudaba, Viv apartó la mirada.

Durmieron de espaldas la una de la otra, sintiéndose cómodas, a gusto y reconfortadas.

Un alarido despertó bruscamente a Viv, así como un golpe sordo y pesado que notó en la tripa. Abrió los ojos cuando Amistad volvió a embestirla con su enorme cráneo.

—¿Q-qué? —masculló Tandri.

—¡Levanta! —exclamó Viv, a la vez que se ponía en pie

de un salto e inhalaba profundamente. Percibía un olor en el aire que no lograba reconocer; acre, pero todavía débil.

La gata gigante restalló la cola y se dirigió nerviosamente a la parte superior de la escalera de mano. Viv pensó en lo impresionante que debía haber sido el salto que había dado la felina. Entonces fue consciente de que podía ver al animal mucho mejor de lo que debería. En un primer instante, pensó que se debía a la tenue luz lunar, pero el color no era el correcto.

Era un verde pálido como el de un fuego fatuo. Y se estaba volviendo más intenso.

—¿A qué huele? —preguntó Tandri, que cogió la ropa rápidamente y la abrazó contra el pecho.

Viv ni se molestó en coger la suya.

—A nada bueno.

En cuanto corrió a la escalera, la gata gigante bajó de un salto por delante de ella. Viv se agarró a una viga y asomó la cabeza. Se le torció el gesto al ver que unas lenguas de un verde espectral alcanzaban el marco de las grandes puertas dobles y se extendían a gran velocidad. Lo más extraño era que casi no había humo. Entonces, con un chisporroteo estruendoso, las llamas engulleron las puertas de abajo arriba, como una cascada invertida.

—¡Mierda! ¡Date prisa! ¡Es un incendio! ¡El muy cabrón le ha prendido fuego al edificio!

—¡Tenemos que apagarlo! —chilló Tandri.

Viv levantó a la súcubo en el aire. Sorprendida, Tandri lanzó un grito ahogado, y estuvo a punto de soltar su ropa cuando la orca la agarró con el otro brazo por las piernas y saltó a la planta de abajo.

Tandri gruñó, aturdida por el impacto.

Viv la dejó en el suelo y asomó la cabeza por la esquina

para echar un vistazo a la cocina. Esa puerta también estaba en llamas, y unas pequeñas lenguas de fuego ascendían por la pared situada detrás del fogón, al mismo tiempo que se dirigían hacia la despensa.

Un chasquido desgarrador retumbó desde arriba, a la vez que la presión cambiaba en la habitación. El fuego verde se propagó por el techo igual que la sangre corre por la hoja de una espada. Oyó unos crujidos agudos cuando las tejas empezaron a estallar como palomitas de maíz.

—No es un fuego normal —señaló Tandri, alzando la voz para que la escuchara por encima del bramido de las llamas, con los ojos desorbitados y presa del pánico.

Un fuego normal generaba humo, pero este ardía limpiamente y olía tan fuerte como el incienso.

—No, no lo es. Tenemos que sacarte de aquí. Ya.

—¿A mí? ¿Y tú qué?

Amistad lanzó un alarido lastimero; a continuación, siseó como una tetera. Se agachó cerca de la gran mesa, para evitar la lluvia de chispas.

Viv ya había esperado demasiado. Si aguardaba mucho más, sus opciones se reducirían a cero. Era imposible saber qué temperatura podía alcanzar este fuego antinatural o qué podría apagarlo…, si es que había algo capaz de extinguirlo.

Corrió hasta el barril de agua de la cocina, donde ya hacía un calor intenso por culpa de la pared, que estaba ardiendo. El metal del fogón se empezaba a poner al rojo vivo y brotaba vapor del barril, ya que ese fuego generaba mucho más calor que uno normal.

Viv cogió unos cuantos de los cuencos grandes que usaba Dedal, los metió uno a uno en el cubo y arrojó el agua hacia la puerta de la entrada, que ahora estaba envuelta en llamas.

El agua no hizo absolutamente nada. Siseó y se evaporó

antes siquiera de alcanzar la madera, que ya se había carbonizado y sobre la cual el fuego se había extendido como si fuera una telaraña naranja.

—¡Mierda!

Cuando Viv se giró, vio que Tandri había tirado su ropa y sostenía en los brazos un montón de tazas, que lanzó una a una contra la ventana de la parte frontal, intentando así hacerla añicos…, pero las tazas reventaron al impactar contra ella, dejando el cristal intacto.

Se volvió hacia Viv.

—¿Cómo vamos a salir?

—Por aquí.

Viv esprintó hacia la zona del comedor y las grandes puertas dobles, donde la pesada viga transversal de madera seguía en su sitio. Unas serpientes de fuego verde se arrastraban a lo largo de ella, al mismo tiempo que unas cortinas de llamas caían desde arriba para encontrarse con las que se alzaban del suelo.

Viv agarró con ambos brazos uno de los bancos, lo levantó y lo llevó hacia la puerta, mientras entrecerraba los ojos por culpa del cegador e intenso calor. Colocó un extremo del banco por debajo de la viga transversal en llamas y tiró hacia arriba, con fuerza. La viga sufrió una sacudida, pero volvió a caer sobre sus soportes, cosa que provocó una lluvia de chispas verdes que chisporrotearon y saltaron al caer al suelo como el agua en una sartén. Varias chocaron contra los pies y brazos desnudos de la orca: fue como si unos avispones la picaran. Sintió un dolor incandescente y olió cómo se le quemaba la carne.

Tiró hacia arriba de nuevo; una vez, dos… A la tercera, la viga transversal se soltó y cayó violentamente sobre la losa, generando otra cascada de chispas verdes.

—¡Atrás! —gritó Viv, que pasó a agarrar el banco por el centro, lo alzó del todo y, entonces, saltó por encima de la viga caída y arremetió violentamente contra la puerta del lado derecho.

Al instante, sintió una ráfaga de frío aire nocturno. Como ya estaba fuera de la cafetería, tiró el banco que había usado como ariete, el cual rodó y retumbó estruendosamente por la calle, donde ya podía ver las sombras de los vecinos que salían de sus casas.

Viv se giró y vio a Tandri rodeada por un infierno verde, donde las llamas de la viga caída se elevaban aún más.

A la derecha de la súcubo, se materializó una sombra, que atravesó las llamas. Amistad aterrizó rodeada de humo sobre los adoquines. Aterrada, miró fugazmente a ambas y, a continuación, huyó por un callejón.

Enseguida, Viv volvió a posar sus ojos sobre Tandri. La súcubo sostenía un brazo en alto, con gesto de dolor, mientras unas lágrimas le caían por las mejillas.

Tras respirar hondo, Viv regresó corriendo al edificio y atravesó a saltos unas llamas que parecían ser casi líquidas, como agua hirviendo. En cuanto estuvo dentro, volvió a coger a Tandri en brazos y se zambulló de nuevo en el muro verde de calor.

—Quédate aquí —le dijo, mientras la dejaba en el suelo de la calle.

Cuando se giró, todo el edificio estaba envuelto en llamas; el fuego se extendía con una velocidad sobrenatural por todas las superficies. Se le torció el gesto al oír el crujido agudo de más tejas al estallar, y una lluvia de esquirlas de barro y polvo cayó sobre los curiosos que allí se habían congregado.

—¡No puedes volver ahí dentro! —gritó Tandri por encima del rugido de las llamas.

Viv tomó aire hasta llenarse los pulmones y, a saltos, entró de nuevo en el edificio como una exhalación.

En cuanto aterrizó dentro, por el olor se dio cuenta de que se le estaba quemando el pelo. Viv buscó con la mirada la losa situada debajo de la mesa. Pero algo parecía fuera de lugar, ¿acaso la habían sacado de su sitio?

No había tiempo para eso. Ahora no.

Fue rauda y veloz a la cocina. Saltó por encima del mostrador. A su espalda, la despensa ardía y el calor la empujaba como si tuviera una dimensión física. Dando un fuerte tirón, sacó la caja fuerte de ahí, que acabó impactando contra el mostrador. Con un solo movimiento, volvió a saltar por encima de él y se colocó la caja bajo el brazo; acto seguido, esprintó hacia las puertas. Con un rugido, la lanzó a la calle, procurando que cayera lejos de donde creía que se hallaba Tandri. La caja chocó contra una esquina con un crujido ominoso y rodó, pero por suerte no se rompió.

Volvió corriendo a la cocina.

Viv posó los ojos sobre la Sangrenegra, que seguía colgada en la pared cuyas guirnaldas eran ya unas cenizas brillantes. Cogió la cafetera, la levantó con ambas manos, pasó con ella por encima del mostrador y caminó con decisión hacia la puerta abierta. Una lluvia de chispas le cayó sobre los hombros y el pelo, cosa que provocó que la atravesaran unos pequeños relámpagos de dolor. Se le prendió fuego a una parte de su coleta; como tenía las manos ocupadas, no podía apagar las llamas. Avanzó como pudo, mientras sus músculos sufrían bajo el peso de tan incómoda carga. Se detuvo ante la viga transversal en llamas y deseó haber sido capaz de pensar con claridad en su momento, ya que antes habría podido apartarla con el banco para abrir un camino de salida. Pero ya era muy tarde para eso. En realidad, parecía muy tarde para cualquier otra cosa.

Con la máquina en las manos, pegó un salto enorme para superar la viga ardiente. El fuego le rozó los muslos, abrasándole la piel, y notó un dolor agónico en ambas piernas, pero logró superar el obstáculo.

Viv alcanzó la calle tambaleándose. Con delicadeza, dejó la cafetera en el suelo y gruñó. Sintió un dolor agónico en la espalda, un dolor que no había notado desde hacía semanas.

Mientras se giraba hacia el edificio, el dintel de las grandes puertas se vino abajo, y las propias puertas se plegaron hacia dentro, engullidas por una gigantesca gota verde, hasta caer con un estruendo más propio de una explosión. La ventana dividida con parteluz estalló hacia fuera, y unas esquirlas y agujas de cristal salieron disparadas. Todo el mundo se tapó la cara con los brazos.

Permanecieron de pie en la calle, atónitos, cociéndose por culpa del calor que emergía del edificio. Se oyeron unos crujidos y chasquidos procedentes del tejado, que tembló, se inclinó y se desmoronó, de tal forma que las tejas cayeron a la estancia de abajo, donde ardieron con un rojo brillante en los charcos de llamas verdes.

Tandri, que se encontraba de pie en paños menores junto a la caja fuerte que había dado vueltas por el suelo y la cafetera, agarró de la mano a Viv y se la apretó con fuerza. La súcubo tosió, con los ojos llorosos.

Viv tenía los ojos clavados en la cafetería, con un semblante tenso. La gran mesa se fue ladeando, medio enterrada bajo unas tejas que brillaban con un color cereza, hasta desmoronarse sobre el lugar donde yacía la piedra de Scalvert.

En ese instante, le devolvió el apretón de mano a Tandri.

—Al menos no lo hemos perdido todo.

Desolada, la súcubo contempló la máquina y la caja fuerte.

—No deberías haber arriesgado la vida por esto.

Siguiendo su mirada, Viv se giró hacia Tandri y se inclinó hasta que sus frentes se encontraron. A ambas se les hundieron los hombros bajo el peso de lo que habían perdido y el terror y el agotamiento.

En voz baja, tan baja que estaba segura de que Tandri no la oiría por encima del bramido de las llamas y del clamor creciente de la gente y las campanas de emergencia, murmuró:

—No me refería a eso.

25

*L*os guardianes de la puerta aparecieron poco después de que se iniciara el incendio; llevaban unas lámparas y se dirigieron a voz en grito a la multitud congregada en la calle, cada vez más numerosa. Viv apenas reparó en su presencia hasta que uno de ellos se aproximó, ya que algún vecino se lo indicó. Respondió sus preguntas aturdida y olvidó las respuestas casi inmediatamente. Cuando el guardián desapareció, volvió a centrar su atención en las ruinas.

Los ignimantes de Ackers (reconocibles por sus atuendos e insignias, por sus aires de eruditos enojados) fueron capaces de contener las llamas espectrales y de impedir que se extendieran a las estructuras vecinas, pero, como no pudieron hacer nada para salvar la cafetería, dejaron que ardiera.

Las llamas se propagaron causando estragos hasta casi el amanecer, y Viv y Tandri se quedaron en la calle, observando cómo la cafetería quedaba reducida a cenizas. Las paredes se desmoronaron de una manera irregular y lenta; entonces todo se aceleró súbitamente, ya que las maderas cayeron hacia dentro envueltas en una espiral de chispas.

Tandri estaba acurrucada junto a Viv. Era como si las hubiera azotado un viento desértico. La orca tenía la piel de la cara en carne viva; las quemaduras de los muslos le dolían terriblemente. Laney se acercó renqueando a ambas en algún momento, trayendo consigo unas mantas con las que se taparon. Como hacía mucho calor, Viv se quitó la suya casi de inmediato, aunque Tandri se quedó con una sobre los hombros, que sujetaba con una mano.

Poco a poco, Tandri, agotada, se fue dejando caer sobre el brazo de Viv. Aunque la súcubo no sugirió que se marcharan, sí que murmuró en algún momento:

—Cuando estés lista, nos iremos a mi casa para instalarnos ahí.

Viv era incapaz de agradecerle el favor.

A pesar del calor que sentía, una sensación de frío la recorría de la cabeza a los pies; era como si todos los días que había pasado en Thune se estuvieran esfumando, dejando un vacío cada vez mayor; jamás había conocido una manifestación más física de la desesperación.

¿Era a esto a lo que Tandri se había referido? ¿Cómo lo había llamado...? ¿Reciprocidad arcana? ¿Era eso lo que te hacía sentir así? ¿O se trataba únicamente de la vieja desesperanza de todos los días?

No lo sabía..., y tal vez no importaba.

Tandri lo intentó una vez más; siguió lanzándole indirectas.

—¿No estás cansada? —preguntó con una voz ronca.

A pesar de que las llamas espectrales apenas habían generado humo, ambas todavía tenían las gargantas ardiendo.

—No puedo marcharme —contestó Viv—. Aún no.

Tenía la mirada clavada en un lugar en el centro de la destrucción donde el fuego iba disminuyendo, donde la piedra había reposado en su momento.

Tenía que saber si seguía ahí o no.

A medida que amanecía, las llamas verdes se fueron apagando entre chisporroteos; era como si se alimentaran tanto de la noche como del combustible terrenal. No obstante, como el calor seguía siendo intolerable, no podían aproximarse a la madera ennegrecida ni a las tejas calcinadas y todavía brillantes.

Al final, Tandri persuadió a Viv de que se sentara en la escalera de la entrada de Laney; juntas contemplaron cómo el amanecer alcanzaba su momento de máximo esplendor. Ahora sí brotaba humo de la madera ennegrecida de una manera más natural, cosa que no había sucedido antes porque el fuego que la había consumido tenía una naturaleza arcana. Una nube negra y tóxica de hollín creció y ascendió hacia el cielo en espiral; entonces, una brisa procedente del río la rasgó y desperdigó.

Laney se encontraba detrás de ellas, apoyada sobre la escoba. Después de un rato, Viv preguntó con voz entrecortada:

—Laney, ¿podrías prestarnos un cubo o dos?

La anciana se los dio, y Viv llevó uno en cada mano. A pesar de que seguía descalza y en camiseta y bermudas de lino, caminó hasta el pozo, llenó ambos cubos y, con gesto muy serio, vertió el agua sobre las cenizas que se hallaban en el espacio donde habían estado en su momento las grandes puertas. Esta vez, el agua salpicó las cenizas y siseó, puesto que no había unas llamas verdes para evaporarla antes de que cayera al suelo.

Regresó al pozo con los cubos, los volvió a llenar e hizo

lo mismo otra vez. Y otra vez. Y otra vez, abriendo lentamente un camino hacia ese montón de ruinas que habían sido en su momento la gran mesa.

Viv no contó los viajes que hizo y dejó unas huellas de sangre en los adoquines que fue pisando. Las cenizas le cubrieron las piernas hasta llegar a sus doloridos muslos.

Tandri esperó en la escalera de la entrada y ni intentó disuadirla; habría sido inútil.

Como el calor todavía era intenso, a veces Viv se echaba un cubo de agua por encima antes de regresar. El agua siempre se evaporaba poco después de que volviera a recorrer el camino que estaba abriendo con el agua. Cada vez que vertía agua sobre las cenizas, estas se enturbiaban brevemente; enseguida se secaban, se ennegrecían y volvían a quebrarse.

En la calle, la muchedumbre había menguado un poco, aunque los curiosos que murmuraban entre sí seguían sin acercarse a Viv, mientras esta se abría camino hasta el interior.

En algún momento, en medio de esta tarea repetitiva sin fin que realizaba como si estuviera anestesiada, Tandri desapareció fugazmente y regresó con Cal y un carrito del que tiraba un poni robusto. Con ayuda de alguna gente que estaba cerca, cargaron en él la máquina de café y la caja fuerte. Después, el trasgo se marchó con el carrito.

Pero a Viv le daba igual.

Por fin, alcanzó su objetivo. Apenas había algún rastro de la madera de la mesa, y la poca que quedaba había quedado reducida a polvo tras quemarse de forma irregular. El primer cubo de agua que arrojó provocó que esos restos se marchitaran y se vinieran abajo como un montón de sal.

Viv se arrodilló y apartó esos restos con las manos,

quemándose así los dedos con unos rescoldos que se encontraban ocultos debajo. Se puso de pie y dio patadas a las cenizas con los pies ensangrentados hasta que la losa de abajo quedó expuesta.

Respiró con dificultad, ya que inhalaba humo y tosía entrecortadamente, mientras la miraba fijamente. Hizo un viaje más con los cubos para limpiar parte de las cenizas acumuladas y enfriar la superficie de la piedra. Cogió un trozo de metal retorcido y ennegrecido; con él, hizo palanca en el borde, logrando dar la vuelta a los restos destrozados de la mesa, envueltos en una nube gris.

Viv se arrodilló y palpó esa tierra sorprendentemente caliente con los dedos quemados.

Ahí no había nada, por supuesto.

Cuando Viv regresó a la calle, fue como si se moviera bajo el agua, ingrávida, y oyera todo distorsionado y a lo lejos. Clavó una mirada sombría en Tandri y, a continuación, avanzó trastabillándose hacia ella.

Antes de llegar a la escalera de la entrada de Laney, Viv se sorprendió al ver cómo Lack se abría paso a empujones entre la gente situada en los márgenes de la calle. Llevaba unos conjuntos de ropa doblados y dos pares de zapatos de tela. No dijo nada cuando le ofreció esto a Viv y a Tandri, pero la orca atisbó fugazmente un vestido gris y elegante entre algunas de las personas que estaban detrás de él. El Madrigal la miró a los ojos, asintió solemnemente y se alejó calle abajo, de manera majestuosa y sin prisa.

—Gracias —acertó a decir Tandri con una voz quebrada.

Lo único que Viv fue capaz de hacer fue extender el brazo y coger, sin que se le cayera, lo que Lack le ofrecía.

Lack murmuró algo que la orca no llegó a escuchar, ya que se quedó mirando fijamente la ropa mientras a duras penas lograba comprender lo que estaba sucediendo.

Después de eso, Viv no se acordaba de haberse sentado, pero debía de haberlo hecho en algún momento. Tenía la mirada perdida y la vista borrosa por las lágrimas provocadas por el humo.

Entonces alguien con una voz familiar susurró:

—Oh, no...

Viv parpadeó al reconocerla. Giró la cabeza y entrecerró los ojos para contemplar la silueta difusa de Dedal. Tandri estaba arrodillada delante de él, conversando en voz baja; la manta de Laney estaba tirada en el suelo, junto a la súcubo.

Viv cerró los ojos y, cuando volvió a abrirlos, el ratador ya no estaba ahí; no sabía cuánto tiempo había transcurrido.

De repente, Tandri volvía a estar a su lado.

—Ya ha llegado.

Con delicadeza, posó una mano sobre el hombro de la orca y la obligó a girarse; ahí volvía Cal de nuevo con el poni y el carro. Tandri la guio hasta el vehículo y con cuidado la instó a subirse a la parte trasera, donde Viv se tumbó de tal manera que los pies le quedaron colgando fuera de los tablones, mientras contemplaba el cielo y el lazo negro de humo que lo partía en dos.

A lo lejos, oyó hablar a Cal y a Tandri, sentados en la parte frontal del carro, mientras el vehículo traqueteaba por encima de los adoquines. El olor de la cafetería quemada fue disminuyendo un poco, pero no llegó a irse. Viv olía así. Las cenizas se alejaron de ella revoloteando en la brisa que generaban al pasar, como si fuera nieve arrojada hacia arriba.

Por fin, el carro se detuvo, y alguien la guio por unas escaleras; entonces se encontró dentro de la habitación de

Tandri. La súcubo la sentó en una silla de madera que crujió bajo su peso. Tras desaparecer un momento, Tandri regresó con una toalla mojada. Con la mayor delicadeza posible, limpió a Viv con ella, aunque, cuando la rozaba en las zonas que se había quemado, que era prácticamente en todas partes, sentía ese trozo de tela como una lija.

Después, Tandri se las arregló para desvestirla y ponerle la ropa limpia que Lack les había dado; a continuación, la tumbó sobre la única cama que había en la habitación.

Viv se resistió a cerrar los ojos y a sumirse en la inconsciencia, pero la siguiente vez que parpadeó cayó en una negrura sin sueños.

Cuando se despertó poco a poco, Viv se sintió físicamente mejor, pero mucho más desolada. Abrió los ojos parpadeando. Sintió el dolor de las quemaduras allá donde la manta de Tandri le raspaba. En un primer momento, volvió a cerrar los ojos, ansiando el olvido del sueño, pero ya no pudo dormir.

—Estás despierta —dijo Tandri.

Viv giró la cabeza y le dolieron los músculos del cuello. Le dolía todo el cuerpo; sobre todo, sentía una fuerte quemazón en los pies.

Tandri estaba sentada en la silla con una manta que le llegaba hasta la barbilla. Tenía los ojos amoratados y el pelo chamuscado. Todavía se podían ver con claridad los surcos que habían dejado las lágrimas en sus mejillas manchadas.

El olor del incendio impregnaba la habitación. Las dos olían aún al fuego.

—Sí —susurró Viv, que creyó ser incapaz de decir nada más.

Sintió que estaba muerta de sed: necesitaba beber agua.

Tandri pareció intuirlo. Se levantó, envuelta en la manta, se acercó al tocador arrastrando los pies y le trajo una jarra.

Viv logró incorporarse y se la bebió entera, con avidez, con unos pocos tragos enormes.

—Gracias —dijo, sin molestarse siquiera en secarse la barbilla, ya que su frescor era un alivio para su piel quemada. Sintió entonces la necesidad de añadir—: Lo lamento.

—¿Qué es lo que lamentas? —Tandri, exhausta, la miró con el ceño fruncido—. ¿Lamentas haberme salvado del fuego? ¿Ese que tanto ayudé a prevenir?

—Supongo que ambas deberíamos darle las gracias a la gata.

Tandri se rio silenciosamente ante ese comentario, aunque hizo un gesto de dolor.

—Tengo que volver —afirmó Viv.

—¿Ahora? ¿Por qué? Sea lo que sea, puede esperar. Ahí no queda nada que rescatar.

—Hay algo más que debo ver.

Tandri la miró fijamente; suspiró y se encogió de hombros.

—Vayamos, pues.

—Deberías dormir. Por mi culpa, no has podido acostarte en tu cama.

—De todos modos, si no hubiera sabido dónde estabas, no habría podido pegar ojo —replicó Tandri—. Bueno, supongo que lo de dormir también tendrá que esperar.

Viv gruñó al incorporarse del todo, hizo un esfuerzo para ponerse en pie y dio con los zapatos de tela que el Madrigal les había dado y se los puso. Bufó entre dientes al notar que las plantas de sus pies protestaban, pero mantuvo la compostura.

Al mirar por la ventana, vio que la tarde llegaba a su fin y que el crepúsculo se acercaba. Debía de haber dormido unas siete u ocho horas.

Recorrió el camino de vuelta a la cafetería muy poco a poco, ya que debía pisar con cuidado. El dolor que había mantenido a raya durante horas se volvió insistente y agudo. Pensó en lo que Tandri había dicho solo un día antes sobre la reciprocidad. El dolor que se ignoraba regresaba aumentado.

La devastación era total.

A pesar de que a lo largo del día el calor se había reducido muchísimo, seguía siendo muy incómodo. No quedaba ninguna pared en pie. Las colinas de cenizas, los restos de madera y la piedra caída conformaban el perímetro; esos montones grises y negros eran una especie de mapa borroso de lo que antes había sido el interior.

Viv dejó a Tandri ahí fuera y entró, midiendo con cuidado cada movimiento. Se abrió paso hasta llegar a colocarse detrás del lugar donde había estado el mostrador y posó la mirada sobre las ruinas.

Finalmente, la encontró. Viv estiró el brazo, indecisa, pues temía que siguiera caliente, pero estaba más fría de lo que esperaba.

Sacó la Sangrenegra de esa pila de restos; el hollín negro se desprendió de lo que ahora era un objeto deformado. El cuero de la empuñadura se había quemado hasta la espiga. La cruceta se había curvado y derretido, la hoja se había retorcido y un brillo nácar la atravesaba de forma ondulante como si fuera aceite. Se había abierto una grieta en un lado que llegaba hasta el vaceo; el increíble calor del fuego había destrozado el acero.

Viv sostuvo la espada con ambas manos y la cabeza gacha.

Había renegado de su vida anterior, había cruzado un puente que la había llevado a una tierra nueva y ahora se encontraba arrodillada entre sus ruinas.

Este puente ardía tras ella, sumiéndola en la desolación.

Arrojó la espada a las cenizas y tomó el único camino que le quedaba.

26

Aunque Viv durmió en la habitación de Tandri, donde se despertó de forma intermitente solo cuando fue estrictamente necesario, insistió en tumbarse con una manta en el suelo, ya que estaba acostumbrada a eso. Apenas fue consciente de las idas y venidas de la súcubo.

Al tercer día, o eso creía la orca, pues había perdido la noción del tiempo, alguien llamó a la puerta. Viv oyó que Tandri iba a abrirla, que hablaba con alguien en voz baja, que ese alguien entraba y que ambos se acercaban sin hacer ruido.

—Hum.

Viv abrió los ojos y se giró a medias. Cal la miraba con los brazos cruzados; de repente, se sintió muy idiota... y enfadada... por estar tumbada ahí, mostrándole su debilidad. Años atrás, se habría maldecido a sí misma por dar tal ventaja a un adversario, ya que habría muerto cien veces si hubiera cometido tal descuido.

Pero Cal no era su enemigo.

El trasgo acercó la silla y se sentó en ella; como tenía las piernas muy cortas, los pies no le llegaban al suelo. Colocó ambas manos entre las rodillas y apartó la mirada, dándole así a la orca un momento para incorporarse.

—Cal —dijo con voz ronca, a la vez que inclinaba levemente la cabeza. Tenía la sensación de que no había dormido nada.

—Lo primero que hay que hacer es limpiar —le soltó sin más preámbulos—. Luego, habrá que ocuparse de los materiales. Después, habrá que trabajar. Aunque esta vez no lo haremos todo tú y yo.

—¿De qué estás hablando? —preguntó Viv, con cierto enojo.

—De la reconstrucción, claro está. Las cenizas se han enfriado. Nos las llevaremos de ahí. Habrá que hacer unos ocho o diez viajes al vertedero. Si contratamos a uno o dos ayudantes, todo irá más rápido.

—¿La reconstrucción? —Viv le clavó la mirada—. Cal, no tengo dinero para eso. Y si lo tuviera, creo que daría igual.

—Hum. Tandri me ha contado lo de la piedra. —Encogió los hombros—. Quizás ahora lo tengas más difícil, pero no me imaginaba que te fueras a rendir al mínimo contratiempo.

Viv miró a Tandri, que le devolvió la mirada con un rostro imperturbable.

—Pero eso no cambia las cosas —protestó la orca.

A un lado estaba la maltrecha caja fuerte; debían de haberla dejado allí mientras dormía. Estiró un enorme brazo y la arrastró hacia sí. Cogió la llave que llevaba al cuello y la abrió. Dentro, había unos siete soberanos, un puñado de monedas de plata y unas cuantas monedas de cobre desperdigadas. El platino lo había gastado hacía mucho.

—Ahorré durante años —dijo con suma seriedad—. Ese dinero lo gané con las recompensas. Derramando sangre. Casi todo se ha esfumado. —Su mirada se volvió furiosa y amenazante—. Como se ha esfumado la cafetería y todo lo demás. Ya no queda casi nada. Tengo menos que cuando empecé, por muchas leguas.

Miró a Tandri, quien había torcido el gesto al oír el tono de voz que había empleado.

—¿Cómo lo llamaste?... ¿Reciprocidad arcana? Bueno, pues aquí está, esta es la reacción contraria.

Se dio cuenta de que estaba mostrando sus enormes dientes; de que la piel quemada, que apenas se le había curado, se le tensaba alrededor del cráneo; y de que le dolía la cabeza.

Una parte de ella era consciente de que le estaba haciendo daño a esa gente que, en teoría, eran sus amigos. De que su antiguo y cruel yo estaba emergiendo, arrastrándose desde los escombros de la persona en que creía que se había convertido. Esa parte de ella que ahora estaba en ruinas le pidió a gritos que parara, que lo dejara estar por ahora, pero su yo cruel estaba haciéndose con el control, ya que su oponente estaba demasiado débil y frágil como para intervenir.

—Todo se ha esfumado, joder —gruñó—. He dejado pasar mi oportunidad y no hay vuelta atrás. —No apartó la vista de la súcubo y afirmó rotundamente—: Ha llegado el momento de hacer lo que hace la gente desesperada. Ha llegado el momento de huir.

Tandri se estremeció como si la hubieran golpeado.

Viv sintió una satisfacción salvaje, a la que siguió una oleada de náusea.

—Date tiempo —dijo Cal, con su paciente y áspero tono de voz.

—¿Y eso en qué va a cambiar las putas cosas? —rugió la orca. Viv se desplomó y se miró las manos, inertes sobre su regazo—. Deberíais iros —susurró con voz ronca.

Oyó cómo el trasgo se levantaba y se marchaba en silencio.

Por un rato, creyó que Tandri también se había ido, pero entonces intuyó que se acercaba, para agacharse delante de ella y acariciarle la mejilla quemada.

La súcubo se inclinó hasta que sus frentes se encontraron; el mismo gesto que habían hecho unos días antes, pero con los papeles invertidos.

—¿Recuerdas lo que dijiste en la calle? ¿Después del incendio? —murmuró, mientras su ligera respiración acariciaba la nariz y los labios de Viv.

—No —mintió.

—Dijiste: «Al menos no lo hemos perdido todo».

Tandri permaneció callada un instante. Entonces, continuó:

—Y yo te dije que habías arriesgado mucho para rescatar esas cosas.

Se hizo otro silencio más largo, mientras la súcubo respiraba lenta y dulcemente. Luego, añadió:

—Pero sabía lo que realmente querías decir.

Viv no se dio cuenta de que estaba llorando hasta que notó el roce de los labios de Tandri sobre su mejilla mojada.

Abrió los ojos y clavó su mirada en los de ella, que estaban muy cerca de los suyos.

La súcubo le sostuvo la mirada, manteniendo la compostura, pero con los ojos llorosos.

Viv notó una sensación reconfortante en su fuero interno; por un momento, se hallaron dentro de esa burbuja de calma que habían compartido en el pasado.

Entonces, la Viv más antigua y salvaje se abrió paso violentamente, susurrando: «Esto es lo que ella es. Ya lo has sentido antes. Lo mantiene oculto hasta que le hace falta y, entonces, deja que campe a sus anchas, y tú caes bajo su embrujo».

A pesar de que ese pensamiento desolador se expandió por su mente como las llamas espectrales, se desvaneció igual de rápido bajo la luz del alba.

El aura reconfortante y palpitante de Tandri, que había percibido fugazmente unas cuantas veces, no estaba presente.

Ahí no había nada arcano, ninguna fuerza mística, ningún truco.

Ninguna magia, para nada.

Por mucho que Tandri mantuviera la compostura, vio en su cara que esperaba una reacción. Se estaba preparando para ello, para ser atacada, ignorada o aceptada.

Y las tres opciones la aterraban.

Viv levantó una mano y, cuidadosamente, le acomodó un mechón chamuscado detrás de la oreja.

Tras respirar hondo bruscamente, inclinó la cabeza hacia delante y sus labios rozaron los de Tandri, con la suavidad de un susurro.

Entonces la rodeó con los brazos, procurando no apretarla demasiado.

Tandri le devolvió el abrazo.

Cal se había equivocado. En realidad, tuvieron que hacer trece viajes al vertedero para deshacerse de los escombros. Viv no sabía dónde había alquilado el carro y el poni, y le daba vergüenza preguntarlo. Era el fruto de toda una semana de trabajo, en la que habían estado recogiendo cenizas y tejas y piedras rotas para subirlas a la parte posterior del carro.

El horno era un montón de ruinas destrozadas que se desmoronaron cuando la orca intentó sacarlo a rastras de entre los escombros. Cal apartó unas cuantas piedras y ladrillos que podrían tener cierta utilidad y los amontonó en un extremo despejado del solar.

Mientras se secaba la frente con el antebrazo, Viv bajó la cabeza para mirar al trasgo.

—Sigo sin entender cómo voy a pagar la piedra y la madera que vamos a necesitar para esto, y mucho menos la mano de obra. ¿Realmente tiene algún sentido limpiar todo esto?

Ya no hablaba con mordacidad, sino con una monotonía estoica.

Cal se echó para atrás la boina y se dio un tirón en una de sus largas orejas.

—Hum. ¿Qué fue lo que me dijiste en el muelle? «Y lo haces a pesar de que algunos podrían decir que sería más inteligente no obrar de tal modo.» Sí, creo que fue eso. Pues bien, lo único que diré es que... voy a seguir demostrando mi falta de inteligencia un poco más.

Como a Viv no se le ocurrió ninguna respuesta, volvió a centrarse en arrastrar cosas y se sumió en el exigente esfuerzo que suponía esa labor.

Cuando Pendry apareció al segundo día sin un laúd en las manos, se sorprendió. Tras saludar nerviosamente inclinando un poco la cabeza, se ofreció a ayudar. Viv tuvo que admitir que, con esas manos grandes y ásperas, parecía haber nacido para arrastrar piedras. En cuanto le dijo que le pagaría, el joven contestó:

—No.

Luego negó con la cabeza y no hubo más que hablar.

De manera intermitente, Tandri aparecía con agua o pan y queso y volvía a desaparecer. Viv intentaba no quedarse mirándola demasiado ni pensar mucho en ese único beso robado.

Cal llegó con un carro repleto de ladrillos y cantos rodados.

—¿De dónde has sacado esto? —preguntó Viv, que lo miró con los ojos entornados mientras este bajaba de la parte frontal del vehículo.

—Bueno, esos los he sacado de la cantera. Y esos otros, del río. Vais a tener que descargarlos vosotros dos. A mí me falta altura para poder hacerlo.

Viv y Pendry colocaron las piedras en varias pilas en el solar.

Cal había amontonado unos cuantos ladrillos y tablas para dar forma a una mesa improvisada, sobre la que había puesto un rollo de papel, un estilete y un palo que usaba a modo de regla. Tandri estaba junto a él.

Mientras Viv se aproximaba a ellos, respirando agitadamente, Cal levantó la vista.

—He pensado que si vamos a tomarnos tantas molestias para reconstruirla, deberíamos aprovechar para hacerle algunas mejoras, ¿hum? Supongo que si la cocina fuera más grande, podríais tener dos hornos sin ningún problema. Así que echa un vistazo.

Viv contempló los planos, excelentemente dibujados.

—Ese chaval necesita un trago de agua —observó Tandri, que, con una mano a modo de visera sobre los ojos, miró a Pendry, que estaba en la otra punta del solar—. Ahora vuelvo.

En cuanto se fue, Viv volvió a mirar a Cal y señaló el papel.

—¿Esta es la buhardilla?

—Sí.

—Hay algo más que quiero cambiar —afirmó. Entonces, dudó—. Si… ¿quieres?

—Adelante.

Entonces se lo explicó.

Cuando Cal volvió a aparecer con más madera y unos sacos de clavos, Viv lo obligó a quedarse con el resto de su dinero. El trasgo no protestó, pero la orca se preguntó cómo podía estar pagando todos estos materiales. En algún momento, dejó de preocuparse por ello, lo cual era al mismo tiempo desconcertante y liberador.

En cuanto se inició la construcción, Dedal tomó por costumbre ir a visitarlos al mediodía, con unas tartas calientes de carne y hojaldre crujiente, unas buenas y grandes barras de pan e incluso unos rollos de canela. Todos dejaban de trabajar y comían amigablemente, sentados en la parte inferior de ese muro de ladrillos que crecía poco a poco.

A veces, Laney cruzaba la calle renqueando para darles consejos. Solía chasquear la lengua en señal de desaprobación mientras contemplaba los estragos del incendio y se las apañaba para largarse con un rollo.

Resultó que Pendry era un buen albañil, aunque eso no pareció sorprender especialmente a nadie, salvo a Viv.

—Oh, claro —dijo el músico, con las mejillas sonrojadas mientras se rascaba la parte posterior de la cabeza—. Mi familia se dedica a esto.

Estaban recubriendo media pared de ladrillos con cantos rodados cuando Hemington entró en el solar; esta vez no llevaba libros en su cartera, sino herramientas.

—Buenas tardes —dijo, con cara de estar un poco avergonzado.

—Hem —contestó Viv, que se sorprendió al verlo.

—He pensado... Bueno, he pensado que quizá te gustaría que colocase unos conjuros de protección en los cimientos. —Se rio para sí, incómodo—. Tal vez te vendría bien que dejase ahí algunas inscripciones mágicas capaces de combatir el fuego, ¿no?

—No sabía que eso se pudiera hacer. Si te dijera que no, creo que todos los aquí presentes me tacharían de idiota —respondió Viv.

—Eso es cierto —señaló Tandri, que se enderezó tras haber estado agachada mezclando mortero. Sonrió a Hemington y arqueó una ceja a Viv. Tenía las mejillas manchadas de gris y vestía una camisa basta ideal para trabajar, en vez de su habitual suéter. Viv pensó que estaba bastante radiante.

—Pues entonces —dijo Hemington— me pondré manos a la obra, ¿vale?

Sacó una serie de instrumentos de su cartera y se dirigió a las cuatro esquinas de los cimientos; luego, a los puntos medios de cada pared exterior, donde estuvo atareado grabando, inscribiendo y haciendo lo que fuera que hiciese. Viv supuso que luego podría pedirle a Tandri que le explicara los detalles.

Pensó que si la piedra de Scalvert había atraído algo hasta ese lugar, tal vez ese algo siguiera ahí.

$\mathcal{A}$ mediados de la semana siguiente, durante la cual lograron completar la estructura del edificio, un carro lleno de tejas de arcilla se acercó a la cafetería en construcción. Viv miró a Cal, que se encogió de hombros.

La orca se aproximó e inclinó la cabeza para saludar al conductor.

—¿Qué es esto?

Se trataba de un hombre grande y fornido de barba desaliñada. A su lado, su compañero era musculoso y esbelto. Tenía la sensación de que los había visto en algún lugar antes, pero no fue capaz de situarlos inmediatamente.

—Una entrega —contestó el conductor con amabilidad.

—Sí, pero ¿quién la envía?

—No puedo decirlo —respondió, sin ninguna animosidad en particular.

—¿Y no espera que se le pague?

El hombre negó con la cabeza, bajó del carro con su compañero y se dispusieron a colocar las tejas en varios montones delante del solar.

Entonces Viv lo recordó. Los había visto con Lack semanas atrás, pertenecían a su banda de matones. Sorprendida, sonrió de oreja a oreja, mientras pensaba en un elegante vestido gris. Entonces, sacudiendo la cabeza, volvió a trabajar.

Cubrir el tejado fue una tarea ardua, pero Cal improvisó un sistema de poleas, y Viv, tercamente, subió a rastras unos cubos llenos de tejas. Tardaron una semana en completar el trabajo. Después, con cierto alivio, se centraron en las paredes. Pendry seguía apareciendo en días alternos, más o menos, y Tandri manejaba con soltura el mazo y los clavos.

Otra gente vino a ayudar y se fue. Viv nunca tenía realmente claro de qué barrio procedían. No sabía si los contrataba Cal o si los enviaba el Madrigal, o si simplemente pasaban a echar una mano; en realidad, al cabo de un tiempo, también dejó de preocuparse por ello.

Vio cómo el esqueleto de la cafetería iba adquiriendo su cuerpo de madera y piedra, donde ahora iba a haber una escalera de verdad que llevaría a la buhardilla, donde reubicarían la despensa y contarían con más ventanas en la parte frontal.

Pendry construyó una buena chimenea doble de ladrillos a lo largo de la pared este, donde había espacio suficiente para los fogones. También revistió la nueva fresquera situada bajo el suelo.

Dedal se presentaba a diario con algún manjar caliente u otra cosa; de hecho, Viv lo sorprendió en más de una ocasión contemplando la zona donde iba a ir esa cocina que iba a ser mucho más grande.

Incluso Amistad aparecía por ahí de vez en cuando. Para alivio de todos, parecía estar totalmente ilesa, aunque con

ese pelaje perpetuamente negro era difícil saberlo. Como un
gran fantasma, zigzagueaba entre la estructura de madera,
mirando a su alrededor como si fuera la dueña de todo para,
acto seguido, desaparecer una vez más.

Tardaron tres semanas más en terminar, enlucir y encalar las paredes, en acabar las escaleras y la barandilla, y en
reconstruir el mostrador, los reservados y la mesa. El vera-
no llegaba a su fin y, por la mañana y la tarde, la sombra del
otoño se iba alargando sobre ellos.

La madera y el resto de los materiales seguían llegando,
y Viv se dijo a sí misma que, cuando todo estuviera acabado,
obligaría a Cal a revelarle quiénes eran sus mecenas, a quie-
nes pagaría en cuanto pudiera.

Continuó durmiendo en el suelo de la casa de Tandri,
aunque con un petate y una almohada. La orca se sentía
culpable por seguir ahí, aunque al mismo tiempo no quería marcharse. En varias ocasiones, tímidamente, intentó
mudarse a una posada o alquilar una habitación con los
escasos fondos que le quedaban, pero Tandri siempre le
decía que no fuera tonta, y a Viv no le apetecía mucho
discutir.

Bajo la menguante luz de otro día más de duro trabajo,
Viv se encontraba contemplando, junto a Tandri y Cal, la
fachada de la cafetería, así como las cuencas oscuras de sus
ventanas aún sin cristal. Mientras decidía si debía colocarles
de forma temporal unas telas para taparlas, intuyó que alguien se aproximaba.

Al bajar la vista, vio que Durias, el gnomo anciano que

jugaba al ajedrez, los saludaba con una leve inclinación de cabeza. No la sorprendió que Amistad lo siguiera sigilosamente y pareciera un centinela que medía un cincuenta por ciento más que él.

—Me alegra ver que has decidido quedarte —dijo, sonriendo a la orca—. Habría sido una pena tener que renunciar a un café tan estupendo.

—Si fuera por mí, no me habría quedado —contestó Viv. Soltó un leve codazo a Tandri, y le dio la impresión de que la súcubo tal vez había aprovechado tal circunstancia para apoyarse en su brazo, aunque solo fuera un poquito—. Ha sido cosa de estos dos.

Señaló a sus dos amigos.

Tandri continuó contemplando la cafetería pensativamente.

—A lo mejor la piedra nunca hizo nada —murmuró.

—Hum —dijo Cal, mostrándose así de acuerdo.

—¿La piedra? —preguntó Durias, arqueando sus espesas cejas blancas.

Viv supuso que no había ninguna razón para mostrarse esquiva.

—Se refiere a una piedra de Scalvert. Aunque ahora me siento como una tonta de remate, en su día oí que…

—Ahhhh, sí —la interrumpió el anciano gnomo, asintiendo—. Eso me suena mucho. Hay una razón por la que hay tan pocos scalverts hoy en día. Por desgracia, los han cazado hasta casi extinguirlos.

—¿De veras? —dijo Viv, a la que aquello le llamó la atención.

—Han pasado muchos años, pero muchísimas leyendas y canciones antiguas los mitificaron. En ellas, hablaban del «anillo de la suerte» y todas esas tonterías. —Negó con la cabeza tristemente—. Eran una especie de imanes de la suerte y la riqueza, o eso creían muchos.

—¿Y no lo son? —preguntó Tandri.

—Bueno —respondió el gnomo, mesándose el bigote—, no del modo que esperaba la gente.

—Así que... no sirvió para nada. —Viv negó con la cabeza amargamente—. Por los ocho infiernos, solo para que el local se quemara. Si no la hubiera guardado aquí, Fennus nos habría dejado en paz. Podríamos haber evitado todo esto.

Durias ladeó la cabeza y se pellizcó la cara mientras especulaba.

—Yo no estaría tan seguro de eso.

—Pero acabas de decir...

—He dicho que «no del modo que esperaba la gente». No he dicho que no sirvieran para nada.

—Entonces, ¿qué es lo que hacen? —preguntó Cal.

—Esa canción antigua era un poco engañosa. Las piedras no concedían buena suerte, pero se podría decir que eran... unos puntos de reunión. Hoy en día, hay muy poca gente que lo sepa, pero «el anillo de la suerte» es una vieja frase hecha de los acuáticos. Hace referencia a... un círculo de gente destinada a conocerse, supongo. Atrae a individuos afines, lo cual puede ser una gran suerte, por supuesto. ¡A veces no puede haber mayor suerte que esa! Pero eso no era lo que la mayoría buscaba. Aunque tal vez sí fuera lo que deberían haber buscado, ¿eh?

Viv murmuró:

—«Dibuja el anillo de la suerte y cumple lo que el corazón desea.»

La mirada especulativa del gnomo se volvió más intensa.

—Sí..., bueno..., me parece que aquí ha cumplido bien su función.

Viv miró a Tandri, luego a Cal y, por último, hacia la cafetería.

—¡Se hace tarde! —exclamó Durias, que se quitó el gorrito con forma de saco—. Debo marchar, empieza a hacer frío. Si al anochecer no estoy junto a un fuego, mis viejos huesos se quejan. Creo que no es muy pronto para felicitaros, ¿no?, o quizá sí, mi percepción del tiempo tiende a ser un poco confusa.

—¿Quieres felicitarnos por la reconstrucción?

—¡Sí, por eso también! Sí, también. Pero no, me refería a…, bueno…, no importa. A veces, no tengo claro en qué momento vivo. ¡A lo mejor estoy puliendo la piedra antes de haberla cortado! ¡Buenas noches a todos!

Se volvió y desapareció por la calle. Al cabo de un momento, la enorme gata lo siguió con sigilo, como una sombra demasiado grande.

Unos cuantos días después, tras haber instalado las puertas y las ventanas, llegaron dos cajas enormes en un gran carro y, con ellas, algunas visitas inesperadas.

Roon y Gallina estaban sentados uno al lado del otro en la parte frontal del vehículo.

—¿Esas cajas son lo que creo que son? —preguntó Viv.

En los bordes tenían unas letras gnomas y, desde luego, parecían tener el tamaño correcto para albergar dos hornos.

—Eso depende —contestó Roon, que bajó con cuidado del carro hasta pisar los adoquines.

Viv fue a darle la mano a Gallina, pero la gnoma le lanzó una mirada asesina y bajó de un salto con gran elegancia.

—Esto ha sido cosa de tu chica —dijo Gallina, que miró hacia Tandri.

La súcubo estaba saliendo de la cafetería, todavía muy lejos como para poder oír la conversación.

—¿Mi chica? —repitió Viv en voz baja.

Gallina se encogió de hombros con cierta arrogancia.

—¡Los habéis traído! —exclamó Tandri, que, al ver la cara de Viv, vaciló un poco. De repente, caminó con inseguridad.

—¿Tú has encargado esto? Tandri, ¡por los ocho infiernos!, ¿de dónde has sacado suficiente...?

—Es una pequeña donación nuestra —la interrumpió Roon, que señaló a Gallina con la cabeza y le dio una palmadita en un flanco a uno de los dos caballos.

—Tandri nos envió una carta, en la que nos contó lo que había ocurrido —le explicó Gallina.

Viv miró a Tandri y pensó en la piedra.

—¿Os lo contó todo?

Tandri respiró hondo y respondió con firmeza:

—Todo.

—¿Así que los dos sabéis lo de la piedra de Scalvert? —preguntó a sus antiguos camaradas.

—¿Y eso a quién le importa una mierda? —le espetó Gallina, que hizo un gesto despectivo con la mano para restarle importancia.

Viv supuso que, en efecto, tenía razón.

—A Fennus —gruñó Roon de un modo súbitamente violento.

—¿Lo habéis visto? —preguntó Viv.

—No desde hace semanas —respondió Gallina—. No se fue de buena manera, precisamente. Siempre ha sido un poco capullo, pero ¿esto?

La gnoma negó con la cabeza furiosamente.

—No soporto a los canallas —señaló Roon—. En fin, ¿me ayudas a bajar esto?

Viv y Roon descargaron ambas cajas y las dejaron ahí para que Cal las abriera por la mañana.

Roon se fue a buscar una cuadra donde guardar el carro, cosa que a Viv le pareció gracioso, dado que se hallaban delante de una antigua caballeriza.

—Bueno... —dijo Gallina. Los tres estaban apoyados sobre las cajas mientras Viv recuperaba el aliento. La pequeña gnoma sacó una daga de uno de los miles de sitios donde las guardaba y jugueteó con ella distraídamente—. Ahora hablemos de Fennus. Sé que hasta ahora no has querido ensuciarte las manos, y debo admitir que es una estrategia que parece haberte funcionado bien. Más o menos. Si exceptuamos esta mierda. Pero... —Se inclinó hacia Viv y blandió la daga ante Tandri—. Sé que... seguís el camino de la no violencia, pero no me digáis que no sería una buena idea cortarle un dedo... o tres, ¿eh?

Tandri resopló y estiró la espalda exageradamente.

—A mí no me preguntes. Estoy demasiado dolorida y resentida con él como para ser objetiva.

Viv se acarició el mentón.

—Si ese anciano estaba en lo cierto, quizá no haga falta, ¿sabéis?

—¿Qué anciano? —preguntó Gallina con el ceño fruncido.

—Un gnomo. El típico con pinta de abuelo..., muy misterioso. Ya sabes cómo son. Dijo que la piedra no funcionaba como yo creía. ¿Qué fue lo que dijo sobre ella?...

—Que atrae a los afines —contestó Tandri, citándolo literalmente.

—Sí, eso. Bueno, quizá le pase lo mismo a Fennus, si se la queda.

—¿Se reunirán varios Fennus en un solo sitio? —preguntó Gallina, torciendo el gesto.

Viv se encogió de hombros.

—Quizá sea más bien como enjaular juntos a una manada de lobos hambrientos. Tarde o temprano, uno de ellos se comerá al más débil. Y, al final, tal vez se maten mutuamente.

—Aun así, no poder cortarle los dedos me saca de mis casillas... —dijo Gallina.

—Pensaré en cómo compensártelo cuando reinauguremos.

—Quizá con uno de esos rollos —pensó la gnoma en voz alta.

Con un nudillo, Viv dio unos golpecitos en la tapa de la caja.

—Gallina, creo que podré darte una bolsa entera de esos rollos.

28

*E*l otoño avanzaba y el día de la reinauguración se acercaba, aunque las dos últimas semanas más que transcurrir parecieron arrastrarse. Todos los días había que realizar múltiples tareas menores que llevaban más tiempo del que parecía posible: colocar las lámparas, colgar una de araña, pintar y barnizar la mesa y los mostradores, instalar los hornos y montar un par de autocirculadores nuevos.

Viv también hizo unos cuantos pedidos especiales, gracias a un préstamo de Gallina. La gnoma le prometió medio en broma que la amenazaría con unos cuchillos si no le pagaba al cabo de dos meses. Viv tenía la sensación de que se estaba aprovechando en muchos sentidos de todos sus amigos, aunque, a estas alturas, tenía unas cuantas ideas sobre cómo iba a equilibrar las cosas.

Cuando Dedal contempló los nuevos dos hornos, la amplitud de la despensa y la fresquera, así como el espacio generoso que había detrás del mostrador, se quedó abrumado. Corrió de un extremo de la cocina a otro; inspeccionó los nuevos utensilios de cocina que Tandri había logrado reunir, escudriñó el horno y acarició cariñosamente la parte superior de los fogones.

Se quedó quieto ante Viv, con las manos entrelazadas e hizo una pequeña reverencia.

—Es perfecta —susurró, y le brillaron sus ojillos.

La orca se agachó ante el ratador.

—Ya te dije que te mereces lo mejor de lo mejor.

Dedal rodeó con los brazos el antebrazo de su jefa para darle un breve y sorprendente abrazo; a continuación, desapareció en la despensa.

A Viv se le hizo un enorme nudo en la garganta.

La mañana anterior a la reinauguración, Tandri no estaba en su habitación cuando Viv se despertó, cosa que no era nada habitual. El corazón le dio un vuelco, pero dejó de preocuparse en cuanto vio la nota que la súcubo había dejado en el tocador: «Tengo que hacer recados. Te veré luego en la cafetería».

Sinceramente, no le podía venir mejor, pues quería recibir unos cuantos pedidos sin que hubiera testigos.

Cuando Viv abrió la puerta de El Café de las Leyendas, el local estaba vacío y silencioso; todavía olía intensamente a madera recién pintada y barnizada. Como el frío otoñal había ido en aumento, encendió uno de los fogones y observó distraídamente cómo los autocirculadores comenzaban a dar vueltas poco a poco. La vieja máquina de café brillaba en el mostrador; solo tenía unos pocos rasguños y abolladuras que había sufrido cuando había sido rescatada de forma brusca meses antes.

Subió por la escalera, acariciando la barandilla. Recorrió las habitaciones nuevas, donde todavía hacía frío, pero pudo notar que el suelo se iba calentando a medida que ascendía el calor de la cocina. Unas ventanas nuevas permitían el paso de la luz de la mañana, que se proyectaba de forma oblicua sobre las esquinas del lado oeste. Cal, realmente, se había superado a sí mismo.

Alguien llamó a la puerta de la cafetería, y la orca bajó para encontrarse con dos enanos jóvenes, con barbas aún cortas, que pisaban el suelo con fuerza y se frotaban las manos para entrar en calor por culpa del aire fresco.

—Venimos a entregar una cosa. —El más alto de los dos se sacó una página doblada de un bolsillo de su capa—. Y... ¿a montarla?

—La estaba esperando —dijo Viv—. Abriré las otras puertas.

Abrió las grandes puertas que daban al comedor y los ayudó a descargar y subir el pedido por la estrecha escalera; tanto la orca como los enanos lanzaron algún gruñido y soltaron alguna que otra palabrota, pero no muchas.

Tras sacar las herramientas, los enanos montaron rápida y eficientemente lo que habían traído. Viv firmó el albarán de entrega y se despidió de ellos deseándoles que no pasaran frío.

Estuvo otra hora en la planta de arriba, yendo de aquí para allá muy nerviosa, hasta que decidió que debía parar si no quería acabar rompiendo algo.

En la planta de abajo, Viv colocó una cuerda a modo de barrera en la base de la escalera. Después, extrajo un saco de granos frescos de la despensa y una de las nuevas tazas de cerámica. Sumida en una especie de trance, activó la cafetera, molió los granos y preparó el café. Gracias al siseo del vapor y al olor a café recién hecho que impregnó la cafetería, así como al calor del fogón y de la escarcha que bordeaba las ventanas frontales, algo que permanecía alerta y aferrado al fuero interno de Viv se liberó por primera vez desde el incendio.

Se apoyó sobre el mostrador, donde había un folletín nuevo, dio un sorbo al café, contempló las figuras borrosas que pasaban por la calle y se sintió en la gloria durante un momento de alegría congelado en el tiempo.

El hechizo se rompió cuando la puerta de la entrada se abrió violentamente, permitiendo que entrara una ráfaga de aire helado. Era Cal. Iba muy protegido para el frío, con guantes y un largo abrigo. Detrás de él, Viv pudo ver cómo caían los copos de una nieve temprana.

—Hum. Aquí estás. Qué bien.

El trasgo salió del local antes de que la orca pudiera contestar.

—Tengo agarrada mi punta —le dijo a alguien en la calle.

Cuando reapareció, Tandri y él sostenían, cada uno por un extremo, algo grande e incómodo de llevar, envuelto en papel y atado con un cordel.

Lo apoyaron contra el mostrador y retrocedieron.

Tandri, que tenía la cara colorada por el frío, cerró la puerta rápidamente.

—Acercaos los dos al fogón. Según parece, el invierno llega pronto. —Viv rodeó el mostrador y, con los brazos en jarra, clavó los ojos en el gran paquete—. ¿Qué es esto?

—Bueno —contestó Tandri, frotándose las manos enérgicamente—, algo sin lo cual no podrás abrir la cafetería. —Sonrió a Viv, pero había cierto nerviosismo en esa sonrisa—. A lo mejor deberías…, deberías abrirlo ahora.

Cal también asintió, al mismo tiempo que se quitaba los guantes y los metía en un bolsillo.

Viv se arrodilló y, tras intentar torpemente soltar el cordel durante unos segundos, lo cortó con su navaja. A continuación, quitó el papel marrón en el que estaba envuelto lo que había debajo.

Era el letrero de la cafetería.

—Creía que se había quemado en el incendio —susurró la orca.

—Lo rescaté —dijo Cal—. Casi entero, supongo.

—Esperad…, ¿esto es…?

En diagonal, donde antes había estado grabada en relieve la silueta de una espada, ahora había montada una de metal. De acero. Tenía un brillo único, nacarado, que enseguida reconoció.

—Lo es —respondió Tandri, que se colocó detrás de ella. Tenía los brazos cruzados y parecía tensa—. Me… la llevé después de que…, bueno, pensé que… quizá no tenías por qué librarte del todo de ella. Todavía no. —Y enseguida añadió—: He pensado que no tienes que olvidar quién fuiste…, porque eso fue lo que te trajo aquí.

Viv acarició con un dedo la nueva encarnación de la Sangrenegra, transformada ahora en un icono que representaba a su antiguo yo. Se quedó mirándola fijamente.

—¿Te… gusta? —preguntó Tandri—. Si no te gusta, podemos desmontarla…

—Es perfecta —contestó Viv—. No me puedo creer que la hayáis rescatado.

Se puso en pie y los abrazó a ambos, parpadeando para contener las lágrimas.

El día de la reinauguración continuaba nevando. Thune se helaba desde las torres a los adoquines. Los cielos grises se tiñeron de una explosión de rosa, que coloreaba las nubes al este, prometiendo aún más copos de nieve antes de la llegada del invierno.

El letrero restaurado pendía orgullosamente del brazo oscilante que había sobre la puerta, en cuyos recovecos la nieve se helaba.

Viv y Tandri llegaron las primeras para encender los fogones y llenar los nuevos cubos de agua. Al encender las lámparas y las velas, la cafetería se llenó de un brillo acogedor. Para cuando Dedal entró deslizándose por la puerta, el lechero ya había dejado la nata, la mantequilla y los huevos. El ratador se dispuso a mezclar y amasar, dando forma a unas bolas cuya masa ya habría subido antes de que reuniera los ingredientes para los glaseados, mientras canturreaba todo el rato para sí.

En cuanto Cal apareció, dio unas patadas al suelo para que la nieve se despegara de sus botas y sopló por culpa del frío. Tandri le preparó un café. El trasgo se lo llevó a la nueva mesa grande agarrando con ambas manos la taza, cuyo calor notó agradecido, mientras especulaban sobre cuánta gente acudiría a la inauguración y bromeaban sobre a qué velocidad agotarían los rollos.

Al examinar la cocina, por si había algo fuera de lugar, Viv vio el riel que habían colocado a lo largo de la pared trasera.

—¡Por los ocho infiernos! ¡Casi se me olvida!

Desapareció en la despensa y regresó con una gran pizarra cuadrada, que colocó sobre el mostrador y enseñó a Tandri junto a unas nuevas tizas de colores.

Después de pensarlo un momento, Tandri se puso manos a la obra.

Viv y Cal se pegaron a ella para observar lo que hacía, hasta que la súcubo les lanzó una mirada asesina. Rápidamente, encontraron otras tareas con las que estar ocupados.

Tandri se enderezó y retrocedió para examinar su obra.

—Ayúdame a colocarla en la pared —le dijo.

Viv la colocó en su sitio.

El Café de las Leyendas
reabierto en NOVIENDRE de 1386
GRAN REINAUGURACIÓN
Menú

Café: aroma exótico e intenso, tueste
con cuerpo – ½ moneda de cobre
Latte: una variante sofisticada
y cremosa – 1 moneda de cobre
*Cualquier bebida con **HIELO**:*
un toque refinado – ½ moneda más
Rollitos de canela: un bollo con un glaseado
de canela celestial – 4 monedas de cobre
Dedalillos: con nueces crujientes y frutas
exquisitas – 2 monedas de cobre
Medialunas de la medianoche: un pastel dulce con una
parte central que es puro pecado – 4 monedas de cobre
Pregunte por las tazas para llevar

LO QUE LAS LLAMAS NO PUDIERON CONSUMIR
NUNCA SE EXTINGUIRÁ

Cuando abrieron las puertas, ya había gente haciendo cola en la calle, a pesar del frío. Invitaron a todos a entrar y dejaron que la cola trazara una curva hasta el comedor; enseguida, la temperatura de la cafetería fue a más. Las animadas conversaciones ahogaron el siseo de la cafetera, y los impacientes clientes, con las mejillas coloradas y los abrigos desabrochados, las felicitaron mientras, agradecidos, se llevaban sus bebidas calientes e iban en busca de un sitio donde sentarse.

—¿No es pronto para ti? —dijo Viv a modo de saludo a Hemington, cuando este se acercó al mostrador.

—Ya, bueno —respondió, mientras admiraba la cafetería—. Aunque esto es bastante emocionante, ¿no? He de reconocer que echaba de menos este sitio.

—¿No solo por tu investigación?

El joven suspiró.

—No sé qué fenómeno tuvo lugar aquí, pero ya pasó. Las líneas ley fluctúan con normalidad. No puedo evitar preguntarme si ese fuego tuvo algo que ver con ello. ¿Llegaron a descubrir al culpable?

—Me temo que no —contestó Viv.

—Qué pena. Aun así, este local es mucho más acogedor.

Viv asintió.

—¿Un café con hielo?

Se quedó pensando un momento; entonces, con cierta vergüenza, respondió:

—Con el tiempo que hace…, tal vez será mejor que me tome… uno caliente.

La orca enarcó una ceja.

—¿De verdad, Hem?

Hemington, tosió.

—Ah. Y uno de esos rollos.

Viv sonrió y no hizo más comentarios burlones.

ϒ

—¡Caramba! Qué frío hace ahí fuera.

Pendry cerró la puerta tras de sí. Llevaba unos mitones y el laúd envuelto en una tela bajo el brazo. Un artilugio negro con forma de caja pendía de sus dedos mediante una correa.

—Vamos a ponerte algo caliente para beber —dijo Tandri, que ya estaba preparando un *latte*.

—¡Sí, por favor! —El músico dio un paso a la derecha y atisbó por primera vez el escenario situado al final del comedor. Le esperaba un taburete alto; una cortina oscura cubría la pared que había detrás—. Oh, caramba —dijo en voz baja—. ¿Habéis montado eso para mí?

—No te tropieces al subir —bromeó Viv—. Aunque antes de que te instales ahí, tengo que saberlo: ¿qué es eso?

Señaló la caja que llevaba el músico.

—Ah. ¡Esto! Bueno, es un…, eh…, lo llaman… ¿amplificador arcano? Hace, eh…, hace…

—¿Que las cosas suenen más fuertes? —completó Viv.

—¿A veces?…

A Pendry se le veía incómodo.

—Lo único que te pido es que procures que los cristales de las ventanas no salgan volando. Acabamos de reconstruir el local.

El chico asintió nervioso, cogió su café y desapareció al doblar la esquina.

En cuanto tuvo la oportunidad, Viv echó un vistazo para ver cómo estaba. Sonrió al ver al muchacho flanqueado por unas piedras que él mismo había colocado.

Pendry calentó tocando una pieza pegadiza con los dedos. La caja estaba a escasos metros, y su música llenaba la sala de tal manera que estaba presente pero no molestaba;

resultaba envolvente, no agresiva. Cuando cantó con su dulce y lastimera voz, la orca sonrió y se retiró.

Al girarse, se topó cara a cara con el Madrigal, ataviada esta vez con una capa de invierno roja y lujosa provista de una gola de piel.

Por un momento, pilló a Viv con la guardia baja, sin saber qué decir.

—Felicidades —dijo el Madrigal, inclinando levemente la cabeza—. Me alegra ver que habéis hecho un gran trabajo. Gracias a tu establecimiento, el barrio de Redstone se revaloriza. Habría sido una pena que desapareciera después de haber tenido un éxito inicial tan prometedor.

Viv logró recuperar lo suficiente la compostura como para tartamudear:

—Oh, gracias, señora. —En ese instante, pensó en todas las entregas y en los trabajadores que habían aparecido por ahí sin que lo esperara y se inclinó aún más hacia ella—. Lo digo sinceramente: gracias.

El Madrigal lanzó una mirada elocuente a la cafetera y a los montones de pasteles colocados sobre unas bandejas apiladas una encima de otra de manera escalonada. Viv rodeó sigilosamente el mostrador para prepararle un café.

Tandri se giró y se sobresaltó al ver a la mujer; inmediatamente, comenzó a seleccionar unos cuantos rollos y dedalillos.

—Es una pena que no arrestaran al responsable del incendio —afirmó el Madrigal—. Espero que no regrese.

—Dudo que lo haga. —Viv frunció los labios cuando el Madrigal la miró a los ojos—. Supongo que consiguió lo que buscaba. No tiene ninguna razón para volver.

El Madrigal asintió, al mismo tiempo que cogía su café y una bolsa repleta de dulces, y se marchó.

Estaba vez no se ofreció a pagar, lo cual, sinceramente, fue un alivio.

Cuando esa tarde apareció Durias, tenía las mejillas coloradas por el frío y nieve en su pulcra barba blanca, pero no había traído el tablero de ajedrez.

—Bueno —dijo, con las manos metidas en el abrigo—, es tal y como lo recordaba.

—Sí, bastante parecido —señaló Viv—. Aunque hemos hecho algunas mejoras.

El gnomo pareció sorprenderse.

—Oh, sí, supongo que eso es cierto, desde tu perspectiva.

—¿Quieres algo para beber?

—Oh, sí, por favor. Y uno de esos también —contestó, poniéndose de puntillas mientras señalaba las medialunas con chocolate dentro.

—¿Has visto a la gata gigante por algún lado? —le preguntó Viv mientras le preparaba el café.

—Viene y va según le place —respondió el gnomo—. Pero me atrevería a decir que la verás pronto, en algún momento.

Mientras Viv le daba el café y el pastel, Durias dijo:

—Todo saldrá bien, ¿sabes?

—Por ahora —Viv esbozó una sonrisilla y recorrió con la mirada la concurrida cafetería— parece que va bien.

—Oh, desde luego, te refieres a la cafetería —dijo el gnomo—. Pero el resto también.

—¿El resto?

—Sí.

Luego se fue al comedor, llevándose lo que había pedido.

Tandri se inclinó para poder ver lo que había detrás de la orca, y miró al gnomo.

—¿Crees que es tan críptico a propósito?

Viv se encogió de hombros, mientras pensaba en esa partida de ajedrez a la que solo jugaba una persona y en la sorpresa que tenía preparada en la planta de arriba.

—No sé qué decirte. Aunque creo que preferiría no tener que jugar al póquer con él.

29

Cuando el día llegaba a su fin, Viv acompañó amablemente al último cliente hasta la puerta, donde lo aguardaba el crudo frío. Cerró con llave y se volvió hacia sus amigos, que estaban desperdigados por la cafetería.

Dedal estaba armando un alboroto con una bandeja de productos de repostería que se estaban enfriando, Tandri estaba limpiando la cafetera y Cal examinaba las bisagras de la jamba de una de las grandes puertas.

Viv se limitó a observarlos a los tres durante un momento: ese suave y leve bullicio contrastaba con la cacofonía del día. Los tubos de la chimenea emitieron un sonido vibrante, y el viento gélido cantaba bajo los aleros.

Silenciosamente, quitó la cuerda que bloqueaba las escaleras y subió a coger una cartera de cuero donde guardaba unos pergaminos, que llevó al mostrador.

Tandri dejó de fregar una taza para mirar a la orca de reojo.

—¿Me das el tintero? —preguntó Viv.

—Claro —contestó Tandri, que se secó las manos, sacó

uno de debajo del mostrador y lanzó una mirada inquisitiva a la cartera con los pergaminos.

Viv se aclaró la garganta, de repente nerviosa.

—¿Podéis venir todos aquí un momento? —gritó muy alto.

Le hicieron caso y la miraron con curiosidad.

La orca respiró hondo.

—La verdad es que… no se me dan bien los discursos, así que no voy a intentar soltar uno de los buenos. Pero quería daros las gracias a todos. —De repente, las lágrimas se asomaron a sus ojos—. Esto…, todo esto… Esto es un regalo que me habéis hecho. Y yo… —Miró compungida primero a Cal y luego a Tandri—. Yo no me lo merecía. Con las cosas que he hecho en mi vida…, no tengo ningún derecho a tener esta clase de buena suerte.

»Pero si no merezco este lugar, menos merezco aún vuestra amistad. Si el mundo fuera justo, nunca os habría conocido, ni mucho menos tendría una pizca de vuestro aprecio. Durante un tiempo… pensé que había engañado al destino al teneros cerca de mí. Que me había saltado las reglas al provocar por la fuerza una racha de suerte imposible y que, en cualquier momento, descubriríais quién soy realmente y os iríais.

Suspiró lentamente y continuó:

—Pero pensar eso fue una estupidez. Fui injusta con vosotros. ¿En tan poca estima os tengo? ¿De verdad pensaba que no podíais ver quién soy? ¿Acaso fui tan idiota como para creer que lograría que vierais algo que no era lo que había ahí?

Se miró las manos un momento.

—Bueno, tal vez no me merecía vuestra amistad. Y quizá me hayáis perdonado demasiadas cosas. Pero, sea como sea, me alegro de teneros a mi lado, maldita sea.

Se hizo el silencio; los miró a todos a los ojos, de uno en uno.

El silencio se prolongó, y Viv se sintió cada vez más incómoda.

—Hum —dijo Cal—. Como discurso..., no ha estado mal.

Tandri resopló, y la tensión abandonó a la orca como si nunca hubiera estado ahí.

—Eh. Bueno, una vez dicho esto... —Abrió la cartera con los pergaminos y sacó un rollo de tamaño folio—. Estas son las escrituras de constitución de la sociedad. Hay una copia para cada uno. Esta cafetería no es mía, sino de todos nosotros. Vosotros habéis levantado este local. Habéis logrado que este negocio funcione, y no sería nada sin vosotros. Solo tenéis que firmar.

Tandri cogió una de las copias y la leyó en silencio.

—Has repartido la propiedad a partes iguales. ¿Cuándo has hecho esto?

—Hace una semana —respondió Viv, frotándose la nuca—. O sea..., en el anuncio que puse en su día ponía que habría «posibilidades de ascenso», así que...

—No tengo derecho a firmar esto —dijo Cal.

—¡Claro que sí! —exclamó Viv—. Por los ocho infiernos, ¿por qué no?

—Porque no trabajo aquí —contestó—. No tiene sentido. No es justo para el resto.

—Cal —dijo Viv, empujando la copia hacia él—, cuando he dicho que habéis levantado este local..., bueno, en tu caso se puede decir que lo has hecho literalmente. Nadie se lo merece más.

—Fírmalo —dijo Tandri—. Y si te quieres poner quisquilloso, ya sé a quién molestaré cuando las cosas se rompan.

—O cuando Dedal decida que esta cocina es muy pequeña —añadió Viv.

Dedal chilló mostrando su apoyo.

A pesar de que Cal se quejó mucho, los demás insistieron tanto que… al final firmó.

—Una última cosa —dijo Viv, que sacó de la despensa una pequeña botella de brandi y cuatro copas elegantes. Las colocó en fila y sirvió una cantidad prudencial en cada una—. Brindemos. Por todos vosotros.

—«Por lo que las llamas no pudieron consumir» —murmuró Tandri, y todos asintieron solemnemente.

Bebieron… Como Dedal empezó a toser, le tuvieron que dar unas cuantas palmaditas en la espalda.

Entonces, en silencio, fueron recogiendo sus cosas para marcharse.

—Tandri —dijo Viv en voz baja—, ¿puedes quedarte un momento?

Cal las miró, asintió para sí y se marchó tras Dedal.

El brandi brillaba como ascuas dentro de ellas. Estaban en el cálido y acogedor centro de la cafetería, aunque el invierno les robaba en parte ese calor.

—Hay… algo que quería mostrarte —dijo Viv, con un tono tan bajo que casi no se la oyó. Se giró rápidamente y fue hacia las escaleras, mientras le indicaba con un gesto a Tandri que la siguiera.

En la parte superior de las escaleras, se abría un pasillo que dividía la planta de arriba; una puerta a la izquierda y otra a la derecha. Viv se acercó a la de la izquierda, la abrió y entró.

Tandri echó un vistazo al interior y lanzó un grito ahogado.

—¡Has comprado una cama!

—Pues sí —contestó Viv.

La habitación tenía también algunos muebles: un tocador pequeño, una mesa y un armario.

—¡Pero si hasta tiene alfombra! —exclamó Tandri, asintiendo agradecida—. Bueno, seguro que será mejor que mi suelo.

Viv cerró los ojos y tomó aire lentamente.

—Hay otra cosa que quiero enseñarte —dijo Viv, a la que invadió una gélida ola de terror.

Tandri sonrió burlonamente.

—No le has montado una habitación a la gata, ¿verdad? —preguntó la súcubo, lo cual no calmó en nada los nervios de la orca. De hecho, consiguió el efecto contrario.

Como Viv no tenía nada claro qué contestar, se fue a la puerta del otro lado del pasillo y entró. Esa habitación también tenía una cama, un tocador y un armario. Encima del tocador, había una serie de herramientas para dibujar (tinta y tizas y estiletes y pergaminos).

Tandri fue al centro de la estancia, donde se quedó muy quieta.

Durante el silencio que siguió, Viv fue incapaz de respirar.

—¿Para quién es esta habitación, Viv? —preguntó en voz baja, mientras con la cola dibujaba con cautela una S temblorosa.

—Para ti. Si quieres.

Entonces percibió esa sensación reconfortante, ese yo oculto que solo brillaba cuando Tandri bajaba la guardia.

La súcubo se volvió para mirar a la orca.

Tandri no respondió, sino que se acercó a ella. La rodeó con los brazos, apoyó una mejilla sobre su pecho y dejó de controlarse.

Por primera vez, Viv veía la esencia de Tandri en su totalidad: la elocuencia y la delicadeza que descubrió le resultaron sorprendentes.

Era sencillo comprender que uno pudiera confundir su esencia natural con pura sensualidad, que uno pudiera quedarse únicamente con lo que más deseaba de esa avalancha de sensaciones tan densamente entrelazadas.

Hablaba en un potente dialecto de emociones, rico en significados, comprensible solo para aquellos que eran capaces de apreciar sus sutilezas.

Tandri no tenía que decir sí.

La orca comprendía su lenguaje.

Cuando los labios de la súcubo se encontraron con los de Viv, ya no tuvo ninguna duda.

Epílogo

*Envuelto en una capa, Fennus caminaba por el laberinto que conformaban los callejones del sur de Thune. La nieve caía en diminutas espirales desde los tejados inclinados.

Tenía mucho frío y estaba tremendamente enojado.

No se había acercado a la ciudad desde el incendio; un hechizo thaumico del que se había sentido bastante orgulloso. Incluso se había sentido un poco aliviado al saber que Viv había salido indemne del «incidente». No había querido hacerle daño. O, al menos, no herirla de gravedad.

Aunque eso no le había hecho ninguna gracia a Roon, Taivus y Gallina, estaba seguro de que, con el paso del tiempo, su ira se esfumaría. Y, bueno, si no desaparecía, pues tampoco sería una gran tragedia, la verdad.

Había vuelto porque había corrido el rumor de que se había reinaugurado la cafetería y porque, desde que se había hecho con la piedra de Scalvert, albergaba cada vez más dudas. Fennus, simplemente, tenía que investigarlo.

En efecto, habían reconstruido el local y parecía que tenía tanto éxito como antes, si no más, lo cual le llevó a plantearse si realmente la piedra servía para algo. Si no era la responsable de la cadena de afortunados acontecimientos que habían tenido lugar en la vida de Viv, entonces, ¿qué podía esperar de ella?

¿Había sido todo en vano?

Si Viv había sido una idiota al depositar su fe en ella, ¿qué era él? ¿Un idiota por partida doble?

En realidad, resultaba bastante irritante.

Fennus la había insertado en un pequeño medallón, que llevaba bajo la túnica, muy pegada al cuerpo, por lo cual notaba el gélido roce de su montura de plata.

Cuando dobló una esquina para dirigirse al muelle, se percató de que entraba menos luz por el otro extremo del sinuoso y estrecho callejón. Alguien más había entrado en él.

Notó un cosquilleo en la nuca cuando esa otra presencia se colocó detrás de él.

—Había oído que podía haber vuelto a la ciudad —dijo alguien con una voz que recordaba vagamente.

Al volverse, Fennus supo a quién pertenecía. A ese lacayo del Madrigal… llamado irónicamente Lack. Llevaba un sombrero enorme de muy mal gusto.

Fennus sonrió con tibieza.

—Solo brevemente. Por pura cortesía, le preguntaría si puedo ayudarle en algo, pero me temo que tengo una agenda bastante apretada. Además, tampoco me siento especialmente cortés en estos momentos.

—Oh, solo será un momento, no le robaré mucho tiempo —contestó Lack—. El Madrigal estaba bastante interesado en esa piedra cuya existencia usted le reveló amablemente. Y tengo entendido que podría tener un dueño nuevo. Es usted, ¿verdad, señor?

Fennus entornó los ojos.

—Si el Madrigal solo ha enviado a uno de sus hombres, es menos perspicaz de lo que creía.

A una velocidad superior a la del pensamiento, desenvainó un estoque blanco, que brillaba con un fulgor thaumico e intenso; estaba envuelto en una tracería de hojas azules.

Lack, imperturbable, se encogió de hombros.

—Aquí y allá hay unos cuantos más de los nuestros. Y sí, tal vez podría matarnos a todos, aunque preferiría que no, claro. ¡Adoro mi gaznate! De todos modos, permítame hacerle una observación: aunque usted piense que el Madrigal no es perspicaz, le puedo asegurar, señor, que es persistente.

Fennus alzó la punta de su espada con pulso firme y apuntó con ella a la garganta de Lack. Se detuvo un momento, pensativo.

Suspiró y, con un movimiento veloz, saltó hacia la pared izquierda, y se impulsó con un pie en ella para salir disparado como un muelle en la dirección opuesta, por el callejón estrecho. Se fue elevando más y más en el aire con cada salto lateral, hasta agarrarse a un alero con una mano. Dando una voltereta en el aire, se encaramó al tejado.

Enojado, se sacudió la capa, se echó para atrás la capucha y envainó la espada mientras avanzaba ágilmente a zancadas por las tejas hasta la parte más alta. Oyó un alboroto abajo, en las calles; los hombres del Madrigal estaban rodeando el edificio, vigilándole por si se iba a un tejado adyacente o bajaba de ahí.

Era muy difícil que pudieran perseguirle, así que se tomó su tiempo; contempló el paisaje helado de la ciudad en dirección hacia el muelle y el mástil del barco al que se subiría al cabo de una hora.

Todo aquello era un pequeño incordio, como mucho. Sí, era realmente patético. Pero lo cierto es que ese encuentro no ayudó a levantarle el ánimo.

Escuchó un fuerte impacto y el estruendo de las tejas a su espalda, seguido de un estrépito creciente y ahogado, como el de una avalancha al aproximarse.

Al girarse, se encaró con una criatura enorme y negra, con el pelo erizado, unos colmillos descomunales y esos ojos verdes repletos de una maldad líquida.

Solo tuvo una fracción de segundo para pensar con incredulidad: «¿Otra vez ese puto gato?».

Amistad saltó.

Agradecimientos

*E*ste libro no habría sido posible sin la ayuda de un montón de personas que son mi propio «anillo de la suerte».

Aunque sé que no hace falta que diga que estoy tremendamente agradecido a mi esposa y a mis hijos por dar un sentido a mi vida y aguantar mis tonterías, voy a decirlo de todos modos: ¡os quiero!

No sé cómo agradecerle a Aven Shore-Kind, mi amiga de NaNoWriMo 21, que me convenciera para dar el paso y por escribir junto a mí durante todo un mes. Ambos terminamos nuestros NaNos, y no estaría exagerando si afirmara que este libro no existiría sin su ayuda, entusiasmo y ánimo.

También quiero dar las gracias a Forthright (cuyos libros he tenido el placer de narrar durante años) por haber asumido la enorme tarea de editar esta novela. Su atención al detalle en todos los aspectos no tiene parangón, y le estoy muy agradecido por aceptar este trabajo, ya que ha evitado que quedara como un idiota.

En último lugar, pero no por ello menos importante, quiero dar las gracias a todos mis lectores beta y asesores, que me ayudaron enormemente y cuyos comentarios fueron muy útiles. En ningún orden en particular, doy las gracias a Will Wight, Billy Wight, Kim Wood Wight, Rebecca Wight, Sam Wight, Patrick Foster, Chris Dagny, Ibra Bordsen, John Bierce, Rob Billiau, Jennifer Cook, Stephanie Nemeth Parker, Laura Hobbs, Ri Paige, Howard Day, Steve Beaulieu, Ian Welke, Roberto Scarlato, Crownfall, Aletheia Simonson, Suzanne Barbetta, Eugene Libster, Ezben Gerardo, Eric Asher y Kyle Kirrin.

Sobre el autor

*T*ravis Baldree es un narrador de audiolibros a tiempo completo que ha prestado su voz a cientos de historias. Anteriormente, estuvo décadas diseñando videojuegos como *Torchlight*, *Rebel Galaxy* y *Fate*. Vive en el Pacífico Noroeste, junto con su familia. *El Café de las Leyendas* es su novela debut, con la que se ha convertido en un fenómeno editorial internacional.

www.travisbaldree.com
@TravisBaldree.

ESTE LIBRO UTILIZA EL TIPO ALDUS, QUE TOMA SU NOMBRE
DEL VANGUARDISTA IMPRESOR DEL RENACIMIENTO
ITALIANO, ALDUS MANUTIUS. HERMANN ZAPF
DISEÑÓ EL TIPO ALDUS PARA LA IMPRENTA
STEMPEL EN 1954, COMO UNA RÉPLICA
MÁS LIGERA Y ELEGANTE DEL
POPULAR TIPO
PALATINO